人類補完計畫

考德懷納‧史密斯
短篇小說選

黃彥霖——譯

The Rediscovery of Man: The Short Science Fiction of Cordwainer Smith

上

上冊目錄

1 不，不，不要是勒果夫！

那個金色形體在金色階梯上晃動、飄盪，像隻發狂的鳥——盈滿智慧與靈魂，卻因為人類無法理解的狂喜與恐懼被逼瘋。一千個世界都在注視著。

如果古代曆法繼續沿用，此時應是西元一三五八二年。在經歷挫敗、失望、毀廢與重建後，人類躍進了星群之間。

除了遇見人類無法企及的藝術，並見識了非人的舞動，人類在美學層面做足了努力，表現極為優秀，躍上了所有世界的舞臺。

金色階梯在眾多目光前蜷收起：有人擁有視網膜，有的擁有的是晶錐體，不過，他們都在這場也許是西元一三五八二年的世界舞蹈慶典上，緊緊注視那演繹〈人之榮耀與肯定〉的金色形體。人類再次贏得了競賽。音樂和舞蹈的渲染力超越了身體的極限，吸引、撼動著所有人與非人的目光。這支舞是一場震撼人心的勝利——舞蹈的美帶來的震撼。

金色階梯上隱隱發光的金色形體展現出複雜的意涵。它的身體是金色的，是人類。那是一名女子，但又不只是普通女子。在金色階梯上，在金黃燈光下，她顫動、飄盪，猶如發狂的鳥。

I

當國家安全部發現某名謹慎且英勇的納粹探員差點找到N．勒果夫，無疑十分震驚。

勒果夫在蘇聯軍方的地位超越兩支空軍部隊，甚至比三個機械化步兵師更重要。他的大腦就是武器，是屬於蘇聯政權的武器。

也是因為這樣，勒果夫成了囚犯。但他不在意。勒果夫是那種非常俄羅斯的俄羅斯人。寬臉、藍眼、淡茶色頭髮，笑起來散發與眾不同的氛圍，頰上的笑紋滿滿愉悅。

「我當然是囚犯，」勒果夫以前常這麼說：「我是國家事務與蘇聯人民的囚犯。但工人和農民對我很好；我是全聯盟科學院的院士、紅色空軍的少將、哈爾科夫大學教授、紅旗戰鬥機生產信託的副廠長。每個頭銜，都讓我有薪水可領。」

他有時會瞇起眼睛，鄭重其事地問他的俄羅斯科學家同僚：「我該為資本家服務嗎？」那些驚恐的同事們會支吾其詞，試著避開這個尷尬問題，聲明他們對史達林、貝利亞、朱可夫、莫洛塔夫或布爾加寧（視情況而定）共同的忠誠。

這時，勒果夫的表情也非常俄羅斯：冷靜、嘲諷、感到有趣，放任他們結結巴巴。

然後他會笑開。

原本的嚴肅氛圍轉為笑鬧，他會爆出猶如沸騰泡泡那樣充滿幽默的大笑。「我當然不能為資本家服務啊，我親愛的安娜斯塔西亞絕不會讓我這麼做。」

同事們會扯出不自在的微笑，暗自希望勒果夫別老這麼大咧咧地講這種事，或隨便拿來說笑，講得一派自在。

就算是勒果夫也可能被殺掉的。他們這麼想。但勒果夫不這麼認為，勒果夫什麼都不怕。

他大部分同事都彼此懼怕。懼怕蘇聯的統治、懼怕世界、懼怕生命，還有死亡。

或許勒果夫也曾像其他人那樣普通、平凡，滿懷恐懼。

但他是安娜斯塔西亞．費歐多洛夫娜．薛帕斯的情人、同事與丈夫。

當他還在俄羅斯科學界作風大膽的斯拉夫邊陲地帶，致力於爭取學界名望，薛帕斯同志便是他的敵人、對手和競爭者。俄羅斯科學永遠無法超越德國那種非人哉的完美，智識與道德規範同等嚴謹的團隊合作。但是，俄羅斯人可以不斷深入挖掘自己大膽且特殊的想像力，進而超越德國人。勒果夫在一九三九年率先造出第一座火箭發射器，而薛帕斯製造的尖端火箭無線電指向器，則將這項成就推上更高峰。

一九四二年，勒果夫發展出一套全新的照片製圖系統，薛帕斯同志將它應用到彩色影片。淡茶色頭髮、藍色眼睛又滿臉笑容的勒果夫，他在一九四三年的漆黑冬夜某場俄羅斯科學家的機密會議，批評薛帕斯同志太天真、太不牢靠；而薛帕斯同志奶油色的黃髮像活水般垂瀉肩上，一張脂粉未施的臉龐因狂熱、知識和奉獻之心閃閃發光。她咆哮著向他發出挑戰、嘲諷他的共產主義理論、狠狠地擰著他自豪之處，抨擊他學識假說中最脆弱的部分。

到了一九四四年，勒果夫與薛帕斯的辯論已成為值得特地去觀賞的盛會。

一九四五年，他們便結婚了。

他們之間的交往是個祕密，婚禮則是一場驚喜，兩人的合作則是俄羅斯上流科學界的一項奇蹟。流亡媒體曾報導著名科學家彼得．卡比薩的一番話：「勒果夫加薛帕斯就成了一個團隊。他們是共產主義者——好的共產主義者！而且不只如此！他們還是俄羅斯人——非常的俄羅斯，足以打敗世界。看看他們——這就是未來，是我們俄羅斯的未來！」這引用或許是誇張了些，但可以顯示出勒果夫和薛帕斯受到蘇聯同行極大的尊重。

婚後不久，奇怪的事發生在他們身上。

勒果夫還是非常快樂，薛帕斯容光煥發。

但是，這兩人的臉上都出現了困擾的神色。他們彷彿看到一些文字無法描述的事物，彷彿偶然撞見某個祕密，卻又非常重要，就算想偷偷告訴蘇聯國家警察中口風最牢的探員，都沒有辦法。

一九四七年，勒果夫和史達林有過一次談話。當他要離開史達林在克姆林的辦公室，那位偉大的領導人親自走到了門旁，點了點因思考某事而深鎖的眉頭：「Da、da、da。」

就連史達林的私人助理也不知道他為什麼要說「對、對、對」，但他們確實看到一道命令發了出去，起先標記**僅轉交可靠人士**，然後是**閱畢後歸還**，**不可留存**，最後是**未經許可不得閱讀**，**嚴禁複製**。

那年，在真正的蘇聯機密預算中多了一項「望遠計畫」。這是由史達林直接下令（雖然他言詞閃爍）。他不接受任何提問，也不容他人發表意見。

一個曾經擁有名字的村莊成了無名之地。

一座曾對工人與農民開放的森林成了軍事領土。

哈爾科夫的中央郵局則多了一個新的信箱號碼，地址是亞齊村。

身兼同志、愛人、科學家及俄羅斯人的勒果夫和薛帕斯，從同事的日常生活中消失了。科學會議上再看不到這兩張臉，他們甚至極少現身。

大家只見過他們幾次，通常是每年全聯盟預算編列，動身前往莫斯科的時候，或從那兒離開的路上。他們看起來笑容滿面，也很高興。但不再說笑了。

外界所不知道的是，史達林給了他們專屬的計畫，在授予他們一座專屬天堂之際，也讓蛇和他們一起進了樂園。但這回，蛇不只一條，而是兩條——高斯果菲和高克。

II

史達林死了。

貝利亞❶比較不情願——但他也死了。

世界繼續運轉。

有很多東西進了亞齊村，沒有一個出來。

傳聞，布爾加寧親自拜訪勒果夫和薛帕斯，甚至有耳語說，布爾加寧在前往哈爾科夫機場飛回莫斯科的路上這麼說：「這是大事一件——非常非常大。如果他們成功，就不會有冷戰了。以後再也不會有任何形式的戰爭。我們會在資本主義者有能力反抗之前，就把資本主義結束掉。如果他們能成功……如果他們做得到。」據稱，當親信把一只信封從勒果夫那裡帶給布爾加寧，布爾加寧緩緩搖著頭，表情困擾，不發一語，然後在未經修改的望遠計畫預算書上簽下自己名字的縮寫。

安娜斯塔西亞．薛帕斯成為母親，他們的長子就跟父親一個樣。之後，她又生了一個小女孩，然後是一個小男孩。薛帕斯的工作並未因孩子而停下。他們有一棟鄉間大宅，還有負責掌管家務、受過訓的保母。

他們四人每晚同桌用餐。

勒果夫。一名俄羅斯人。幽默、勇敢、逗趣。

薛帕斯。年紀稍長、成熟，比以往更加美麗，同時也如一直以來那樣辛辣、活潑、犀利。

然後是另外兩人，這麼多年來每日與他們同坐，他們便是自史達林親自下令那日前來拜訪的兩位同事。

---

❶ Lavrentiy Beria（1938-1953），蘇聯共產黨高層，長期擔任秘密警察首腦。

女的是高斯果菲：瘦頰，蒼白，聲音猶如嘶叫的馬。她是科學家，也是警察，兩個職位都同樣稱職。她在一九一七年向布爾什維克恐怖委員會舉報自己母親的下落，一九二四年親自執行自己父親的死刑。她父親曾是俄羅斯裔德國人，曾經的波羅的海貴族。他曾試著跟上新思潮，最終失敗。一九三〇年，她讓自己的愛人對她多了點信任。他曾是羅馬尼亞共產黨員，在黨內的位置極高，他在兩人的枕邊向她說了些悄悄話，邊說邊涕淚縱橫，而她深情且安靜地聆聽著，然後在隔天早晨，把他的話通知了警察。

史達林就是因為這件事注意到她。

史達林很嚴格，對她極為殘酷。「同志，妳是有點腦袋。我看得出來妳知道共產主義是怎麼回事；妳懂忠誠，一定會成功，並能為黨和工人階級服務，但是，妳要的只有這樣嗎？」他把問題丟還給她。

她嚇壞了，張口結舌。

老者的表情一變，換成滿臉慈愛。他將食指放在她胸前。「去研究科學吧，同志，去研究科學。共產主義加上科學就等於勝利。妳的腦袋對警察而言太聰明了。」

自己的德國姓氏被拿來開惡劣玩笑，高斯果菲並不感到自豪。她家那位老邁的地理學家把地理一事塑造成納粹用來反蘇聯鬥爭的武器之一。

要是能介入薛帕斯和勒果夫，那就再好不過。

看到勒果夫的瞬間，高斯果菲就愛上他了。

而看到薛帕斯的瞬間，高斯果菲就開始恨她——恨是一種不由自主又極度神奇的情感，就跟愛一樣。但史達林連這點也猜到了。

除去蒼白又帶著狂熱的高斯果菲，他還派了一名叫B．高克的男子。

高克生性嚴肅，情緒不外顯，面無表情；身高和勒果夫差不多。但勒果夫肌肉結實，高克則全身鬆軟；勒果夫的皮膚白皙，透出因為運動而得到的健康粉紅色，然而高克的皮膚就像放了太久的豬脂，油膩又灰綠，即便在他狀態最好的時候，都顯得病懨懨。

高克的眼睛又黑又小，眼神冰冷，尖銳得就像死神。他沒有朋友，沒有敵人，沒有信仰，沒有熱情，連高斯果菲都怕他。

高克從不喝酒，也不外出，從沒收過信，也沒寄過信，從沒說過任何一個草率的字眼。他不粗魯，也不仁慈，完全算不上友善，但也從沒太過沉悶。他把自己的生活清理得再乾淨不過。

在高斯果菲和高克來後沒多久，勒果夫在臥室裡與妻子獨處，他對她說：「安娜斯塔西亞啊，妳覺得那男的腦子正常嗎？」

薛帕斯的雙手很美，表情也豐富。她交握著十指。雖然歷經了上千場科學會議，練出機智風趣的反應，她現在卻完全說不出話。她以困擾的表情抬頭望著丈夫。「我不知道，同志……我完全看不出來……」

勒果夫露出一副被逗樂的斯拉夫式微笑。「雖然我覺得高斯果菲應該也不知道。」

薛帕斯噗哧大笑，拿起梳子。「應該不知道？她根本完全沒概念吧？我打賭，她大概也不知道他是為誰工作的。」

這場對話成為過往回憶，而高克和高斯果菲（冷眼的人與黑眼的人）則留了下來。

他們在每日晚餐時間同桌。

每天早上在實驗室裡碰面。

勒果夫以莫大的勇氣、高度的理智與犀利的幽默感推著工作前進。

而薛帕斯則會在他那顆聰明的腦子被瑣事占滿時，以熠熠發光的才能重新將他點燃。

高斯果菲用那副冷酷的笑容監視著、觀察著、說笑著。但奇怪的是，她有時也會做出真正有建設性的建議。高斯果菲從來不懂他們工作的整體目標是什麼，但在機械和工程細節上又有足夠的了解，時不時會派上用場。

高克則每天進來，安靜坐下，什麼都不說，什麼都不做。他也不會抽菸，從不慌慌張張，從來不會打瞌睡，只是看著。

隨著實驗室逐漸擴展，間諜機器的格局配置也越來越大。

III

那個由勒果夫提出、薛帕斯全心擁護的玩意兒，理論上是可以想像的。它試圖打造的是一套意識加上電與輻射現象的統一理論，並且嘗試在不使用動物軀體的情況下，複製出大腦的電子功能。

這個潛在產物的可能範圍非常廣大。史達林最初要求的是一臺能接收人類心中想法的接收器（如果可能的話），並將那些想法以孔帶機、改良式德國黑爾打字機或演講語音轉換出來。如果該兩極可以反轉，把這項大腦機器從接收器變為發射機，那麼這機器搞不好能傳送出足以癱瘓或消滅思考過程的電波。

顛峰時期，勒果夫把機器的電子干擾系統設計成能遠距攪亂人們的思考、鎖定要干擾的人類目標，並且不需要任何導管或接收裝備，就能持續弄亂人的腦子。

他成功了——成功一半。在工作的第一年，他頭痛欲裂。

第三年，他殺死了十公里外的一隻老鼠；第七年，他在鄰村引發大量的幻覺，還有一波自殺潮。就是這件事，令布爾加寧留下深刻印象。

勒果夫開始著手研究接收端。沒人探索過那無限幽微、無限窄小的輻射頻寬——它能分辨出不同人的大腦。勒果夫嘗試了——一如他之前試圖從遠距離介入人類大腦——他試圖研發某種形式的心靈感應頭盔，但沒有成功。

後來，他從原本純粹接收思想的路線，轉為處理接收視覺與聽覺的影像。幾年過去，他設法在神經末梢與大腦交會處分辨出許多種細微的現象，並嘗試集中在其中幾個上。

經過無止境的微調，某天，他終於成功攫取了家中第二名司機的視力（一切都要感謝那根插在他右眼瞼底下的細針）。他透過別人的雙眼「看見」了世界，而那人還毫無知覺地在一千六百公尺外洗著吉斯加長型禮車。

薛帕斯在那年冬天超越了自己的紀錄，捕捉到鄰近城市一整個正在吃晚餐的家庭。她向B．高克提議要把針插進他顱骨，好讓他透過一個完全不知道自己遭人監視的陌生人看世界。而高克拒絕插入任何一根針，但高斯果菲加入了研究工作。

間諜機器開始成形。

眼前還剩兩個步驟。第一個步驟是持續接收遠距目標的頻率，例如位於華盛頓的白宮，或巴黎郊外的北約總部。機器本身可以竊聽遠處尚在活動中的人類大腦，藉此取得完美的情報。

第二個問題是，必須繼續尋找能遠距干擾這些大腦的方法，用電擊讓目標對象落淚、迷茫或精神錯亂。

勒果夫做了許多測試，但距離從沒超過無名亞齊村方圓三十公里。

某年十一月，幾百公里外的哈爾科夫市發生七十起歇斯底里的病例（大部分最後都自殺了）。勒果夫無法確定這是不是他的機器造成的。

高斯果菲同志大著膽子摸過他的手臂，蒼白的嘴唇露出微笑，水汪汪的大眼隨著高亢、冷酷的聲音漸漸填滿喜悅。「你做得到的，同志。你可以的。」

薛帕斯輕蔑地注視著。高克沒有說話。

女特務高斯果菲看到薛帕斯的視線落在自己身上，一瞬間，彷彿有一股憎恨活靈活現地在兩名女性之間來回跳躍。

三人回到機器的研究工作中。

高克坐在一張高凳子上看著他們。

房間安靜下來，在實驗室裡工作的人都不再說話。

IV

機器在以利斯特拉特夫死去那年有了突破。在蘇聯和人民民主黨試圖終結與美國人的冷戰之後，以利斯特拉特夫過世。

五月，松鼠成群在實驗室外的樹上奔跑，前晚的積雨滴在地上，土壤潮溼，天氣舒服得令人想留幾扇窗戶不關，讓森林的氣息流進工作室。

房裡充滿他們再熟悉不過的燃油暖爐味，另外還有房子隔熱層、臭氧和熱起來的電子設備發出的老舊氣味。

勒果夫發現他的視力開始衰退，因為他得把接收針放在視神經附近，才能從機器收到視覺影像。經過幾個月的動物和人類實驗，他決定複製他們最後幾場實驗之一。那次，他們成功將一根針直接穿進一名十五歲男囚的頭顱，插在眼睛後方。勒果夫不喜歡用囚犯進行實驗，因為高克總是以安全顧慮為由，堅持所有用於實驗的囚犯必須在開始後的五天內銷毀。勒果夫自認這種頭針技術相當安全，但是，他們總得逼迫這些沒有科學知識又嚇得半死的人，承擔機器要求的高度科學專注力。對此，他已經感到十分厭煩了。

勒果夫對他太太及那兩位奇怪的同事坦白自己的想法。

他暴躁地對高克大喊。「你到底有沒有搞懂這是要幹什麼的？你已經在這裡待了好幾年，到底知不知道我們要做什麼？你難道都沒想過親自參與實驗嗎？你知道為了做出這些電網，還要計算這些波形，得用上多少年的數學基礎嗎？你到底還會做什麼？」

高克的回話沒有抑揚頓挫、不帶一絲怒意。「教授同志，我是在服從命令，你也是在服從命令。我從來沒有阻止過你。」

勒果夫幾乎要炸開了。「我知道你從來沒擋過我的路，我們都是蘇聯國的忠誠僕人，但這跟忠誠沒有關係，是跟熱誠有關。你從來不願看一眼我們正在完成的科學技術。我們領先了那些資本主義美國人幾百——甚至千年，你都不覺得興奮嗎？你還是個人嗎？為什麼不參與呢？如果我向你解釋，你聽得懂嗎？」

高克不發一語。他那對銳利的眼睛看著勒果夫，髒髒灰灰的臉上沒有一絲波動。高斯果菲大聲發出一個女性化又有點詭異的嘆息，彷彿鬆了一口氣。但她也沒多說什麼。薛帕斯帶著迷人的笑眼，親切地看著丈夫和兩位同事。「你就做吧，尼可萊。這位同志如果想要，就會跟上來的。」

高斯果菲嫉妒地看向薛帕斯，彷彿本來並不想說話，但最後不得不開口。她說：「請放手做吧，教授同志。」

勒果夫說：「Kharosho❷！我會盡我所能的。機器現在已經準備接收遠距心智了。」他的嘴角彎出一道不懷好意的笑。「我們甚至可以監看大魔王本人的腦袋、知曉艾森豪今天又打算怎麼對待蘇聯人

❷俄文，意為「非常好」。

民。如果我們的機器能夠直接電擊這傢伙，讓他傻坐在辦公桌前面，不是很好嗎？」

對此，高克給了評論。「連試都別試。如果沒收到命令的話。」

勒果夫無視他的打斷，繼續說：「我會先進行接收。我不知道可能會收到什麼東西或什麼人，或者他們在哪裡。我只知道，這臺機器會在目前每個活著的人和生物中搜索，然後將其中一顆大腦的視覺和聽覺直接帶回給我。有了新的那根直接插進大腦裡的針，我說不定就可以獲得確切而且清楚的位置。上禮拜那個男孩的問題在於，就算我們知道他正看著這間屋子以外的某樣東西，好像也聽到了某種類似外語的講話聲，但他的英語和德語都不夠好，無法理解機器帶他看到的是什麼地點或什麼物體。」

薛帕斯笑了。「這我倒不擔心。我那時看到的是：這麼做很安全。我的丈夫，你就先去做吧，如果我們親愛的同志不介意的話——？」

高克點點頭。

高斯果菲屏著呼吸，將乾瘦的手舉到細窄的脖子上，說：「當然了，勒果夫同志，這是當然。所有的功勞都屬於你。第一個人一定要是你才行。」

勒果夫坐了下來。

一個身穿白色工作服的技術人員將機器帶給他。機器裝在三個橡膠輪胎上，看起來很像牙醫用的那種小型X光機——但有一根細長且極為堅硬的針，取代X光機前端應有的錐狀部分。那是布拉格最好的手術鋼材師傅替他們打造的。

另一名技術人員走上前，帶著一只鬍皂碗、一根刷子，還有一把刮鬍剃刀，在高克死氣沉沉的眼神注視下，他剃掉勒果夫頭上約四公釐平方的一小塊區域。

再來換薛帕斯接手。她將丈夫的頭以夾具固定，然後用一把測微器緊壓住他的頭，量出極為準確的頭顱尺寸，好讓針可以停在他們要的那個位置上，直推進硬腦膜，毫米不差。

她用溫和而強壯的手指靈巧地完成這些步驟，動作輕柔又堅定。她是他的妻子，但也是他在科學界中的同行，蘇聯國家組織的同事。

她向後退了一步，看著自己的成果，對他露出通常只有在獨處時才會交換的專屬微笑。一派輕快、爽朗。「你應該不會想天天這麼做。我們得找出一個不用這根針也能連接大腦的方法。不過這不會傷到你的。」

「傷到又如何？」勒果夫說：「我們的研究就要成功了。把它放下來。」

高斯果菲彷彿一直等著別人邀她加入實驗，但她不敢打斷薛帕斯。薛帕斯的眼神中閃著專注，她伸手拉下把手，將那根硬針帶到距離戳入位置不到十分之一公釐的地方。

勒果夫小心地說：「我只感覺到一點刺痛。現在妳可以把開關打開了。」

高斯果菲終於忍不住了。她羞怯地問薛帕斯。「請問開關可以讓我開嗎？」

薛帕斯點了頭。高克注視著，勒果夫等待著，高斯果菲把卡榫開關推了過去。

電流流入，安娜斯塔西亞．薛帕斯焦躁地扭著手，命令實驗室的工作人員都站到房間的另一端。其中兩、三人本來正停下工作盯著勒果夫，猶如茫然的綿羊。他們表情尷尬地加入實驗室另一頭那堆身穿白色工作服的人。

五月潮溼的風竄進來，吹在所有人身上。每個人聞起來都有森林和樹葉的味道。

那三個人看著勒果夫。

勒果夫的神情開始有了變化。他的臉漲紅，呼吸大聲而沉重，從幾公尺外都能聽到。薛帕斯跪在他面前，挑起一邊眉毛，無聲地發出詢問。

因為針插在腦子裡，勒果夫不敢點頭。他雙脣紅潤，沙啞著聲音說：「現在——不能——停——」

勒果夫不知道到底怎麼回事。他還以為自己看到了一間美國人的房間，或俄羅斯人的房間，或一個熱帶殖民地。他好像看到了一片棕櫚樹，或森林，或好幾張桌子。他可能也看到了槍枝或建築物，洗手間或床鋪——醫院、民房、教堂。他可能是透過某個孩子、某個女人、某位男士、一個士兵、哲學家、奴隸、工人、野人、虔誠的信徒、共產主義者、反動分子、政府官員，或一名警察的眼睛看出去。他聽到的可能是英文，或法文，或俄文，或斯瓦希里文、印度文、馬來文、中文、烏克蘭文、亞美尼亞文、土耳其文、希臘文。他不確定。

發生了某件奇怪的事情。

他覺得自己似乎已離開這個世界、離開了時間。小時與世紀縮成刻度，而這臺沒有極限的機器正朝人類能力範圍可傳遞的最強訊號奔去。勒果夫一點也不知情，但這臺機器已征服了時間。

機器找到了那支舞，找到了那名人類挑戰者，還有那場可能屬於西元一三五八二、又可能不屬於一三五八二的慶典。

金色形體與金色階梯，它們在勒果夫眼前以一種比催眠更令人信服千倍的姿態晃動、飄盪。對他而言，那韻律可說是全然陌生，卻又無比重要。這就是俄羅斯，這就是共產主義，這就是他的人生——在他眼前舞動的，確確實實就是他自己的靈魂。

在某一秒，在他這平凡一生的最後一秒，他透過血肉組成的雙眼，望見他曾一度認為美麗無比的邋遢女子；他看到了安娜斯塔西亞·薛帕斯，而他一點也不在乎。

他的目光再次集中在那舞動的身影上。這個女人、那些姿勢、這支舞！

然後，他聽到了聲音——是連柴可夫斯基也會落淚的音符，是蕭士塔高維契或哈契圖良都要噤聲的管弦樂。那樂聲如此豐富，遠超二十世紀的音樂。

群星之間的非人類曾教給人類許多技藝。勒果夫的腦子是當代最頂尖的，但他的時代太遙遠，遠遠落後那支偉大之舞的時代。以至於光是看上一眼，勒果夫就徹徹底底地瘋了。他對薛帕斯、高斯果菲和高克視而不見；他忘記了亞齊村，忘記了自己；他像一隻一輩子養在腐壞淡水中的魚，初次被丟進活水中。他是一隻從蛹中新生的蟲。他那顆屬於二十世紀的腦子承受不住那道身影，以及音樂和舞步帶給他的影響。

但針插在那兒，傳遞著超出大腦能負荷的訊息。

他腦中的突觸像開關那樣彈開；未來湧入他腦中。

他昏了過去。薛帕斯跳起來把針移開。勒果夫跌下椅子。

V

找來醫生的是高克。傍晚，他們就讓勒果夫安穩休息，並進入深度鎮靜的狀態。醫生有兩位，都來自軍事總部。高克打了直通莫斯科的熱線，拿到徵用他們的許可。

兩位醫生都很生氣。年長的那位不斷對著薛帕斯碎念。

「妳不該這麼做，薛帕斯同志。而勒果夫同志也不該這麼做。你們不能隨隨便便把東西插進腦子。這是醫學案例，而你們都不是醫生。你們要用囚犯發明什麼設備都沒關係，但不能對蘇聯的科學家這麼做，要是我沒辦法把勒果夫帶回來，我會受到責備的。妳聽聽看他都在說些什麼鬼？根本是一堆胡言亂語。『噢！那金色階梯上的金色身影、那音樂、那個我是真的我、那個金色的身影，我想要和那個金色身影在一起』，一堆胡話。妳大概把這世界第一流的腦袋永遠弄壞了——」他自己打住，覺得好像說過頭了。畢竟這是國安問題，而高克和高斯果菲顯然與國安密不可分。

高斯果菲淚眼婆娑的目光轉向醫生，用低沉（而且帶著令人難以置信的惡意）的聲音說：「她可能這麼做嗎，醫生同志？」

醫生一邊看著薛帕斯，一邊回答高斯果菲。「要怎麼做？當時在這裡的是妳，我可不在。她怎麼做到的？她為什麼要這麼做？妳不是在這裡嗎？」

薛帕斯沒說話，雙唇因為哀慟而緊抿著，金黃髮色閃耀。在那瞬間，那是她身上唯一僅存的美了。她嚇壞了，隨時都準備陷入悲痛。她沒有時間去恨那個傻女人，或去擔心國家安全；她只擔心她的同事、她的愛人、她的丈夫：勒果夫。

除了等待之外，他們無事可做。所有人都進到一個大房間，試著吃點東西。僕人備好了一大盤冷切肉，一罐罐魚子醬，各種切片麵包，還有純奶油咖啡和烈酒。他們沒吃多少。

全都等著。

九點十五分，房子外側響起旋翼不斷拍打的聲音。大型直升機從莫斯科飛抵。

高層接手了。

VI

來的高層是一名副部長，一個叫V．卡皮耶的男人。

隨卡皮耶而來的還有兩、三位身穿制服的上校，一名技師平民，一個從蘇聯共產黨總部來的男人，以及兩位醫生。

他們省去了禮節。卡皮耶只說：「妳是薛帕斯，我見過妳；而妳是高斯果菲，我看過妳的報告。你是高克。」

官方代表團進到勒果夫的房間，卡皮耶下令。「叫醒他。」

先前給他鎮靜劑的軍醫說：「同志，你不能——」

卡皮耶打斷他。「閉嘴。」他轉向自己的醫師，然後指著勒果夫。「叫醒他。」

那位莫斯科來的醫生和年長的軍醫快速交談幾句，然後也開始搖頭，對卡皮耶露出一個不安的表情。卡皮耶似乎也猜到這個回答。他說：「動手。我知道這對病人會有危險，但我得帶報告回莫斯科。」

兩位醫生都開始處理勒果夫。其中一個拿了他的袋子，給勒果夫打了一針。接著所有人都從床邊退開。

床上的勒果夫開始扭成一團，不停翻動。他睜大雙眼，但看不見其他人。接著，勒果夫開始用孩童般的語氣和簡單的字彙不斷地說：「……那個金色形體、金色階梯、那個音樂，帶我回到那個音樂裡，我想要和音樂在一起，我就是音樂……」然後就這麼無止境地以單調的方式重複。

薛帕斯朝他傾身，臉龐正對他的視線。「親愛的！醒醒，親愛的，現在狀況很嚴重。」

勒果夫沒聽見她的話，大家都可以看得出來。因為他仍在喃喃叨念那些金色形體。

此時，高克（多年來第一次）主動提出了意見。他直接對莫斯科來的卡皮耶說：「同志，我可以提個建議嗎？」

卡皮耶看著他。高克向高斯果菲點了點頭。「我們兩個都是由史達林同志派遣來的。她是上級，責任由她承擔，我的工作只有檢查。」

副部長轉向高斯果菲。高斯果菲始終看著床上的勒果夫，水汪汪的藍色大眼沒有淚，臉上扯出一副極度緊繃的表情。

卡皮耶無視她的表情，以堅定又清楚的命令口氣對她說：「妳有什麼建議？」

高斯果菲直勾勾地看著他，字斟句酌。「我不認為這是大腦損傷造成的狀況。我相信他的確獲取到一些必須與人分享的資訊，但除非我們之中有人能追上他，否則不會有答案。」

卡皮耶咆哮著說：「很好。那我們現在應該怎麼辦？」

「讓我去——讓我進到機器裡。」

安娜斯塔西亞．薛帕斯詭異而瘋狂地笑了出來。她抓住卡皮耶的手臂，指著高斯果菲。卡皮耶盯著她。薛帕斯的笑聲漸緩。她對著卡皮耶大喊：「這個女人瘋了。她愛我先生愛了好多年，始終厭惡我的存在。而現在，她竟然覺得自己能救他？覺得自己能追上去，而且他會想跟她溝通？這太可笑了。我自己進去！」

卡皮耶環顧四周，挑了兩個他的人，走向房間一角。其他人可以聽到他在說話，但聽不清楚說了些什麼。這個會議約經過六、七分鐘，之後他又走回來。

「你們一直指控彼此犯下嚴重的國家安全罪，但我看到的情況是這樣：一個最好的武器——勒果夫的腦袋——受到損傷。勒果夫不只是人，他還是蘇聯的一項計畫。」他的語氣中參雜不屑。「我看到一名蘇聯科學家指控另一位安全部的資深官員，一個有著漂亮履歷的女警犯了傻，沉迷暗戀。我不會理會這種指控。蘇聯國的發展和蘇聯科學的研究工作可不能被幾個人阻礙。我要高斯果菲同志進行任務，我決定今晚就行動，因為我手下的醫師說勒果夫可能無法再撐下去。找出他出了什麼事、又為什麼會發生這狀況，對我們來說非常重要。」

他以嚴厲的眼神看向薛帕斯。「妳不得有任何異議，同志。妳的腦子也是俄國的財產，妳的命和教育程度都是工人買的單，妳不能只因為個人情感就不顧這一切。如果真有什麼值得注意的事物，高斯果菲同志會為我們兩個找到的。」

工作人員回到實驗室，嚇壞的技術人員從軍營被帶過來。開燈、關窗，五月的風變得冷洌。

有人替針頭消毒。

電網開始暖機。

高斯果菲坐上接收椅。即便是那張毫無表情的面具，也遮不住她的勝利之情。技術人員帶來刮鬍皂和剃刀，要把她的頭皮刮乾淨一小片。此時，她對高克笑了一下。

高克並沒有回她一笑，只是用兩隻黑眼睛看著她。沒說話，沒做什麼，只是看著。

卡皮耶來回走動，時不時看看匆忙卻亂中有序的實驗準備工作。

當針降下來，安娜斯塔西亞．薛帕斯坐在離群五公尺外的一張實驗桌旁，看著高斯果菲的後腦杓。她的臉埋在手裡。有人似乎聽到她在啜泣，但沒人真的有空去注意薛帕斯。他們都專注地看著高斯果菲。

高斯果菲的臉變紅，汗水潑灑在鬆弛的臉頰上。她的手指緊扣椅子扶手。

突然間，她對著他們大吼：「噢！那金色階梯上的金色身影啊！」

她整個人拖著設備一起跳了起來。

沒人預料到這一幕。椅子倒地，放置針的架子從地板上被掀起，因為本身的重量滑向一側。那根針在高斯果菲的腦中像鐮刀似的扭了一圈。無論是勒果夫或薛帕斯，都沒預料到坐上椅子的人會反抗。沒有人知道自己會連接上西元一三五八二年。

高斯果菲的身體癱在地上，旁邊圍滿興奮的官員。

卡皮耶敏銳地回頭看著薛帕斯。

她從實驗桌旁起身朝他走來。一道細細血痕淌下她的顴骨，另一道血跡則從她的臉頰流下，就在左耳前約一點五公分的地方。

她的神色極度平穩，臉白得像新雪。她對他笑了笑。「我偷聽到了。」

「什麼？」卡皮耶說。

「偷聽，我偷聽到了。」安娜斯塔西亞．薛帕斯又說了一次。「我知道我丈夫去了哪裡。那個地方不屬於這世界。那是超越我們所有科學局限的催眠術。我們的槍械很優秀，但在我們還來不及開火前，就會打到自己。你也許認為自己能改變我的心意，副部長同志，但你是做不到的。

「我知道發生了什麼事：我丈夫永遠回不來了。而沒有他，我也不想繼續。

「望遠計畫結束了。你可以去找其他人來完成這些工作，但你不會這麼做。」

卡皮耶瞪著她，然後轉向一旁。

高克擋住他的去路。

「你想怎樣？」卡皮耶發火。

「我想告訴你，副部長同志，」高克非常輕柔地說：「我要告訴你，她說勒果夫走了，意思就是他真的走了；當她說結束了，真的就是結束了。我要告訴你，這一切都是真的。我知道它是真的。」

卡皮耶瞪著他。「你怎麼知道？」

高克的臉色分毫未變。他帶著超乎凡人的堅定，還有無懈可擊的沉著態度，告訴卡皮耶說：「同志，我不會跟你爭論這件事。雖然我不懂他們的科學，但我很熟悉這些人。勒果夫的工作已經結束了。」

最終卡皮耶相信了他。他在桌旁的椅子坐下，抬頭看著手下。「這有可能嗎？」

沒人回答。

「我問你們：這可能嗎？」

他們全都看著安娜斯塔西亞．薛帕斯，看著她美麗的秀髮，堅定的藍眼，還有因使用小的針頭偷聽所留下的兩條細血痕。

卡皮耶轉向她。「我們現在怎麼辦？」

她的答案便是跪倒在地、開始啜泣：「不，不，不能是勒果夫！不、不、不要是勒果夫！」

這就是他們從她口中得到的全部答案。高克都看在眼裡。

金色燈光照耀下，有一道金色階梯；一個金色形體在舞動，跳出超越所有想像邊界的幻夢。她舞動著，將樂音都吸引到身邊，直到化成一聲渴望的嘆息。那渴望最後成了一種希望與折磨，穿越一千個世界所有生靈的心。

那幅金色景象的邊緣參差不齊地消失在黑色之中。金色先暗成一種蒼白的金銀光澤，然後變成銀色，最終轉白。原先的金色舞者現在站在巨大的白色階梯上，成了一小片粉白色的淒然身影。一千個世界的掌聲朝她呼嘯而來。

她茫然地看著他們。那支舞也震懾了她，他們的掌聲不代表什麼，舞蹈即是其本身的完結，而她必須想辦法活下去，直到再度起舞的時刻來臨。

2 81-Q號戰爭（重寫版）

在過去幾個短暫的幸福世紀裡，「戰爭」被塑造成一場巨大的遊戲。當世界人口突破了三千億人，代理首長恰特吉向世界各國政府提出所謂「正當比例」方案，將戰爭從遊戲化為現實。戰爭結束後，面目猙獰的新種爬蟲類占領了城市廢墟，聖人與蠢人在錯縱複雜的廢棄高速公路占地為營；幾臺獵人機在世界各地逡巡，搜索著倖存的武器。

I

在真正的戰爭使人類倒退幾千年之前，世界各國遵循「安全戰爭」守則。你可以輕易宣戰、安全戰鬥，像個貴族般優雅地大獲全勝，或是一敗塗地，而且全世界都會認可這項結果。戰爭是如此稀有，可以讓所有電視節目都排開時間；戰爭是如此美麗，保證能裝飾出一座華麗的舞臺；戰爭是如此困難，只有視力完美又極度沉穩的人才能稱冠。戰爭大師使用的武器是搭載了飛彈、反導彈飛彈和戰況模擬螢幕的飛船。之所以再次啟用飛船，是因為它們速度夠慢，在觀眾的螢幕上呈現出的效果較好，而且操控不易，能夠塑造出非常技巧性的對抗。許多戰爭大師為了操作這些系統接受培育，並有完整的階級制度——這些男人在全球度假勝地的雪場和海床受訓，有著陽光的膚色，身材結實。接下來，他們會坐進控制室，調度自己基地裡的飛船。轉播錄影畫面都是兩兩搭配，讓戰爭畫面與大師的面容交替出現：他們坐在椅子上，因焦慮而前額堆滿皺紋。他們時而露出明顯的沮喪嘆息或勝利微笑，情緒以戲劇化的方式劇烈起伏，展現在這場領有許可的戰爭之中。

西藏和美國即將開戰。

西藏靠著美國人的慷慨協助，以及在伊利湖周圍的火箭坑中蓄勢待發的威脅勢力（究竟是虛張聲勢，又或者真的是死亡威脅？），從中國中央政府袞洪國被解放出來。沒人知道的是，美國人雖這麼做，但他們願意冒著真正的戰爭可能開打的風險嗎？因為中國人並沒有逼著他們表演這一手。美國在世界大會上得到印度統一聯盟和剛果聯邦的支持，解放西藏後還有大筆政治債務得解決。剛果的要求是要支持撒哈拉索賠案，只要在大會上投票就行了，這還算容易；但印度統一聯盟想要組出世上最大的太陽能收集器，沿喜馬拉雅山脈南脊綿延共八十英里。美國人遲疑了一會兒，便把這些條件全列入與西藏簽訂的租約底下，將所有權留在西藏手裡。第一波能源浪湧進孟加拉平原之際，西藏士兵帶著西藏內政部的搜索令進入控制室，查封電廠，西藏的技術人員重新接上從雲南大理袞洪國基地空運來的線路，但下一秒鐘，西藏就宣布把整組能源輸出裝置租給上一秒的敵人：中華袞洪國。

即便在本就缺乏感激的政治領域，忘恩負義到如此冷峻的地步，依舊令人難以忍受。西藏才剛仰賴美國從中國人手中解放出來，一反手就占領了美國為了回報印度援助、在西藏領土上建造的設施。法律上而言，這樁交易非常合理。太陽能電池位於西藏的土地，根據當時流行的「主權」制度，任何國家都可以在自己的領土上做任何事，無須受罰。

有些美國人氣炸了，大聲嚷嚷說要對中華袞洪國施以**真正的**戰爭。總統本人溫和地表示，只因為對方表現得比我們高明一點兒就決定開打，似乎並不適當。

國會投票決定進行授權戰爭。

總統沒有其他選擇，必須對西藏宣戰。他向世界祕書處提出准許申請。美國人申請的是A級戰，最長會打到四天，但傳回的授權牌照卻是「81-Q號戰爭」，因為世界祕書處裡的某人認為，除了最小型的戰爭之外，西藏不應該付出任何代價。世界祕書處拒絕針對此事展開調查。

沒有轉圜餘地了。

美國進入戰爭狀態。

總統派出傑克．瑞爾登。

II

瑞爾登是美國最強的合格戰爭大師。

「早安，傑克。」總統說：「自從我們在冰島一役戰敗，你已經兩年沒參戰了。準備好要翻盤了嗎？」

「正是時候，長官。」傑克說。他猶豫了一下，然後又說：「請不要提到冰島，長官。沒人贏過夕格．夕格森，他退休是我們好運。」

「我叫你來不是要責罵你。我知道你當時已經盡了最大的努力。面對那位偉大的夕格本人，沒有人能做得像你那麼好。這也是你還站在這裡的原因。你覺得我們現在該怎麼進行？」

「這只是一場Q級戰，可以用的籌碼不多。他們頂多派出五艘新型馬克零式飛船。因為發出挑戰的是我們，我認為西藏人應該會盡可能選擇最便宜的戰爭。他們也不想背一堆債在身上。中華衮洪國會出手協助，但大概兩天後就會開始要求回報了。」

「我都不知道原來你也是國際情勢專家。」總統露出一抹溫和的微笑。

瑞爾登看起來有些不自在。「抱歉，長官。」他喃喃地說。

「沒關係，」總統說：「我的推測也是這樣。所以他們會拿下凱爾吉倫群島囉？」

「大概會，」瑞爾登說：「我們的攝影師應該會氣炸。為了把那些島以戰爭區的型態留在市場，法國人用的全是便宜貨。」

總統完全改變了態度。他原本還像個剛吃完早餐、彬彬有禮的老紳士，卻在一瞬間變成精於算計的自私政客。這個政客擊敗了工作上所有的競爭對手，卻發現這個國家需要總統的程度，遠超過他對這段任期的渴望。他直盯著瑞爾登的臉，以犀利的眼神看進他雙眼深處，用十分正式而且嚴肅的語氣問道：

「傑克，這可能是你這輩子最重要的問題：你想怎麼打這場仗？」

瑞爾登渾身一僵。「我以為草擬隊友名單就已經算是越權了，長官。我以為您應該有一份——」

「我不是那個意思。」總統說：「你想要獨自戰鬥嗎？」

「長官，您說獨自的意思是？」

「在我面前不用裝謙虛，瑞爾登，」總統說：「你是我們最優秀的人手。事實上，你是我們唯一的一級戰爭大師。以後還會有新人崛起，但再也沒有跟你同級別——」

瑞爾登一心只想著剛剛討論的技術問題，一時忘了自己的身分。他打斷總統。「博格司不錯，長官，他在一些小型的非洲戰爭中當過六次傭兵。」

「瑞爾登，」總統說：「你打斷我。」

「請您原諒，長官。」瑞爾登有些結巴。

「這跟博格司沒關係，我也見過他。但就算他加入，也只有兩個一級的領戰人。」

瑞爾登直直盯著總統，露出請求發言的表情。

總統微微一笑。「如何？」

「如果找傭兵組隊呢，長官？」

「傭兵！」總統大叫。「我的老天，絕對不要！那是最糟的決定，我們會被全世界當笑話看。我可是冒著真正的戰爭開打的危險，好不容易讓西藏自由，中華衮洪國之所以投降，是因為衮洪國裡還有人覺得美國很強大。我們只要僱一個傭兵，這一切就全泡湯了。我們得顧全美國的顏面——你到底是可以還是不可以？」

瑞爾登臉上的疑惑不是裝出來的。「可以什麼，長官？」

「你這笨蛋，」總統說：「我說你自己打這場仗，可以還是不可以？規則你都曉得。」

瑞爾登的確曉得。只使用一位領戰人的國家能獲得巨大優勢，無論我方失去多少飛船，只要擊倒兩艘敵船就能獲勝。三十年前，偉大的夕格．夕格森依序擊敗歐羅巴合眾國、摩洛哥、日本和巴西，之後就再也不曾出現單一領戰人的戰爭。冰島在那次勝利之後，連一次Q級挑戰也沒收過。後來，冰島人開始針對極小的挑釁行為申請授權戰爭；他們累積了足以開打一百場戰事的點數，而所有挑戰勢力都盡可能選擇最大型、最複雜的戰爭方式，試圖以排山倒海的複雜團隊合作困住夕格。

瑞爾登望著窗外，總統任他去思考。最後，他開口了。因為需要說服自己，語調顯得凝重。

「我可以試，長官。他們要求Q級戰，等於給了我們一次機會。但長官，您應該知道，我不是夕格。」

「這我知道，瑞爾登，」總統認真地說。「但是，大家——也包括你自己——說不定都不曉得你能發揮到什麼程度。你願意試試嗎？瑞爾登，為了國家、為了我，也為了你自己？」

瑞爾登點點頭。在那個當下，名聲與勝利對他來說都太渺茫，不可捉摸。

III

儀式進行得非常順利。

西藏和美國要求的都是喜馬拉雅峭壁太陽能銀行，雙方同意以戰爭決定所有權。

全球戰爭委員會依照嚴謹且清楚的條件，授予戰爭許可：

1. 戰爭僅得於指定之時間、地點召開。
2. 無論直接或間接，不得有人員因戰爭機器之任何操作死亡或受傷。但不計入精神傷害。
3. 國家應租借並清理合適之領地。並依規章針對可能在戰鬥中受到傷害的野生動物（尤其是鳥類）進行最大規模移轉。
4. 武器最大重量應為兩萬兩千噸，且為非核引擎推動之有翼飛船。
5. 所有無線電頻道都應由全戰會及參戰雙方嚴格監聽，如有任何干擾或干涉之投訴，戰爭將立即停止。
6. 每艘飛船都應攜有六枚非爆破性飛彈及三十枚非爆破性反導彈飛彈。
7. 全戰會將在飛彈離開戰爭區前攔截、摧毀任何流彈與真實武器，且無論戰爭結果為何，參戰各方須直接付予全戰會攔截及摧毀流彈之費用。
8. 任何活人不可登上戰爭區內飛船，或用於全球電視轉播戰況之通訊設施。（「安全戰爭」的最後一次傷亡紀錄，即是載有影像人員的多軸飛行機闖入正在開火的戰鬥飛船機槍下，而幾千里外的領戰人還來不及看見他們、停止射擊。）
9. 本次「指定領地」為凱爾吉倫戰爭區，由參戰雙方向歐羅巴合眾國代表之第十四法蘭西共和國租借，價格為一小時四百萬金里弗。

10. 除影像權屬於戰鬥人員外，本次戰爭的座席應為凱爾吉倫戰爭區出租人之專屬財產。

在這些規定之下，法國人把他們的綿羊都吊離凱爾吉倫群島的範圍。那些羊已經習慣了——每次一有戰爭，牠們就得從本來的牧場被移往南極的駁船。場地已經準備就緒。

瑞爾登打算將工作地點設在奧馬哈。他猜他的西藏對手應該會駐紮在拉薩，但因為西藏擁有獨立武力的時間不過是幾個世代，他很想知道對方會徵召哪位傭兵。他們非常可能把小宋從北京找來。他比瑞爾登多了六場戰鬥經驗，是個可靠的戰爭大師。

IV

法國人輕而易舉把凱爾吉倫附近的座席和觀戰區都賣光了。那些以前在做走私勾當的傢伙，現在到處兜售號稱可以看到非法戰況的望遠鏡。當然，那些玩意兒大部分都是壞的；來自德班、馬德拉斯或柏斯的買家基本上只是白跑一趟。

戰船準備就緒。美國戰船是金色的，雪茄型的船體兩旁伸出粗短的船翼，周圍襯著紅、白、藍色圓圈，中間畫了一隻古代的美國國鷹；西藏的五艘船其實是向中華衰洪國借來的舊型號，原本的中國國徽已經塗掉，剛漆上的西藏轉經輪嶄新簇亮。中國的機械技師是善藏機關的專家。裁判團中的美國裁判堅持，十艘飛船都必須經過徹底檢查，才願意簽署放行，讓飛船進入凱爾吉倫戰爭區。

開戰時刻是當地時間的正午。瑞爾登一開場就占盡優勢。飛船的位置是由裁判隨機挑選，他正面迎著強烈的西風，對手得拚命拉住自己的船，才不至於被吹出領地外。

瑞爾登發現自己操控的飛船分別被命名為**普洛斯號**、**艾瑞兒號**、**奧伯龍號**、**卡利班號**和**泰坦妮亞號**——大概是某個坐在辦公椅上的笨蛋用莎士比亞筆下的角色命名美國的船。西藏人則沒花工夫重新命名中國人的船，所以都留用了古時的朝代名稱：**大漢號**、**大元號**、**大清號**、**大秦號**和**大明號**。

瑞爾登把自己的船靠向觀眾席，這樣一來，如果西藏人要朝他發射飛彈，勢必會射出領地，還得付罰款。他坐在奧馬哈總部，抬頭看著出現在螢幕上的人，想知道他的對手是誰。小宋在其中——如他預料。巴爾泰克也在，他是個知名傭兵，駕駛列支敦斯登旗號飛行，哪裡有戰爭就往哪裡去。其他三人是生面孔，其中一個是女孩，還穿著藏服。中國人慣用的宣傳伎倆。瑞爾登想，這種機會，哀洪國當然一次也不會放過！

中國人丟出一顆煙霧彈，引起觀眾不滿。他們其實也沒什麼別的選擇，因為飛船正逆著風笨拙地抽動。瑞爾登在煙幕靠近他的船時跳了起來，將普洛斯號切到手控，隨便亂猜三個方向，然後自己一躍而出。半毀的普洛斯號從煙牆另一側穿出，她被兩顆飛彈射穿，瑞爾登不禁懷疑戰爭結束時救難人員能找到多少殘骸。

不過瑞爾登已經快要打贏這場仗了。他撞毀了大漢號和大明號，透過艾瑞兒號的鏡頭看著它們。殘破的大明號正從又冰又冷又深的南印度洋上方反擊，瑞爾登猜測，應該是巴爾泰克接手操控。大明號猛然開火，他趕緊扭開艾瑞兒號。船後方升起的火海讓他得知，全戰會為了保護觀眾，已經用實彈攔截了飛彈。火光維持了許久，他的戰況螢幕上不斷閃動白光。他想，那些盯著攔截火光太久的裁判大概都要看到頭痛了。而巴爾泰克顯然不在乎他的西藏老闆要付多少罰金。只不過，艾瑞兒號似乎躲得有些太容易了。

就在此時，仍在墜落的大漢號對卡利班號發動了攻擊。卡利班號失去左翼，開始向下掉。瑞爾登以斥責的眼神瞪了負責幫他控船的機器人一下，決定不要浪費時間罵那些毫無判斷力的機器人程式設計師。

一位全戰會裁判的臉和聲音出現在所有螢幕上：「美國，卡利班號。西藏，大漢號。兩艘都下場。繳械之後移除。」

因為得分制度的關係，瑞爾登即將到手的勝利飛了。他只要在戰時擊落兩艘敵船，並讓自己其中一艘船維持在空中，就算是贏。那艘裂成碎片、散落在浪花之間的大明號本是他勝利的第一步，大漢號則應該是另一步。但現在一切得重新來過了。

他將艾瑞兒號交給機器人，自己接手泰坦妮亞號。

其中一艘敵船開始沿著觀眾席一路朝他飄來。它沒辦法向他開火，因為這個領地是長方形，而泰坦妮亞號太靠近角落。然而瑞爾登也沒辦法開火，除非把泰坦妮亞號的船肚浸到水裡。那樣的話，他的流彈是可以逃進太空。

他和對手同時下墜。

突然間，他的指揮螢幕消失，總統的臉出現在螢幕上——只有總統擁有這樣的最高優先權。

「孩子，情況如何？看起來似乎有點糟啊，對吧？」

瑞爾登好想大吼著說：「給我滾開啊！蠢蛋！」

但那是總統。誰都不能對總統大吼大叫。

雖然知道他的臉已被怒火刷白，他還是強迫自己說話要有禮貌。「長官，請離開我的螢幕。一切都好，長官，謝謝您。」

總統離開了螢幕，瑞爾登發現自己重新回到泰坦妮亞號，而敵人正將她切成兩半。

在暴怒之下（但他有控制好自己），他接管艾瑞兒號，讓泰坦妮亞的殘骸落入下方的浪中。

瑞爾登放出一顆煙幕彈，煙幕朝他湧來。他爬升到煙幕上方，剛好看到兩艘中國飛船進去找他，於是他又潛回去。煙霧漸薄。他伸手挑開一個槓桿開關，它能讓發射出去的飛彈在預定時間攻擊同一個目標。到時所有飛彈都會衝向同一處。然後，他多想了幾秒那總統有多愚蠢，結果挑到錯的開關——自爆。

艾瑞兒號在一陣美麗的煙火中炸開。她附近還有另外兩朵橘色的雲。艾瑞兒號前甲板上的影像鏡頭告訴他，技術上來說，他贏了戰爭。另兩艘船跟著他一起沉了下去。

他切換到最後一艘船，奧伯龍號。他與中國人仍是一對二的狀態；面前分別是大清號和大元號。

裁判上前。「你按了『自爆』，那不是授權戰裡允許的武器。」

「那是失誤。」瑞爾登回應。「你可以查一下你手中的紀錄，就會看到我的手是伸向『同時攻擊』。」

對方沉默了好一會兒，空白的螢幕嗡嗡作響。過了一陣子，裁判重新上線，對巴爾泰克和小宋說話，但讓瑞爾登一起旁聽。「規則沒有解釋到這個部分。」裁判說：「那是個人失誤，但你們也冒了險，才讓船離他那麼近。美國方當時是從上面追下來，我判定這屬於成功得分。」

現在瑞爾登要做的，就是在接下來六十七分鐘裡想辦法活著——而活著的意思是要有一艘船在場上。

他開始沿著整排觀眾席緩緩飄行，距離近到某些觀眾甚至退後幾步。有許多人大聲喊叫，要裁判出來，不過瑞爾登始終確保自己有保持一百公尺的安全距離。

大清號和大元號接連跟在他後方，他得緊急噴射下潛才能擺脫它們的飛彈。他猜大清號和大元號各剩下四枚和三枚彈頭，但在步調這麼快的戰鬥和大量煙霧中，他其實也無法確定。這有點像在玩以前的卡牌遊戲：就算是最厲害的玩家，有時也記不住所有的牌。

他再次下潛。

中國人的船跟了下來。

一顆飛彈擦過他右翼的升降舵葉片。

瑞爾登利用這個機會，讓奧伯龍像艘跛腳船一樣倒向一側，朝水面墜落。

大元號跟上來想看看情況，他對她發出一擊，在船體上射了個洞，陽光從裡面透出。她失去控制，朝觀眾飛去，在全戰會的保護武器發出的強光下消失。

奧伯龍號觸到水面，同一時間，瑞爾登將引擎全速逆轉。他把兩顆寶貴的飛彈直接射入水中，巨大的蒸氣雲向上升起，奧伯龍號以超越任何一艘飛船的速度攀升。他看不到自己前進的方向——因為他是倒過來升空，眼前的畫面仍對著海。但他盯著自己的損害管制螢幕，把音量調到「高」。

衝擊隨之而來。

奧伯龍號撞進了某個東西裡，除了大清號之外，應該不可能是別的了。

瑞爾登加強推力，將船身急轉到另一面，但方向依舊是反的。他向後飛，朝著撞上的船開火，無情地將它推進水中。兩艘船撞在一起，但還沒爆成一團火焰。

損害管制突然像聖誕樹一樣亮起來。他船身後半截整個沒了。

他用指尖去轉，盡可能將控制鈕轉到最小，然後開始向高空爬升。瑞爾登的視線所及，只有觀眾乘坐的飛船上方那片開闊的天空。從他的方向看去，觀眾就像橫倒著坐在左邊的空中，看起來非常奇怪。

奧伯龍號和某個東西分開了。

他在完全沒看見大清號的情況下就將它擊沉了。

裁判出現在面板上。「你的船清空了海面，另一艘船出局。戰爭結束，比預期提早六十一分鐘。現在公布結果：美國獲勝，西藏落敗。」

接著，裁判換了另一個語氣。「恭喜你，孩子。敵方領戰人也想向你祝賀，可以嗎？」

V

瑞爾登還來不及回答好或不好，他的螢幕畫面就消失了。

總統又用了他的優先權。

瑞爾登看著那位老紳士掉著眼淚，覺得一陣好笑。「你做到了，小子，你做到了。我始終相信你可以做到。」

瑞爾登逼自己擠出一個認同的微笑，然後坐下來，等著那幾張是敵也是友的臉孔出現在螢幕上。巴爾泰克一定會堅持要聚餐。他每次都這樣。

3 獵人機十一型

年歲如滾輪般輾過，地球活了下來。一個被擊中的憂傷人類悄然穿過代表廣大昔日的輝煌遺跡。

I 一位女士的墜落

即使人們早已忘了要將這般夜晚稱做六月，群星仍安靜地在初夏天空中轉動。

萊爾德試著閉上眼睛看星星。這是一種讓心靈感應者期待又害怕的遊戲：當心靈觸碰到近處星群的影像，他隨時都可能感覺到天堂對他大大開啟，也隨時可能躍進恆久墜落的噩夢中。每當他遇上這種噁心、駭人、可怖、窒息又無邊無際的墜落感，就必須把腦袋關起來，屏蔽心靈感應，直到能力復原。

他將心靈朝著地球上空的物體伸出。能源耗盡的太空站在多重軌道中飛行，永不停歇地旋轉著，那是古代核戰殘存的遺留物。

他抓到了其中一個。

那個東西古老到沒剩下任何低溫電子控制器，它的設計老舊得不可思議。使它脫離地球大氣層的原因顯然是化學試管。

他張開眼，卻馬上失去它的蹤跡。

他閉上眼，再次用心靈向外搜尋、摸索，直到找到那古老的遺棄物。當他的心思觸及到它，他下巴的肌肉頓時緊繃。他可以感覺到裡面有生物，是跟這臺舊時代機器一樣古老的生命體。

他立刻連絡他的朋友，電腦阿東。

他把目前的資訊倒進阿東腦中，阿東也躍躍欲試，他丟回一個軌道，能切進那臺舊裝置的拋物線航跡，並把它向下拉進地球的大氣層裡。

萊爾德花費了極大氣力。

在看不見的朋友幫助下，他再次搜索那堆奔馳於空中、閃閃發光的隱形廢棄物，找到那臺舊機器，設法推了它一把。

就這樣，在離開希特勒帝國一萬六千年後，卡洛塔・馮・阿赫特踏上重返人類地球的歸途。

這麼多年來，她一點都沒變。

而地球變了。

舊火箭跌落。在與大氣層相互摩擦四個小時後，這臺靠著低溫與時間抵抗一切改變、存活下來的古老控制器，終於又開始發揮功效。它們逐漸解凍、開始運作。

飛行路線轉成水平。

十五小時後，火箭開始搜尋目的地。

電子控制器在毫無變化的宇宙時空中獨自失靈了幾千年，如今又開始尋找德國的領土，試圖篩選納粹特有的電子通訊攪亂器模式反饋。

音訊全無。

但機器怎麼會曉得呢？畢竟它在一九四五年四月二日就離開了帕爾杜比茲城，跟紅軍掃蕩德國人最後藏身處同一時間。它怎麼會知道這裡已經沒有希特勒、沒有帝國、沒有歐洲、沒有美國，也沒有國家了？機器是用德文程式編寫，也只有德文的程式。

這並不影響反饋機制。

它們仍尋找著德文密碼，但一無所獲。火箭上的電腦開始變得有點神經質，像隻生氣的猴子那樣對著自己吱吱嗟嗟，然後休息一下，又開始吱吱嗟嗟。接著，它將火箭導向了某個依稀有些電子反應的物體。火箭開始下降，女孩醒了過來。

她知道自己在一個盒子裡，是爸爸將她放進來的。她知道自己跟父親所不齒的那些納粹分子不一樣，那些傢伙是懦弱的豬玀，而她來自高貴軍人世家，是個溫順乖巧的普魯士女孩。父親命她待在這個盒子裡；父親吩咐她的事，一定要完成。像她這樣的十六歲容克階級❸女孩，這是最高守則。噪音漸漸變大。

電子嗟嗟聲彷彿爆炸，變成某種混亂又狂野的喀嚓聲響。

她聞到某些很糟糕的東西正在燃燒，是聞起來很可怕又腐敗的東西，例如血肉。

她很怕那是她自己，可是她不覺得痛。

「爸爸、爸爸，我到底怎麼了？」她呼喊著父親。

（她的父親已經死了一萬六千多年。可想而知，他無法回答。）

火箭開始旋轉，扣住她的老舊皮帶鬆開。縱使身在不比棺材大多少的火箭空間，她仍舊傷痕累累。

她哭了起來。

——她還吐了，雖然幾乎吐不出什麼東西，她滑進了自己的嘔吐物中，並因為這極為單純的本能反應感到噁心、羞恥。

噪音交織成一陣刺耳、尖銳的聲響，達到最高峰。她記得的最後一件事是前向減速器開始噴火。因為金屬疲勞的緣故，那些噴氣管不只向前噴火，還朝著側邊炸出了管子的碎片。火箭墜毀時她已失去意識，或許這算是救了她一命。因為，在那種狀況下，即便是最輕微的肌肉張力，都會導致肌肉撕裂和骨頭折斷。

＝ 有個笨蛋找到了她

他穿著那身華麗的制服，在漆黑的森林裡像野生動物般倉皇疾走。他身上的獎牌和徽章在月光下閃閃發亮。真正的人類對政治或治國完全沒興趣，他們把世界政府留給笨蛋很久了。

卡洛塔的體重（而非意志）拉動了逃脫桿。

她的身體一半躺在火箭裡，一半露在外面。

她的左手臂碰到火箭灼熱的外殼，嚴重燙傷。那個笨蛋離開樹叢，靠了過來。

「我是七十三區的大行政長。」他按照規定表明自己的身分。

失去意識的女孩沒有回應。他在靠近火箭的地方起身，但伏低身體，惟恐夜裡的不知名危險會吞噬他，然後專心聽著嵌在左耳後方頭皮下的輻射計數器。他俐落地抱起女孩，將她輕甩上肩，轉身跑回樹叢，然後轉九十度跑了幾步，猶豫不決地四處張望（雖然他還不太確定，腳步依舊像兔子般輕盈），奔下了溪谷。

他在口袋裡找到燙傷藥膏，在她手臂燙到的地方塗了厚厚一層。那能止痛、保護皮膚，並包覆她的傷口，直到復原。

---

❸ Junker class。以普魯士為代表的德國東部貴族。軍國主義支持者，名字中往往會有一個 von（馮）。

他朝她的臉上潑冷水，她醒了過來。

「Wo bin ich？」她用德文說。

在世界另一端，心靈感應者萊爾德此時早已忘了什麼火箭。如果是他，可能會懂得她在說什麼，但他不在這裡。叢林圍繞著她，裡頭充滿生命、恐懼、憎恨和無情的致命物體。

那個笨蛋咿咿呀呀地說著他自己的語言。

她看著他，以為他是俄羅斯人。

她用德文說：「你是俄羅斯人？還是德國人？你是弗拉索夫將軍手下的人嗎？我們離布拉格多遠？你務必待我有禮，我是個很重要的人……」

那笨蛋注視著她。

他逐漸綻開笑容，臉上漾開純真的慾望。（真正的人類從不覺得必須抑制笨蛋的生育習性。要在「野獸」、「殺無赦」和「獵人機」環伺下生存，對任何種類的人來說都非常困難。真正的人類需要這些笨蛋繼續繁殖、帶回報告、收集一些必需品，並適當分散世界上其他居民的注意力，好讓真正的人類能夠擁有寧靜和沉思的空間，讓他們那高貴但令人厭倦的脾性歇一歇。）

這名笨蛋是這個族群的典型。對他來說，食物就代表吃、水就代表喝、女人就代表慾望。

他一視同仁。

雖然疲倦、困惑、傷痕累累，卡洛塔仍認出了那個表情。

一萬六千年前，她曾想過可能會被俄羅斯人強暴或謀殺。這名士兵是個奇怪的矮小男人，圓滾滾，滿臉笑意——而就一位蘇聯大將來說，獎章夠多了。她在月光下見到他，鬍子刮得乾乾淨淨，看來舒服。他長得這麼單純又傻氣，實在不像居於高位的將領。可能俄羅斯人都是這樣的吧，她想。

他向她伸出手。

雖然很累，她還是打了他一巴掌。

這名笨蛋一時間思緒混亂。他知道自己有權把抓到的每個女性笨蛋當成俘虜，但他也知道，要是對真正的人類女性出手，下場會比死還慘。那這——這個東西——這股力量——這個從星間降臨的存在，她是哪一類啊？

憐憫和慾望在時間與情感上是不相上下的。當慾望消退，屬於基本人性的憐憫便會顯露出來。

他把手伸進緊身上衣的口袋，撈出一些食物碎屑。

他給了她。

她吃了，然後對他露出信任的眼神，像個孩子。

森林中突然傳來一陣爆裂。

卡洛塔不禁好奇發生了什麼事。

她第一眼看到他時，他滿臉關懷。然後他笑了、開口說話，接著又充滿淫慾，可是最後，他的舉動卻很紳士。而今，他的眼神一片空茫，腦袋、皮膚、整副骨架都專注在聆聽上——他在聽某個除了爆裂聲之外的情況，一些她聽不見的情況。他轉向她。

「妳快跑。妳一定要跑。站起來跑——我叫妳跑啊！」

她完全無法理解，只是聽著他胡言亂語。

他再次縮身聆聽。

——然後一臉驚恐地看著她。卡洛塔試圖理解發生了什麼事，卻猜不出他是什麼意思。

三個長得更怪的小人從樹林裡衝出，穿得跟他一模一樣。

他們像一群在森林大火中逃亡的鹿或麋鹿，因為太拚命奔跑，臉上什麼表情都沒有，雙眼直瞪前方，彷彿什麼也看不到。這樣還能避開樹木，簡直是奇蹟。落葉隨著他們從斜坡往下衝的態勢一路散落，他們粗魯地踏過小溪，水花四濺。而在一陣半人半動物的嚎叫中，卡洛塔身邊的笨蛋加入他們。她對他的最後印象，是他遠遠地跑進樹林中，腦袋因為賣力奔跑而上下擺動。從那群笨蛋奔來的方向，樹林裡響起一陣神祕又詭異的哨音，隱隱約約、咻咻低響，伴隨一陣非常低調的機器運作聲。那股噪音聽起來彷彿世上所有坦克都被壓縮成一體，變成某種坦克的幽魂，然後全塞進一臺機械的心臟。它從自我毀滅中倖存，像幽靈一樣在昔日的戰場上遊蕩。

卡洛塔轉向那陣逐步逼近的聲音，試著站起身，卻做不到。她迎向危險（每個普魯士女孩都注定成為軍人之母，她們受到的教導是要面對危險，而非轉身背對）。當那個聲音靠近，她可以聽到一股高亢又瘋狂的電子音正低聲喋喋不休。這聲音讓她想到自己某次在父親研究室裡聽到的聲納，那是來自帝國祕密辦公室的諾那赫特計畫。

機器從林子裡出來了。

看起來的確像鬼魂。

III 全人類的死神

卡洛塔盯著那臺機器。它有蚱蜢般的腿、十英尺長、彷彿烏龜的身體，以及三顆在月光下焦躁轉動的頭。

一隻隱藏的機器手臂從表層外殼前緣向前彈出，比美洲豹更迅速、比眼鏡蛇更致命，安靜無聲，更勝一隻飛掠過月色的蝙蝠。它幾乎就要打中她了。

「不要！」卡洛塔用德文尖叫。機器手臂在月光中倏地靜止。

由於停得太急，它的金屬材質像弓弦一樣發出「砰轟」一聲。

機器上所有腦袋都轉向她。

它看起來像是受到某種類似驚訝的情緒震懾，哨音壓低，化成一陣柔順的呼嚕聲，電子聲噠噠湧出，越來越強——然後戛然而止。機器膝蓋著地跪了下來。

卡洛塔爬向它。

她用德文說：「你是什麼東西？」

「對所有反抗第六德意志帝國之人而言，我是他們的死神，」機器像唱歌一般流暢地說出德文。「若帝國公民想辨識我的身分，型號與編號都寫在機殼上。」

機器的跪姿之低，卡洛塔可以伸手抓住其中一顆頭，在月光下查看表殼邊緣。它的頭和脖子雖然是金屬製，但感覺起來比預期中更輕薄脆弱。整臺機器散發一種度過漫長歲月的氛圍。

「我看不到，」卡洛塔哀聲說：「我需要光。」

久未使用的機械結構發出一陣絞磨聲，彷彿正忍著疼痛露出另一隻機器手臂。它一邊移動，一邊散落幾乎結晶化的塵埃。那手臂的末端發著光，湛藍又充滿穿透力，陌生而且詭異。

溪水、森林、小山谷、機器還有她自己，都被那柔和、有著穿透力又不傷眼睛的藍光點亮。那道光甚至給了她某種幸福感。有了光，她就能讀了。沿著那三顆頭上方的機殼，一串德文刻著：

第六德意志國武器

艾森豪堡，西元二一四九五年

而底下是字體大上許多的拉丁文：

獵人機十一型

「『獵人機十一型』，這是什麼意思？」

「是我，」機器尖聲說：「如果妳是德國人，怎麼可能沒聽過我？」

「我當然是德國人，你這笨蛋！」卡洛塔說：「我看起來像俄羅斯人嗎？」

「什麼是俄羅斯人？」機器說。

卡洛塔站在藍光中猜測、幻想、惶惶惴惴，因為身周化為現實的未知情況感到不安。

當諾那赫特計畫的物理數學教授（漢茲．霍斯特．里特．馮．阿赫特博士，也就是她的父親）把她射上天空，他自己則等著蘇聯士兵來臨，讓他痛苦地死去。他從來沒跟她提過第六帝國，或她可能會遇到什麼，或任何跟未來有關的事。她腦中浮現一個想法：或許這個世界已經滅亡了。那些奇怪的小人也不是在布拉格附近，也許她是在天堂或地獄，她已經死了。又或者，假如她還活著，就是到了另一個世界，不然就是原先世界的未來，不然就是某種超越人類理解範圍的東西，又或是在一個無人能解開的謎團裡……

她又昏了過去。

獵人機不知道她已失去意識，還在用十分正經、十分高亢、唱歌一般的德文對她說：「德國公民啊，請相信我會保護妳。我就是為此而造的。我會辨識德國思想，並殺掉所有沒有真正德國思想的人。」

機器遲疑了一下。它正試圖編匯出自己的想法，安靜的樹林裡迴盪起巨大、頻繁的電子喀嚓聲。要從長久未用的單字庫裡，為這陌生又古老的場合選出適合字眼，並非易事。它站在自己的藍光中，四周只剩溪水以無人可擋、自顧自向前奔流發出的聲音，輕輕緩緩，不問世事。

就連樹上成群的鳥兒和昆蟲都因這臺發出哨音的可怕機器陷入沉默。

對獵人機的聲音接收器來說，那些跑出兩英里外的笨蛋只剩非常微弱的啪噠腳步聲。

機器陷入兩難：一邊是殺死所有非德國人。它長年執行這項任務，對此非常熟悉，而且剛剛本來就在進行中。另一邊則是它早已忘卻的一項古老職責——幫助德國人，不論他們是何種身分。機器又噠噠響了一陣子，再次開口說話。它恍若歌聲的德語摩擦音中帶有一種奇怪的警告語調，是隨著它的移動發出的提醒哨音，代表它正用身上的機械與電子構造進行極大的努力。

機器說：「妳是德國人。這世上已經很久都沒有任何德國人了。我環繞世界兩千三百二十八圈，殺了七千四百六十九個確定與第六德意志帝國為敵的人，還可能額外殺了其他四萬兩千零七個。我進過自動修復中心十一次，那些自稱真正的人類的敵人總是躲著我，我已經超過三千年沒殺過他們任何一人了。我最常殺的是被稱為『殺無赦』的一般人，但我也常會抓到笨蛋，然後殺了他們。我為德國而戰，但我找不到德國。德國裡沒有德國人，到處都沒有。我只聽令於德國人，但到處都沒有德國人，到處都沒有德國人，到處都沒有德國人……」

機器的電子腦似乎突然意識到這件事，它接連說了三、四百次「到處都沒有德國人」。

在機器自言自語說著夢話，不斷以悲傷且幾近瘋狂的語氣說到處都沒有德國人時，卡洛塔醒了過來。

「我是德國人。」她說。

「……到處都沒有德國人，到處都沒有德國人，除了妳，除了妳，除了妳。」

機械聲終結於一陣薄弱的尖叫。

卡洛塔試著站起來。

最終，機器再次找到它想說的字眼：「我──現在──要──做──什麼？」

「幫我。」卡洛塔堅定地說。

這道指令似乎啟動了這臺古老機器的某種反饋機制。「第六德意志帝國的子民，我沒有辦法幫助妳。若要這麼做，妳需要的是救援機。我不是救援機。我是獵捕人類的獵手，是為了殺死德意志帝國所有敵人而設計的。」

「那就找一臺救援機給我。」卡洛塔說。

藍光消失，站起來的卡洛塔被留在伸手不見五指的黑暗裡。她的腳在顫抖，獵人機的聲音朝她而來。「我不是救援機。沒有救援機了。到處都沒有救援機了。到處都沒有德國人了。到處都沒有德國人，到處都沒有德國人，除了妳。妳必須向救援機求援。現在，我要離開。我必須殺人，殺那些與第六德意志帝國為敵的人。那是我的任務。我可以永遠戰鬥下去，我該去找個人，並且殺了他。我怠忽第六德意志帝國的職守了。」

哨音和喀擦聲再次響起。

機器踏著跟貓一樣輕盈的步伐，以難以置信的優雅姿態越過溪流。卡洛塔在黑暗中專注聽著。獵人機走過枝繁葉茂的樹影底下，就連去年的乾燥落葉也沒碰著。

一切突然靜了下來。

卡洛塔聽到獵人機體內的電腦正痛苦地啪噠啪噠響，藍色的燈光重新亮起，整座森林成了一片奇怪的剪影。

機器轉過身。

它站在遙遠溪邊，用彷彿吹笛般沙啞高亢的德文對她歌唱。

「現在起，我每幾百年會跟妳報告一次我有沒有找到德國人。嗯，大概是這樣。我也不確定。我的設計是要向軍官報告，而妳不是軍官。但不管怎樣，妳是德國人，所以我會每隔幾百年報告一次。與此同時，請小心卡斯卡斯基亞效應。」

再次坐下的卡洛塔正嚼著笨蛋留給她的那些方方的乾燥食物。它們嘗起來像巧克力的仿冒品。她用塞滿食物的嘴試圖對獵人機大叫：「Was ist das？」

機器顯然有聽懂，因為它回了話。「卡斯卡斯基亞效應是一種美國武器。美國人都消失了，到處都沒有美國人了，到處都沒有美國人了，到處都沒有美國人──」

「不要再跳針了。」卡洛塔說：「你說的那個效應是什麼東西？」

「卡斯卡斯基亞效應會阻止獵人機、阻止真正的人類、阻止野獸。妳可以感覺到它，但看不到也測量不到。它像雲一樣移動，只有思想乾淨、生活快樂的單純人類能夠住在裡面。鳥類或普通的動物也可以。卡斯卡斯基亞效應像雲一樣四處飄，總共有多達二十一至三十四個卡斯卡斯基亞效應，在地球上緩慢移動。我曾經把其他獵人機帶回去修復和重建，但修復中心找不到問題所在。卡斯卡斯基亞效應毀了我們，所以我們開始逃跑……雖然軍官曾經告訴我們不可以逃避任何事物。但如果我們不逃，就會滅亡。妳是個德國人，我認為卡斯卡斯基亞效應也可能會殺掉妳。現在，我要去獵捕人類。當我找到人，我就要把他殺掉。」

藍光滅去。

機器發出哨音和噠噠聲，一路走進漆黑安靜的叢林夜色。

IV 與中型態的對話

卡洛塔無庸置疑是個成年人。

她離開希特勒德國內的騷動時，國家正從波希米亞的前哨站開始崩毀。她順從地讓父親（里特．馮．阿赫特）將她和她的姊妹送進發射器。發射器原本是設計來運送人員和補給品到德國民族社會主義的第一月球基地。

他和他那不長進的兄弟（約哈希姆．馮．阿赫特博士）用安全帶把女孩們穩穩地固定在發射器裡。博士叔叔將她們發射出去。

卡拉最先離開，然後是茱莉，最後是卡洛塔。

那天晚上，圍滿鐵絲網的帕爾杜比茲要塞，以及試著躲避紅軍和美國戰鬥轟炸機空襲的德意志國防軍卡車，在死亡面前簡簡單單畫出一條弧線。隔天晚上，就莫名長出這片「不知到底是什麼鬼地方」的神祕森林。

卡洛塔昏昏欲睡。

她在溪邊找到一塊平坦空地，枯葉堆得很高，她沒有多考慮可能面臨什麼危險，就這麼睡著了。

當樹叢再次分開，她只睡了幾分鐘而已。

這次來的是一隻熊。他站在暗處邊緣看著溪水流過灑滿月光的谷地。他沒有聽到笨蛋的聲音，也沒有聽到「冷冷機」（這是他和他的族人稱呼狩獵機器的方式）的哨聲。確定一切安全後，他甩甩爪子，輕巧地將手爪伸進脖子上用皮繩掛著的皮袋，緩緩拿出一副眼鏡，小心翼翼地戴在年邁的雙眼前。

他在女孩身旁坐下，等她醒來。

她再次閉上雙眼，一路睡到破曉。

陽光和鳥鳴喚醒了她。

（有沒有可能，這其實是來自萊爾德心靈能力的試探？有沒有可能，這是他範圍寬廣的感應力在告訴他，有個女人自一艘古董級的火箭中神祕且奇蹟地誕生？有這樣一名與其他人種都不同的人類，在曾被稱為馬里蘭的溪邊醒來？）

卡洛塔醒來，但她生病了。

她發燒。

她背痛。

她的眼皮幾乎被白沫黏在一起。自她最後一次站在地表上，這個世界擁有大把時間發展各種新的過敏原。四支文明社會誕生又消失，它們和它們的武器顯然留下了會讓黏膜發炎的後患。

她的皮膚發癢。

她的胃不舒服。

她的手臂沒有知覺，上面覆蓋一層黑色的黏稠物質。她不曉得那其實是燙傷，再加上笨蛋前晚給她敷的藥膏。

她的衣服很乾燥，並且碎成一片一片，從身上掉下來。

她的狀況很糟糕，以至於當她看到熊，連逃跑的力氣都沒有。

她只是又把眼睛闔了起來。

她閉眼躺在那兒，又把自己身在何處重新想了一遍。

熊以標準的德語開口說：「妳在公有區的邊緣，被一個笨蛋所救，還不可思議地阻止了一臺獵人機。這是我生平第一次看進德國人的腦袋，並了解『冷冷機』應該叫獵人機——獵殺人類的獵手。請容我自我介紹：我是住在這片樹林的中型熊。」

那個聲音說的不只是德文，而且還是最正確的那種德文。聽起來就像卡洛塔從父親口中聽了一輩子的那種口音。那是屬於男性的聲音。自信、穩重、令人放心。她閉著眼，意識到在說話的是一隻熊。然後她想起來了：那隻熊還戴著眼鏡。

她坐起身，說：「你想怎樣？」

「沒想怎樣。」熊和善地說。

他們對看了好一會兒。

然後卡洛塔說：「你是誰？你的德文在哪裡學的？我會怎麼樣？」

「請問小姐，您希望我按照順序回答這些問題嗎？」熊問。

「別說傻話，」卡洛塔說：「我才不在乎什麼順序。不管怎樣，我餓了，你有什麼我可以吃的東西嗎？」

熊緩緩答道：「我想妳應該不會喜歡吃昆蟲的幼蟲。我的德文是讀取妳的大腦學的。像我這樣的熊，是真正的人類的朋友，而我們都是很好的心靈感應者。笨蛋怕我們，但我們怕冷冷機。無論如何，妳不用擔心太多，妳的丈夫馬上就會到了。」

卡洛塔正走向溪邊，想要喝水，熊的最後一句話卻讓她停下腳步。

「我丈夫？」她倒抽一口氣。

「我應該可以確定。把妳帶下來的是萊爾德，一位真正的人類。妳現在在想什麼，他都知道，而我可以看得出來，能找到這樣一位既狂野又陌生——但又不會太狂野、太陌生的人類，他有多高興。現在他在想，妳跨越這麼多世紀，又把生命的活力帶回人類中，妳和他的孩子將會非常優秀。他現在正在跟我說，不要把他的想法告訴妳，怕妳會因此逃跑。」熊輕輕笑了起來。

卡洛塔呆站在那兒，嘴巴大開。

「妳可以坐在我的椅子上，」中型熊說：「又或者妳可以待在這裡，等到萊爾德來接妳。不管怎樣，妳都會被照顧得很好。妳的病會康復，傷痛會消失，妳會重新快樂起來。我是所有熊中最有智慧的一隻，所以我很清楚。」

卡洛塔生氣、疑惑又驚恐，又覺得自己不太舒服。她跑了起來。

有個厚實的東西擊中了她，恍若一陣強風。

不用多說，她知道熊延伸出了自己的心靈，將她緊緊包圍。

它的力量衝擊了她——砰！——就這樣。

她從沒想過一隻熊的心能這麼舒服。感覺就像在還是個小小孩時，躺上了一張好大好大的床，母親就在一旁照顧妳，妳享受被寵愛的感覺，認為無論是什麼問題都很快會好起來。

怒意從她心裡流了出去，恐懼離開體內，不適感開始變得輕微。這個早晨是多麼美麗。

她覺得自己好美，然後她轉過身——

一名皮膚黝黑的年輕男子從藍色天空迅速且優雅地降下。

一股幸福感湧上心頭。那是萊爾德，我的愛。他來了，他來了。我將永遠幸福。

那是萊爾德。

她將永遠幸福。

4 午後女王

她甦醒時，在所有事物中最想看到的就是自己的家人。她呼喚著他們。「媽媽、爸爸、卡洛塔、卡拉！你們在哪裡？」像她這樣一個好普魯士女孩，喊這些話時當然是用德文。然後她才終於想起——距離父親將她和另外兩個姊妹放進太空膠囊，到底過多久了？她完全沒有概念。即使是她的父親（里特・馮・阿赫特）和叔叔（約哈希姆・馮・阿赫特博士），都料想不到後來的情況。從他們在一九四五年四月二日的德國帕爾杜比茲主導整起發射行動，這些女孩竟然會進入假死狀態長達數千年。但這種事確實發生了。

午後的陽光在戰鬥樹深紫色的樹蔭中閃爍著澄橘、金黃的光芒。洽耳思看著這些樹。他知道，現在隨著黑暗從西邊地平線蔓延過來，正由橘變紅的夕陽，明天還是會再次燃起沉靜的火焰，並發出光亮。

究竟要過多久，這些樹才能讓那些來自地表及儲存在地裡的水再次變得澄淨？戰鬥樹——真正的人類是這麼稱呼它們的。這種樹會將粗大的根伸進泥土，找出土壤及下方水源的放射物質，然後將有毒廢物集中在堅硬的豆莢，再讓那些光滑如蠟的豆莢落到地上。然而還得等待多久？洽耳思沒有答案。

但他可以確定一件事：只要碰到一棵樹——只要直接摸到它——就必死無疑。

他很想折一根樹枝下來，但他不敢。不只因為那是一種「進季」，更因為他怕生病。他的族人過去幾個世代以來已進化許多，能讓他們偶爾不害怕面對真正的人類，還能與他們爭論。但疾病不是可以與之理論的東西。

一想到真正的人類，一股毫無來由的深刻感受立刻鯁住他的喉頭。他變得多愁善感、溫柔又滿懷擔憂；擄獲他的那種想望是某種愛的感覺，但同時他也知道那不可能是愛，因為他以前只有隔著一段遠遠的距離看過真正的人類而已。

那麼，為什麼他會想到這麼多跟真正的人類有關的念頭？洽耳思想著，有沒有可能，是因為某個真正的人類就在附近？

他看著已經可以安全直視的紅色夕陽，覺得大氣中有某種令他不安的事物。他呼喚他的妹妹。

「歐妲、歐妲！」

她沒回話。

他又叫了一次。「歐妲、歐妲！」

他聽到她粗魯地撥開草叢過來的聲音。歐妲有時太沒耐性，他希望她有記得避開戰鬥樹。

她一瞬間跑到他面前。

「你叫我嗎？洽耳思？你叫我嗎？你找到了什麼？我們要一起去什麼地方嗎？你想做什麼呢？媽媽跟爸爸在哪裡？」

洽耳思大笑不已。歐妲每次都這樣。

「一次問一個問題，老妹，妳都不怕全身發熱死掉嗎？居然用那種方式穿過樹林。我知道妳不信什麼『進季』，但會生病這件事是真的。」

她搖著頭。「才不是咧。以前或許是那樣……我猜以前那都是真的，」她給了他一個臺階下。「但是過去一千年來，你有認識任何一個因為這些樹死掉的人嗎？」

「當然沒有，傻瓜。我還沒活到一千年呐。」

歐妲湧上一陣不耐。「你知道我什麼意思。而且，不管怎樣，我覺得這真的太可笑了，我們都有不小心擦過這些樹木，所以呢，某天我乾脆吃了一個樹莢。什麼事都沒發生。」

他傻了。「妳吃了一個樹莢？」

「對，你沒聽錯。然後什麼事都沒發生。」

「歐妲，總有一天妳會玩過頭的。」

她朝他一笑。「你現在是不是要跟我說，其實海床以前也不會長草？」

他生起氣來了。「當然不是，我才沒那麼呆。我知道那些草被放進海裡的原因，就跟為什麼要種戰鬥樹是一樣的：那都是為了吸收古人在古時候的大戰時代留下的有毒物質。」

他不知道他們吵了多久，但這時，他的耳朵捕捉到一陣陌生的聲響。他知道這是真正的人類在高空中衝來衝去、執行神祕任務時會發出的聲音。他知道，要是他太靠近城市，它們會發出不祥的嗡嗡叫；他還知道，僅存的幾臺冷冷機穿過荒野時發出的喀嚓聲，是在警告所有非德國人，它們就要來獵殺他們了。這些盲目的可憐機器總是很容易遭到矇騙。

但這個聲音不太一樣。這是他從來沒聽過的東西。

那陣哨聲爬升，在他聽力範圍的高頻區不斷震響。那奇怪的音色旋繞著，一下靠近，一下遠離。當那聲音朝他逼近，洽耳思滿懷恐懼，感受到前所未有的威脅。

接著歐妲也聽到了。她忘了他們還在吵架，一把抓住他的手臂。「洽耳思，那是什麼？那是什麼東西？」

「我不知道。」他聽起來充滿猶豫——還有疑惑。

「是真正的人類在進行些什麼嗎？他們要做什麼我們沒聽說過的事情嗎？他們是不是想傷害我們，或把我們變成奴隸？我們應該不想被抓到吧？洽耳思，告訴我嘛！我們會想被抓到嗎？是不是有真正的人類要來了？我好像聞到了真正的人類。他們以前真的有來過一次，抓走了我們一些人，然後對他們做奇怪的事，把他們變得像真正的人類——對不對？洽耳思？有沒有可能，真正的人類又要來了？」

除了恐懼以外，洽耳思的心裡還累積了對歐妲一定程度的不耐。她實在太多話了。

噪音持續增強。洽耳思覺得那是從他頭頂正上方傳來的，但他什麼都沒看到。

「洽耳思，我覺得我看到了耶。你有沒有看到啊？洽耳思？」歐妲說。

突然之間，他也看見了那個圓圈——一片糊白，像一列大小和音量都不斷增加的蒸汽火車。隨之增強的音量讓他覺得自己的耳膜就要炸開，這是他生活的世界從不曾有過的事物……

某個念頭擊中他。那個念頭堅實得像一道實體強風，以前所未有的姿態重挫他的勇氣和男子氣概。他不再覺得自己正值強壯的青年期；他連話都說不完整。

「歐妲，那會不會是——」

「是什麼？」

「會不會是遠古時代那些非常、非常古老的武器之一？它是不是跟傳說中的預言一樣，要回來消滅我們大家？大家都說他們可能會再回……」他的聲音漸弱。

無論那是什麼類型的危險，他都知道自己無能為力。既無力保護自己，也無力保護歐妲。

在那些古老武器面前，他們毫無防備。這裡不比那兒更安全，那兒的危險也不比這裡少。人們依舊活在遙遠的亙古武器陰影之下。他聽說過，但這是他第一次親眼看到。洽耳思握住歐妲的手。

歐妲在面對危險時顯得格外勇敢，她把他從天然井拉起來，拖上岸邊。他有些恍惚地想，不知道她為什麼那麼想離開水中。她攬住他的手臂，兩人並肩坐著。

然後他才意識到，現在要回去找父母或其他族人已經太遲了。他們的家人有時得花上一整天才有辦法全員到齊，而這玩意兒正毫不退讓地持續降落。洽耳思覺得自己全身無力，甚至不想再說話。他對著她想：我們在這裡等就好。而她捏了一下他的手，想了回來：好的，哥哥。

光圈中的長盒子持續下降，勢不可擋。

太怪了。洽耳思可以感覺到某個人類的存在，而且那個人類的心智距離他極近。他感覺到一種從來沒接觸過的心靈質地。他曾在真正的人類從遙遠天邊飛來時讀過他們的心。他也了解自己族人的心。他還能辨識大部分的鳥類與走獸。就算要偵測冷冷機人工大腦中原始的電子飢餓，對他來說也不成問題。

但現在這顆心靈的質地未經汙染、原始、滾燙——而且封閉。

盒子現在已經非常近。它會墜落在這村，還是下一村呢？裡頭發出的尖叫聲極為尖銳，洽耳思的耳朵和眼睛因為巨大的噪音和高溫而刺痛。歐妲緊握住他的手。

那東西墜毀在地上。

它把天然井對面的坡地整個撕裂成兩半。洽耳思突然意識到，要不是歐妲本能地離開井中，那個盒子將會擊中他們。

洽耳思和歐妲小心翼翼地站起來。

盒子一定用了某種方法減速。它很燙，但又沒燙到會讓周圍的殘株爆出火焰。殘破的落葉堆中冒出蒸氣。

噪音消失了。

洽耳思和歐妲走到離該物體十人長的地方。洽耳思構築出他能力所及最清晰的念頭，朝盒子丟去：

你是誰？

那個東西顯然沒有察覺到自己實際的狀態，一個直接針對所有生物的猛烈念頭傳了出來——

蠢貨！蠢貨！快幫我！快把我弄出去！

洽耳思收到了這個念頭，歐妲也一樣。她在精神上向前跨了一步，發出一個清楚有力的問題，洽耳思不禁心中訝異。那個問題很簡單，但強勢又堅定。她想了一個念頭：

怎麼做？

盒子裡再度傳來一陣暴怒，換為命令式的亂喊亂叫。把手啊，你們這些蠢蛋。外面有把手。用那些把手放我出去！

洽耳思和歐妲看向彼此。洽耳思不確定自己是不是真的想讓這個生物「出來」。然後他又想了想：也許從盒子裡散發出的不愉快氛圍，是受到監禁所致。他知道，如果是自己，一定也不喜歡像那樣被關起來。

洽耳思和歐妲決定冒險。他們一同踏上碎葉堆，小心翼翼走近盒子本身。盒子又黑又舊，看起來很像老長輩稱為「鐵」的東西，但從來沒人碰過。他們看到了那些把手：凹陷損壞、傷痕累累。

洽耳思露出一絲微笑，向妹妹點了點頭，兩人各自抓住一根把手，向上一抬。

盒子的邊緣裂開。鐵熱呼呼的，但還不至於無法忍受。在一陣鏽蝕的刺耳聲響中，那扇屬於遠古時代的門被掀飛開。

他們看進盒子。

裡面躺了一名年輕女人。

她長了一頭長髮，卻沒有毛皮。

她身上有一種奇怪、柔軟的東西取代了毛皮，卻在她站起來的瞬間四分五裂。

女孩起初看起來很害怕；接著，當她看到歐妲和洽耳思，便笑出聲音。她的念頭流了過來，清楚明白，甚至可說殘忍。在小狗狗面前我應該不用擔心自己端不端莊。

歐妲似乎不在意這種念頭，但是洽耳思被傷到了。女孩用嘴說了一些話，他們聽不懂。他們各抓住女孩一隻手臂，帶著她踏上地面。

他們走到天然井的邊緣，歐妲用手勢叫那個奇怪的女孩坐下。她照做，然後說了更多的話。

歐妲跟洽耳思同等困惑，但沒多久她就笑了起來。女孩還在盒子裡時可以使用念談，現在有什麼理由不行呢？唯一的問題是，這個奇怪的女孩似乎不知道怎麼控制念頭。她想的每件事都對全世界公開了——河谷、夕陽，以及天然井。她好像不知道自己正把腦中的每個想法都大聲喊出來。

歐妲問這個年輕的女子：妳是誰？

那顆滾燙又奇異的腦袋迅速回應：當然是茱莉啊。

洽耳思在這時插嘴。哪有什麼「當然」啊，他用念談這麼說。

我到底在幹麼？女孩的念頭迅速流動。我竟然在跟小狗人心電感應。

在洽耳思和歐妲的注視之下，她的想法就這麼潑灑出來，當場陷入一陣尷尬。

「她不知道怎麼關閉自己的想法嗎？」洽耳思想。如果是這樣，為什麼在盒子裡時她的頭腦感覺起來那麼封閉？

小狗人。我到底是流落到什麼鬼地方，才會跟小狗人混在一起？這裡還是地球嗎？我到了什麼地方？我離開多久了？德國在哪兒？卡洛塔和卡拉呢？爹地和媽咪和約哈希姆叔叔在哪裡？小狗人啊！

她的腦中頓時充滿這些念頭。洽耳思和歐妲可以感覺到那些意念尖銳的邊緣，而每當她想到「小狗人」，似乎都伴隨一陣殘忍的笑聲。他們可以看得出來，這顆腦袋就跟真正的人類中最有智慧的那些人一樣聰明，但兩者還是不同。這顆腦袋不像真正的人類，心中充滿專注奉獻，或謹慎得宜的智慧。

然後洽耳思就想起來了：他的父母跟他提過，曾有一顆跟眼前這個很相像的心。

茱莉持續不斷把自己的想法傾倒出來，猶如熾烈的火花，或大雨裡飛濺出的水珠。洽耳思嚇壞了，不知道該怎麼辦；歐妲則開始對這個奇怪的女孩產生反感。

但洽耳思隨後發現，其實茱莉自己也嚇到了。她叫他們「小狗人」是為了掩飾自己的恐懼。她真的不知道自己在哪裡。

他沒有直接對著茱莉發散念頭，只是暗自想著：就算嚇到，也不代表她有權力大剌剌地對我們想這些傷人的事。

或許是肢體動作洩漏了他的想法，茱莉似乎收到了這個念頭。

她突然又噼哩啪啦地開始說起他們聽不懂的話，但字字句句聽起來都像在懇請、要求、辯解與譴責。她似乎喊著某些特定的人或物品。諸多話語湧出，都是真正的人類會用的名字。是她父母嗎？情人？兄弟姊妹？無論是什麼，一定都是她在進入那個尖叫盒之前認識的人。她被困在那裡頭，待在藍天之上……過了多久呢？

她突然安靜下來，注意力轉到別的東西上。

她指著戰鬥樹。

夕陽已經暗到某種程度，樹木開始發亮。柔和的火光漸漸鮮明，一如洽耳思與先祖有生以來見過的那樣。

茱莉指著樹，又開始說話。她重複著一些字眼，聽起來像是VASISDAS。

洽耳思不禁有點急了。她為什麼不用想的就好了？她說這些話的時候，他們就讀不到她的想法。實在很怪。

雖然洽耳思沒有對著她發問，但茱莉依舊接收到了。從她的方向傳來單一股火焰般的念頭，彷彿是由這名疲憊又嬌小的女人腦中躍出的火焰湧泉：

這到底是什麼地方？

然後，那個念頭稍稍轉移了焦點。爸爸、爸爸，我在哪裡？你在哪裡？我到底變成了什麼？這個念頭中帶著一股孤獨和淒涼。

歐妲溫柔地朝女孩伸出手，茱莉看著她，傳回一個刻薄又可怕的念頭。但歐妲的手勢中蘊含純粹的同情心，似乎吸引了茱莉的注意。當她鬆懈下來，立刻潰堤。原先巨大又可怕的念頭消失無蹤，茱莉哭了出來。她用長長的手臂圈住歐妲，歐妲輕拍她的背，茱莉啜泣得更厲害。

從她的啜泣中傳來一陣可愛、友善的想法，充滿了愛，不再是輕蔑：親愛的小狗狗、親愛的小狗狗，請幫助我。你們應該是我們最好的朋友……請幫助我吧……

洽耳思豎起耳朵。有些東西——或有些人——正越過坡頂而來。

茱莉發出這麼巨大又尖銳的念頭，當然會吸引到數英里內所有種類的生命體，甚至是冷漠而危險的真正的人類。

一會兒之後，洽耳思放鬆下來。他認出那是他父母親的腳步聲。他轉向歐妲。

「有聽到嗎？」

她微笑著說：「是父親和母親。他們一定有聽到這個女孩龐大的念頭。」

洽耳思驕傲地看著父母靠近，而他的確有理由感到自豪。比耳和凱依一如往常那樣敏銳、有智慧，此外，他們的毛色也非常相配。比耳的毛皮是美麗的焦糖色，只在顴骨、鼻子和尾巴尖端有黑白斑點；而凱依則有一身如初生小鹿般的淺褐毛，和那雙美麗的綠眼形成搶眼對比。

「你們兩個都還好嗎？」比耳在他們靠近時問。「那是誰？她看起來很像是真正的人類。她友善嗎？她有傷害你們嗎？那些猛烈念頭的來源就是她嗎？我們隔著山坡都可以清楚感覺到。」

歐妲咯咯笑了起來。「你問這麼多問題，跟我好像噢，爹地。」

洽耳思說：「我們只知道有個盒子從天上掉下來，她就在盒子裡。你們是先聽到盒子落下時發出的刺耳聲響，對吧？」

「哪有可能沒聽到？」凱依笑了。

「盒子就掉在那裡，你們可以看到它撞擊山坡的位置。」

盒子降落的區域一片漆黑，顏色又深又醜，倒下的戰鬥樹在周圍亂七八糟躺成一團，發出暗光。

比耳看向茱莉，搖了搖頭。「我不懂，如果撞擊這麼強烈，她怎麼活得下來？」

茱莉又開始用言語說話，但她似乎比較搞清楚狀況了；她知道亂喊亂叫自己的語言不會有什麼幫助。相反地，她開始用想的：拜託，親愛的小狗狗，請幫助我，請諒解我。

比耳想維持自己的尊嚴，卻沮喪地發現尾巴正像是有自我意志一般搖來搖去。他發現那種衝動實在無法克制。當他對著她想回去，感到不滿又快樂：我們當然懂妳，也會試著幫妳；但請不要把念頭想得這麼用力又這麼魯莽。它們太耀眼、太尖銳，會傷到我們的腦袋。

茱莉試著降低念頭的強度，懇求地說：帶我回德國。

這四個非法人族——母親、父親、女兒和兒子——互相對望，完全不知道「德國」到底是個什麼東西。

最後，歐妲轉向茱莉（年輕女孩對年輕女孩），用念談說：對我們想想德國，這樣我們就知道那是什麼。

美得不可置信的影像從怪女孩那裡傳過來。數個清楚的景象接連浮現，直到這一小家人幾乎因這場展示之宏偉而眩盲。整個遠古時代在他們的視線中活靈活現，皎白的城市矗立在綠意圍繞的世界；那裡沒有漠然又死氣沉沉的真正的人類，相反地，他們在茱莉腦中看到的每個人都跟茱莉很像。他們充滿活力，有時甚至有些凶狠，而且強壯。他們很高，直立著身體，手指修長——當然不像非法人族一樣有尾巴。他們的孩子都美得超乎想像。

而那個世界最讓人驚訝的地方在於：裡面充滿數量龐大的人。人群比遷徙中的鳥群還密集，比洄游時的鮭魚更擁擠。

洽耳思自認是個遊歷廣泛的年輕人。除了家人之外，他至少遇見過另外五十個人，還看過真正的人類從頭頂上的天空飛過數百次。他時常看見城市發出的那種令人難以忍受的亮光，並不只一次繞著它們周圍行走，直到確定真的找不到進去的路才停下。他喜歡自己所住的溪谷，再過幾年，等年紀夠大，他就能拜訪鄰近其他谷地，替自己找個老婆。

但茱莉腦中的這些景象……他無法想像這麼多人要怎麼生活在一起。這樣早上要怎麼向每個人打招呼呢？他們怎麼可能在任何事上達到共識呢？怎麼可能還有餘力意識到彼此的存在和需求呢？

其中，有個影像特別鮮明搶眼：裝著小輪的箱子沿著平坦滑順的道路行走，以毫不留情的速度追殺人類。

「原來這就是道路的用途啊。」他暗自吃驚。

在人群之中，他看到了許多狗，牠們和洽耳思世界裡的生物長得完全不同。既不像非法人族鄙視的那些遠親（身型修長、長得像水獺），也不像非法人族本身。而比起那些外表跟真正的人類幾乎一模一樣的改良動物，牠們更是完全不同。在茱莉的世界中，狗是一種雀躍快樂，肩負某些責任的生物，牠們和那裡的人關係似乎非常親密，總一同歡笑、一同哭泣。

茱莉閉上雙眼，試著把德國帶到他們面前。她極其專注。然而，現在這幅美麗、幸福的畫面卻加入了一些其他的東西——扔下火焰的可怕飛行物；雷聲與噪音；一張正在怒吼、令人極為不快的臉，嘴唇上方有一小撮黑毛；夜色裡的火舌；死亡機器轟鳴。在這片巨大的雷響之中，茱莉和另外兩個跟她很像的女孩出現了。有個男人正和她們一起走向三個鐵盒，那人顯然是她們的父親。而鐵盒長得就像茱莉降落時乘坐的那個。接著便是一片黑暗。

這就是德國。

茱莉跌坐在地。

他們四人溫和地探進她的腦中。對他們來說，那就像顆鑽石，澄澈透明，一如灑落林間的陽光。但是朝他們射來的光芒不只是反射，而是飽滿、明亮、耀眼的事物。當這顆心暫時休息，他們便能深入地看它。他們看到了渴望、傷痛與孤獨。他們看到的孤單是如此巨大，以至於忍不住輪流想辦法去緩解。愛，他們想，她需要的是愛，以及同類。但他們要上哪兒去找上古之人呢？真正的人類會有答案嗎？

「只能這樣了：我們得把她帶到智慧老熊的家，他能和真正的人類聯繫。」比耳說。

歐妲大喊：「但她又沒有做錯什麼事！」

父親看著她。「親愛的，我們不懂這是怎麼回事。她是個上古之人，在太空中睡了一覺，然後又回到這個世界。她生活的那個世界距離現在已經幾千年了。我想，她就是意識到這一點才會休克。我們需要協助，我們這一族也許曾經是狗——她現在就是這樣看我們的——但我們不能受到這件事的干擾。無論如何，她還是需要一個家，而我唯一知道的非法人族的屋子，就屬於智慧老熊。」

洽耳思看著他的父母，眼中充滿憂慮。「那個狗到底是怎麼回事？就是因為這樣，我才會一想到真正的人類就感到心情複雜嗎？我對她的感覺也很困惑。你們覺得我是真的想被她擁有嗎？」

「不是這樣的。」他父親說：「那只是長久以來遺留的感覺。現在，我們的生活由自己主導，但這個女孩對我們來說是個麻煩。我們可以把她帶到熊那裡去，至少這麼做能讓她有個家。」

茱莉仍不省人事，她的體型對他們來說太大了，他們分別抬起她的四肢。雖然很不容易，但四人仍設法將她揹起來。經過不到十分之一個夜，他們就到達智慧老熊的屋子。他們很幸運，沒遇上任何一架冷冷機，或是森林裡的其他危險。

他們將女孩輕輕放在智慧老熊的家門前。

比耳大喊：「熊啊，出來，快出來！」

「是誰呀？」屋裡傳出一陣低吼。

「比耳一家。有個古代人跟我們在一起。出來吧，我們需要你的幫忙。」

從門口流洩出來的黃色燈光突然縮小，變成勉強可見的亮度。熊龐大的身形出現在門口，站在他們面前。

他從腰帶上掛的盒子掏出眼鏡，戴在鼻子上，瞇著眼睛看茱莉。

「老天保佑我的老靈魂啊。」他說：「又來一個。你們去哪兒找來這個古代女孩的？」

洽耳思自豪又愉快地說：「她是從天上掉下來的，在一個尖叫的盒子裡。」

熊若有所思地點點頭。

然後，比耳開口。「你剛剛說『又來一個』，是什麼意思？」

熊輕輕一顫。「忘掉我說的話。」他對他們說：「我不小心忘了你們不是真正的人類。請忘掉這件事。」

比耳說：「你的意思是，非法人族不應該知道這件事？」

熊不高興地點點頭。

比耳表示理解。「好吧，如果哪天你可以告訴我們，請告訴我們好嗎？」

「當然。」熊回答。「現在，我想我最好先叫管家照顧她。黑爾基、黑爾基，過來。」

有個金髮女子現身，緊張地四處張望。她的藍眼睛顯然有些毛病，但似乎還是行動自如。

比耳從門邊退開。「那是一個實驗人種。」他說：「是一隻貓！」

熊對他說的話完全不感興趣。「你覺得是就是，但你應該看得出她眼睛有缺陷，所以她才能來當我的管家，也是因為這樣，她的名字不是C開頭。」

比耳懂了，真正的人類在繁殖下等人的過程中產生的瑕疵品大多都會銷毀，但如果牠們足以完成某些日常工作，偶爾會有一、兩個被允許活下來。熊在真正的人類中有人脈，如果他需要管家，有缺陷的改良動物就是挺理想的選擇。

黑爾基彎下腰，看著動也不動的茱莉，困惑地看著她的臉，然後抬頭看向熊。「我不明白，」她說：「這怎麼可能？」

「晚點再說，」熊說：「私下談。」

黑爾基睜大眼睛，用力地看進黑暗處，終於意識到狗人一家的存在。「噢，我懂了。」她說。

比耳和洽耳思有點不好意思，歐妲和凱依則好像完全沒注意到。

比耳揮了揮手。「那麼，再見了。希望你能好好照顧她。」

「謝謝你把她帶來。」熊說：「真正的人類應該會給你一些回報。」

雖然並非自願，但比耳感到自己的尾巴又搖了起來。

「我們以後還會再看到她嗎？」歐妲問：「你覺得我們以後還能再看到她嗎？我愛她、我愛她……」

「也許吧，」她父親答道：「她知道救她的人是誰，我認為她會來找我們的。」

茱莉慢慢甦醒過來。我在哪裡？這是什麼地方？她重新記起了那些片段。小狗人。他們在哪裡？她注意到身邊有人，便抬起頭，正好對上那雙焦急地望著她的憂傷藍眼。

「我是黑爾基，」女人說：「熊的管家。」

茱莉覺得自己彷彿在一間精神病院醒來，一切都那麼的不真實。小狗人之後，接著是熊？這個眼睛不好的金髮女人肯定也不是人類吧？

黑爾基拍拍她的手。「妳一定很疑惑。」她說。

茱莉嚇了一跳。「妳在說話！妳在說話——而且我聽得懂？妳說的是德文，我們不是用心電感應在溝通。」

「當然，」黑爾基說：「我說的是正統得厄語，那是熊最愛的語言之一。」

「熊最……」茱莉戛然而止。「這太莫名其妙了。」

黑爾基再次輕拍她的手。「當然，是有那麼一點。」

茱莉再次躺下，看著天花板。我一定是到了其他世界。

沒有，黑爾基對著她想，但妳離開了很長一段時間。

熊進到了房裡。「好一點了嗎？」他問道。

茱莉微微點頭。

「我們明天早上會決定該怎麼處理，」他說：「我認識一些真正的人類，我想我們最好帶妳去見馮馬克特。」

茱莉像被閃電擊中似的坐起身。「你說『馮馬克特』？那是什麼？那是我的名字啊！——馮．阿赫特！」

「我想應該是。」熊說。在床邊盯著她看的黑爾基若有所思地點著頭。

「我確定就是。」她接著說：「妳應該喝碗熱湯，好好休息一下，明天早上事情就會解決了。」

茱莉的體內彷彿累積了數年的疲憊。我確實需要休息，她想，我得把事情都想清楚。接著，她連猶豫的時間都沒有，立刻睡著了。

黑爾基和熊仔細地觀察她的臉。「實在太像了。」熊說。黑爾基同意地點點頭。「可是我擔心的是時間差距。妳覺得那會有關係嗎？」

「我不知道。畢竟我不是人類，我不知道他們會因為什麼事感到困擾。」黑爾基回答。她站直身體，然後延伸到最長。「我知道了！」她說：「我知道了！她一定是來幫助我們解決暴動的！」

「不，」熊說：「她在時間裡待了很久、很久，她到來的時機不太可能是刻意為之。她的確會幫助我們，也一定樂意這麼做，但我認為她出現在此時此地只是偶然，應該不是計畫好的。」

「有時我以為自己能理解人類某部分的心理，」黑爾基說：「但我想你是對的。我等不及要看她們相見了！」

「沒錯，」他說：「雖然，我擔心那可能會造成另一種傷害。從很多方面來說，一定會是這樣。」

當茱莉從沉眠中醒來，發現體貼的黑爾基已經在等著她了。

茱莉伸了伸懶腰，而她還不受控制的腦袋就這麼發問：妳真的是貓嗎？

對，黑爾基想了回來。但妳得收斂一下想事情的過程。這樣每個人都能讀到妳的想法。

對不起，茱莉用念談想著，我還不習慣這種心電感應的方式。

「我知道。」黑爾基換成德語。

「我還不知道妳德文怎麼學的。」茱莉說。

「這說來話長。我是從熊那裡學的，我想妳應該去問他是怎麼學的。」

「等一下，我想起睡著之前發生的事了。熊有提到我的姓氏，馮．阿赫特。」

黑爾基扯開話題。「我們幫妳做了一些衣服。原本我們試著照妳本來的樣式去做，但它們碎得太嚴重了，所以不確定這件新衣服有沒有做對。」

她似乎急著想讓茱莉感到舒適，所以茱莉立刻向她保證，合身就好了，我想一定可以的。

會合身的，黑爾基用念談說。我可以跟妳打包票。好了，現在，請妳在盥洗和用餐之後換好衣服，我和熊會帶妳去城市。像我這樣的下等人不太允許進入城市，不過我想這次應該能例外。

她的藍眼彷彿覆上一層雲霧，臉龐散發貼心與智慧，茱莉覺得黑爾基應該是她的朋友。我是，黑爾基以念談說。茱莉再次意識到自己必須學會控制念頭，或者，至少不要一直把它們廣播出去。

妳會學會的，黑爾基想。只是需要一點練習。

他們走路去城市，由熊領頭，茱莉跟在他身後，黑爾基押隊。他們一路上遇到兩架冷冷機，但熊遠遠地向它們說了正統得厄語，它們便安靜地轉過身，悄悄離開。

茱莉被勾起好奇心。「它們是什麼？」她問。

「它們真正的名字是『獵人機』，設計的目的是要殺死那些想法跟第六德意志帝國不一樣的人。現在只剩少數幾架還在運作，而我們大多人都學會了得厄語，就是因為……因為……」

「嗯？」

「……因為妳馬上就會在城市發現的情況。我們先繼續走吧。」

他們靠近城牆時，茱莉注意到那陣嗡嗡聲，以及一股將他們排除在外的強大力量。她的頭髮全豎了起來，並感到一陣微弱電擊產生的刺痛感。很顯然，城市周圍有一道力場。

「這是什麼？」她大叫著說。

「用來不讓荒野入侵的靜電荷。」熊平靜地說：「別擔心，我帶了一個阻尼器。」

他用右爪舉起一個小型裝置，按了上面的按鈕，面前馬上出現一條走廊。

當他們走到城牆邊，熊仔細地沿著牆的上緣摸索，然後在某個點停了下來，伸手去拿自己脖子上一支奇形怪狀的鑰匙。

茱莉看不出牆的這段跟其他地方有什麼不同，但熊將鑰匙插進某個剛找到的凹洞，這段牆面就向上掀開。他們三人走了進去，牆又安靜地回到本來的位置。

走在充滿塵土的街道上，熊一路催促著他們。茱莉看到不少人，但大多都很冷漠。這些人一臉嚴肅，對她不屑一顧，和她記憶中剽悍的普魯士人完全不同。

最後，他們來到一座古老又雄偉的建築物門前，門旁題了字。熊催促他們進去。

噢，熊先生，拜託，我可不可以停下來看一看？

叫熊就可以了。可以，當然可以。我想這應該也能幫助妳了解今天要知道的事。

題字用的是德文，寫成詩的形式，看起來彷彿已刻在上面數百年。（而它確實也是如此，但這時的茱莉並不知道。）

黑爾基往上看。「噢，首先……」

「噓。」熊說。

茱莉默念著詩句：

青春

消逝、消逝，不斷前進

流動

如我們脈中的血……

鮮少存留。

那些燦爛的臉

都被反射著淚的

抹去，

取代，

歲月

就這樣過去了。

噢，青春，

再多停留一會兒吧！

再對我們

微笑吧

這可憐的
崇拜你的
一小群人……

「我不懂。」茱莉說。
「妳會懂的，」熊說：「是幸也是不幸，妳會懂的。」
某個身穿鑲金邊的亮綠長袍的官員走了過來。「您許久未蒞臨了。」他恭敬地對著熊說。
「我太忙了，」熊回答：「不過，她過得如何？」
打從這場對話的一開始，茱莉就發現他們沒有用心靈感應，而是說德文。怎麼這些人都懂德語？她下意識又將念頭傳了出去。
黑爾基和熊同時傳來噓一聲。
茱莉覺得自己彷彿遭到痛罵。「對不起，」她像在說悄悄話一樣。「我不曉得該怎麼學會那種技巧。」
黑爾基馬上就露出同情。「那的確是種技巧，」她說：「但妳已經比剛到的時候做得更好了。只是得小心一點，妳不能讓自己的念頭到處亂飛。」
「先別管那個了，」熊說，他轉向穿著綠色長袍的官員。「我們可能獲得接見嗎？我認為這件事很重要。」
「您可能得等一會兒，」官員說：「不過我想她永遠都願意見您。」
茱莉注意到熊似乎對這件事有點自豪。

他們坐下來等待，黑爾基時不時安撫地拍拍茱莉的手臂。

沒過多久，官員就再次出現。「她可以見您們了。」他說。

他領著他們穿過長廊，來到一間大房間，底部有個高臺，上面放了張椅子。「算不上什麼寶座。」茱莉心想。那張椅子上坐了一個女人，她好老、好老，老得超乎想像；她滿是皺紋的雙手已經與爪子無異，但那張枯槁、滿是皺褶的臉上仍保有一絲美麗的痕跡。

茱莉莫名升起一股困惑。她認識這個人，但不知道她是誰。因為過去這「一整天」發生的事，她好不容易才有一點熟悉感，現在又要四分五裂了。她抓住黑爾基的手，好像覺得那是這難以理解的世界中唯一熟悉的事物。

女人開口說話，聲音年邁而衰弱──但，她說的是德文。

「茱莉，妳終於來了。萊爾德跟我說他要帶妳下來。我好高興能見到妳，並且看到妳平安無事。」

茱莉激動了起來。她知道、她認得，只是不敢相信。太多東西在她重新復生的短暫時間有了劇烈的改變。這段日子發生了太多事情。

她帶著渴望，試探地悄聲問道：「卡洛塔？」

她的姊姊點點頭。「對，茱莉，是我。這是我的丈夫，萊爾德。」她朝自己身後一名英俊的年輕人點了點頭。「他在兩百年前帶我回到這個世界。返老手術在我們離開地球之後就發明出來了，只是很可惜，身為古代人的我無法進行改造。」

茱莉啜泣起來。「噢，卡洛塔，這實在太令人難以相信了。妳竟然這麼老了！妳明明只比我大兩歲而已。」

「親愛的，我過了兩百年的幸福日子。他們沒有辦法讓我永生，但至少能延長我的壽命。現在，我讓萊爾德帶妳回來，其實也出於一點自私的原因。卡拉還在外面，但因為她被凍結時只有十六歲，所以我們覺得妳會比較適合這項工作。

「事實上，我們把妳帶下來其實沒讓妳獲得任何好處，因為現在妳也會開始變老了。但是，永遠處於凍結狀態也算不上活著。」

「當然不算。」茱莉說：「再說，如果我過的是普通人的生活，我還是會變老。」

卡洛塔傾身親吻她。

「至少我們還是見到面了。」茱莉嘆道。

「親愛的，」卡洛塔說：「即使相處時間只有這麼一點，那也很好。如妳所見，我就要死了。我這副身體已經讓科學家用上一切科技，現在它走到盡頭了。我們需要幫助，我們要幫助反叛軍。」

「反叛軍？」

「是的。為了對抗『君子』。他們是華亞人、哲學家，這個地球當今的統治者，而我們不過是附屬於他們的強化組織，或說警力——至少他們是這麼認為的。他們的能力不是用於掌控人類的軀體，而是靈魂。這個字幾乎已被這世界遺忘，現在的人們改使用『心靈』。君子自稱完人，並試圖以自己的形象重塑人類。但他們孤傲、疏遠，而且冷血無情。

「他們對所有種族的每個個體進行徵召，但人類對此反應冷淡，只有一小群人對君子理想中的完美美學感興趣。因此，君子運用對藥物和鎮靜劑的知識，將真正的人類變成一群冷靜又漠然的人，以便進行管理與控制。不幸的是，我們……」她頓了頓，朝萊爾德點點頭，才繼續把話說完。「——有幾位子孫加入了他們。

「我們需要妳，茱莉。我從遠古世界回來之後，就和萊爾德一起盡力將真正的人類從這種奴隸制度解放出來，因為那等同奴役；那些人毫無生命力、失去一切意義。我們以前有個專門用來形容這種狀態的字。妳還記得嗎？──『殭屍』。」

「妳希望我怎麼做？」

在兩姊妹對話時，黑爾基、熊和萊爾德始終保持沉默。

現在，萊爾德開口說話。「在卡洛塔來到我們這裡之前，我們都在君子的掌控中隨波逐流，對事物冷漠、毫不關心，不曉得做為『人』到底是什麼意思。我們以為生命的唯一目標就是服侍君子。畢竟，如果他們這麼完美，我們還能發揮什麼其他的作用？所以滿足他們的需求就成了我們的責任。我們維護並保護城市，將荒野阻擋在外、管理藥物等等。某些強化組織還會捕捉非法人族、殺無赦，甚至是真正的人類，提供他們實驗之用。

「但現在，有許多人不再相信君子的完美。或者說，我們開始相信比『人的完美』更高一層的東西。以前我們服務的是完人，但我們應該服務的是全人類。

「我們覺得該終結這種暴政了。卡洛塔和我在我們的後人及某些殺無赦族群中都有盟友，甚至，如妳所見，也有一些非法人族及其他的動物人種。我認為這一定跟從前人類豢養『寵物』的時期有關。」

茱莉看著黑爾基，發現她正默默地發出呼嚕聲。「對，」她說：「我懂你的意思。」

萊爾德繼續說：「我們想要建立的是真正的強化機構，組織一個不為君子、而為全人類服務的勢力。我們確信人類不該再背叛自己應有的模樣；我們將創立人類補完機構，是為了仁善，而非操控。」

卡洛塔緩緩點頭，年邁的臉龐上浮現憂慮。「我將在幾天內死去，而妳會嫁給萊爾德，成為新的馮馬克特。如果運氣不錯，等妳到了我的年紀，後代和我一部分的後人應該就能脫離君子的掌控，讓地球回歸自由。」

茱莉再次感到一陣混亂。「我要嫁給妳的丈夫？」

萊爾德再次開口。「我深愛妳的姊姊超過兩百年，我也會同樣愛妳，因為妳和她極為相像。請不要認為我的行為是一種不忠。在我帶妳下來之前，我們已經討論這件事好長一段時間。如果不是因為她將要死去，我會持續對她忠誠。但我們現在需要妳。」

卡洛塔表示同意。「這是真的。他讓我非常幸福，也會讓妳在這一生的歲月感到快樂。茱莉，如果沒把妳的未來安排好，我無法就這麼把妳帶進來。如果讓妳跟那些遭到下藥、處於鎮靜劑效力下的真正的人類在一起，妳不會快樂的。關於這一點，請相信我。這是唯一的出路。」

茱莉的眼中盈滿淚水。「好不容易找到妳，又要在這麼短的時間內失去妳，這實在是……」

黑爾基輕拍她的手，茱莉抬起頭，看到那雙藍色雲霧的雙眼溢滿同情的眼淚。

卡洛塔在三天後死去，臉上帶著微笑，萊爾德和茱莉分別牽著她的手。她吐出最後一口氣時說了些話，然後握了握他們的手。「再見，在群星之間。」

茱莉無法抑制地啜泣起來。

他們為了喪祭，將婚禮延後七天。城門難得敞開，靜電場被阻斷。因為就算是君子，也無法控制動物人種、非法人族（甚至一部分真正的人類）與這名從遠古世界來到他們之中的女人的感情。

熊更是特別悲傷。他對萊爾德說：「找到她的人是我，你知道嗎？就在你把她帶進來之後。」

「我記得。」

原來這就是熊說『又來一個』的意思，比耳說。

洽耳思和歐妲、比耳和凱依都在送葬的隊伍中。茱莉看到他們，心想，我親愛的小狗人啊，不過這次，她的念頭中充滿慈愛，而非蔑視。

歐妲的尾巴搖了起來。我在想一些事，她對茱莉念談。兩天後，妳可以到天然井那裡跟我碰面嗎？

好，茱莉想，並且對自己能如此確定而感到自豪。這是她第一次只對接收對象發出念頭。當她瞥向萊爾德的臉，意識到他沒有讀到這個念頭時，她便知道自己成功了。

當她和歐妲在天然井碰面時，茱莉並不知道等著她的會是什麼，也猜不到會碰上什麼狀況。

妳必須非常小心地操縱自己的想法，歐妲用念談說。我們永遠不知道君子什麼時候會偷聽。

我覺得自己已經在學了，茱莉用念談回答。歐妲點頭。

我的想法是，我們應該利用戰鬥樹。真正的人類還是會怕生病，但實際的情況是，我知道那些疾病早就消失了。之前，我每次經過這些樹都得提心吊膽，實在很煩，所以決定放手一試，吃了其中一個戰鬥樹的樹莢——什麼事都沒發生。從那之後，我就不怕它們了。所以，如果我們這些反叛軍選在戰鬥樹的樹林裡碰面，那些君子的官員就不會來找我們。他們會害怕，不敢進去裡面抓我們。

茱莉的表情亮了起來。這個方法很好。我可以跟萊爾德討論一下嗎？

當然。他一直都是我們的一分子。妳姊姊也是。

茱莉又感到傷心。我覺得好孤單。

別這樣。妳有萊爾德，還有我們、熊，和他的管家。而且，等時間到了後，還會有其他人。好了，我們該道別了。

當茱莉結束和歐妲的會面，從天然井回來，萊爾德正在和熊及另一個年輕人熱烈討論著什麼。年輕人和萊爾德（還有茱莉記憶中年輕的卡洛塔）長得極為相似。

萊爾德對她一笑。「這是妳的外甥孫，也就是我的孫子。」

關於時間和年紀之間的概念，茱莉覺得自己再次受到衝擊。萊爾德看起來就跟他的孫子一樣年輕。

我要怎麼習慣這種事呢？她想，結果一不注意就又把念頭廣播了出去。

「我知道這一切都讓妳很難理解，」萊爾德牽起她的手。「卡洛塔當初也有些適應困難。不過就試試看吧，請不要放棄，親愛的，因為我們非常需要妳，而我——尤其是我——非常依賴妳。如果沒有妳，我沒有辦法面對失去卡洛塔這件事。」

茱莉感到一陣茫然與窘迫。「我的……」她說不出口。「他叫什麼名字？」

「噢，抱歉，他叫約哈希姆，跟妳叔叔同名。」

約哈希姆對她微笑，快速抱了她一下。「這麼說吧，」他說：「我們之所以需要妳幫助反叛軍，是因為妳的姊姊——也就是我的祖母——建立起來的次宗教。當她以上古之人的身分重新回到地球，人們以她為中心，發展出一種類似宗教的文化。也是因為這樣，她才會變成『馮馬克特』，而妳也必須如此。對於與君子政權相左的我們來說，那是一個集散地。在這個地方，卡洛塔奶奶擁有一座小小的王國，就連君子也無法阻止人們追隨她。妳應該已經在她的哀悼會上意識到這點了。」

「嗯，我看得出來，所有人都很尊敬她。卡洛塔一向是個正直的人，如果她支持的是反叛軍，我想那就是正確的選擇。那麼，我現在一定得告訴你們歐妲的提議。」她說出在天然井會面的事。

「這個主意也許可行。」熊說：「真正的人類一向都很小心地在觀察戰鬥樹的『進季』。不過，我想我有個點子，可以讓歐妲的計畫變得更好。」他興奮起來，還把眼鏡掉到地上。約哈希姆撿起來。

「熊，」他說：「你每次一興奮就這樣。」

「我覺得這就表示我想到的辦法很好。」熊說：「你們想想，我們為什麼不乾脆利用冷冷機呢？」

其他人困惑地看著他，萊爾德緩緩地說：「我大概知道你想做什麼了。雖然剩下的冷冷機已經不多，但它們只對德文有回應，而——」

「而君子的領導者是華亞人，太過高傲，不願意學其他語言。」熊微笑著插話。

「沒錯。所以，如果我們在戰鬥樹林裡建立總部，讓其他人知道那裡有一位新的馮馬克特——」

「再用冷冷機包圍樹林——」

他們不斷接過彼此的話，某個想法開始逐漸成形，一股興奮蔓延開來。

「我覺得會成功。」萊爾德說。

「我也這麼覺得。」約哈希姆附議。「我會去召集兄弟幫，等你在戰鬥樹安置好後，我們就突襲藥品中心，把鎮靜劑都帶進樹林，我們可以在那裡銷毀它們。」

「兄弟幫？」茱莉問。

「就是卡洛塔和我的後人中沒加入君子強化組織的人。」萊爾德告訴她。

「怎麼會有人想加入他們呢？」

萊爾德聳了聳肩。「貪婪、權勢，各種出於人性的理由，甚至是對肉體永生的幻想。我們試過要給孩子們一些更理想的念頭，但權力腐化人心的力量太大。妳應該懂的。」

茱莉點頭，想起了屬於她那時代某張令人憎惡的咆哮面容；他的嘴唇上方有一撮黑色小鬍子。

黑爾基和熊、洽耳思和歐妲、比耳和凱依陪茱莉進入戰鬥樹林中。比耳和凱依起初還不願意，但在歐妲坦承自己吃了一個樹莢後便同意了。但接下來，比耳的反應就跟普通的父親一樣。

「妳怎麼可以冒這種險？」他問歐妲。

「我必須這麼做。」歐妲說。她的雙眼又圓又亮，怒氣沖沖地搖著尾巴。
「如果做這件事的是她……」他看向黑爾基。
「我認為好奇心和貓之間的關係應——該是被誇大了，」黑爾基邊將自己的身體伸展開邊說：「我們其實非常小心的。」
「我沒有冒犯的意思。」比耳急忙說。黑爾基看到他的尾巴垂了下去。
「那是常有的誤解。」她體貼地說，比耳的尾巴便又豎了起來。
抵達樹林中心時，他們聚在一起，發食物給每個人。茱莉餓壞了。她在城市時吃的都是人造食品，雖然富含維他命，而且無庸置疑非常健康，但完全滿足不了古代普魯士女孩的胃口。動物人帶來的則是真正的食物，茱莉吃得非常開心。
熊特別注意到她的愉悅。他說：「妳知道嗎？他們就是這樣做的。」
「做什麼？」茱莉問，嘴裡塞滿麵包。
「這樣對大多數真正的人類下藥。真正的人類太習慣倚靠人造食物，以至於當君子將鎮靜劑加入那些合成物，他們根本分不出差異。如果到時兄弟幫成功截斷藥物供給，希望真正的人類戒斷症狀不會太嚴重。」
「我們的確應該考慮這點，」比耳抬起頭。「如果真的產生重度戒斷症狀，一部分真正的人類可能會為了取得藥物而選擇加入君子。」
熊點點頭。「我就是這樣想的。」
萊爾德、約哈希姆還有兄弟幫在幾天後才跟他們會合。此時茱莉已經習慣了因戰鬥樹的厚枝濃葉變得黑暗的白晝，以及散發溫和光芒的夜晚。

萊爾德熱情地向她打招呼，並很直接地說：「我好想妳。我竟然已經這麼喜歡妳了。」

茱莉紅著臉轉移話題。「你們——或者該說兄弟幫——成功了嗎？」

「當然。我們幾乎沒遇到什麼阻礙。打從他們控制大部分真正的人類的心靈，已經過了好幾個世代，君子的官員已經變得非常草率了。約哈希姆只要假裝自己處於鎮靜狀態，就能自由進出藥物室。他在幾天之內就把所有藥物以安慰劑掉包，並全部移交給兄弟幫。我還在想這件事什麼時候會被發現呢。」

「照我看，應該是在第一批戒斷症狀出現的時候。」約哈希姆大膽提出假設。

這時，某個一直懸在茱莉腦海深處的事情突然浮了出來。「這裡有你的孫子和兄弟幫，但你跟卡洛塔的孩子在哪裡？你們有自己的小孩吧？」

萊爾德臉上的表情變得憂愁。「當然有。但因為他們有一半古代血統，所以無法接受回春手術，而且因為某些化學物質結合的效應，甚至也無法延長壽命。他們都只活到七、八十歲就過世。這對卡洛塔和我來說是非常傷心的事。親愛的，如果我們有小孩，妳也得做好心理準備，可能會面對這種狀況。不過，他們的下一代擁有的古代血統會被稀釋，到時就可以接受返老手術了。就像約哈希姆，他今年已經一百五十五歲了。」

「你呢？」她說。

「我想這對妳來說應該很難接受——我已經超過三百歲了。」他看著她說。

茱莉無法反駁，但同時也不太能理解。萊爾德看起來是如此英俊、年輕，而卡洛塔卻那麼老了。

她試著甩開腦中糾結難解的蛛網。「我們現在要怎麼處裡這些鎮靜劑？」

歐妲從對話的後半段加進來。她雙眼發亮，激動地搖著尾巴，大聲說：「我有個想法。」

「希望這個想法也跟妳上一個提議一樣好。」萊爾德說。

「我也這麼希望。那個，我們為什麼不把鎮靜劑餵給官員吃呢？君子大概永遠也不會發現。這樣一來，我們也不用考慮要怎麼對抗他們了。他們會慢慢死光，或是說……你們覺得……我們能不能把他們送進外太空呢？送到另一個星球上？」

萊爾德緩緩點頭。「妳的主意真的都不錯……把鎮靜劑餵給他們……但是，該怎麼做？」

「我們應該很適合一起合作。她的提議讓我想到另一個方法。」熊指著歐妲，小心翼翼地戴起他的眼鏡。「我這裡有一份附近的地形圖。除了天然井之外，方圓數英里之內都沒有任何水源。如果我們把鎮靜劑全都丟到天然井，並讓兄弟幫的其中一員替君子的官員準備人造食物，而且把食物弄得非常辣，這樣應該就可以解決問題。」

「兄弟幫裡的確已經有人滲透到君子裡面，但有什麼辦法能引誘他們去喝水呢？」萊爾德說。

「我聽說過，」洽耳思加入討論。「古代有一種廣受歡迎的香料，會讓人口渴。在海洋長滿草之前，人們可以在海裡找到這種香料，有部分現在還能在海岸上找到。我記得那個東西的名稱應該是『鹽』。」

「經你一提，我也覺得好像聽過這個說法。」熊若有所思地點著頭。「我們需要的就是這個——『鹽』。我們把『鹽』加進他們的食物，然後放風聲給他們，說新的馮馬克特和反叛軍的一個核心成員在這裡，引誘他們到樹林裡來。這麼做風險很大，但我覺得這是目前最好的提議——各種最好的提議的綜合。」

萊爾德同意。「就像你說的，是有風險，但應該會成功。就算失敗，我們之中也不會有任何人遭到處決，他們只會用藥讓我們鎮靜下來。若想獲勝，我覺得這是前所未有的一次機會。再說，要是真正的人類沒有振作，不從這種鎮靜又冷漠的束縛中解脫，我相信整個種族都會在幾百年內絕種。人們已經到了一種什麼都不在乎的地步了。」

每個世界都知道最後這個計畫是如何付諸實行。一切都如熊的預測：因為食物裡摻了大量鹽分而口渴的君子官員，爭先恐後喝下天然井裡的水，迅速進入鎮靜狀態。自戰鬥樹的掩護中湧出的反叛軍成員沒有遭到任何抵抗。

「我有一個兄弟加入了他們。」約哈希姆難過地說。

「你這樣想吧，他只是被鎮靜了，只要能脫離那種狀態，我們說不定就能幫助他。」萊爾德攬著約哈希姆的肩膀安慰他。

「也許是吧，但這違反了我所有的原則。」

「我們不能那麼傲慢，約哈希姆。有原則是好的，但世上還有個東西叫『康復』。」

將在未來治理許多不同世界的人類補完機構就這樣成立。身為馮馬克特一族的茱莉，理所當然名列於第一首席女士，而她的丈夫萊爾德也是首席之一。

茱莉親眼見證自己的後裔成為最優秀的太空審視者，並為他們感到驕傲。這時的她已經十分老邁，而萊爾德一如以往，依舊年輕。茱莉的動物人朋友都過世許久。雖然萊爾德從沒背棄過她，但她還是非常想念他們。

最後，當她老到連行動都有困難，茱莉把萊爾德喚到身邊，抬頭看著他英俊的臉龐。「親愛的，你讓我非常幸福，就像你過去對待卡洛塔一樣。現在我已經老了，應該很快就要死了，可是你還是如此年輕、充滿活力。我好希望我有辦法接受返老手術。但既然辦不到，我想也該把卡拉帶回來了。」

「沒錯，我也覺得該把卡拉帶回來了。」他回答得如此迅速，讓她覺得有些受傷。

他迅速地轉過身背對她。

「我知道你也會讓她快樂，也會非常愛她。」她說，聲音裡隱約帶著傷感。

萊爾德沉默著，直到他重新轉向她。

突然間，她看見他臉上出現了一些線條——一些她從沒看過的紋路。

「你怎麼了？」她問。

「親愛的，我最後的愛人，」他說：「我承受不起失去妳兩次。我從醫師那裡拿到能抵銷返老效果的藥，一個小時之後，我就會跟妳一樣老了。我們一起離開，我們會在太空的某處和卡洛塔相遇，然後我們要手牽著手，三個人一起變成星星。卡拉會找到屬於她的男人，以及屬於她自己的命運。」

他們並肩坐著，看著卡拉的太空船從天上緩緩降落。

5 審視者的徒勞人生

馬特爾氣壞了。他甚至懶得花時間調配血液，好脫離憤怒的情緒。他憑藉直覺——而非視覺——重重地踏著步伐穿過房間。當他看到桌子倒在地上，他可以從露西的表情知道，桌子倒下時一定發出了很大的聲響。他低頭看看自己的腳有沒有斷——沒有。但身為一個滴水不漏的審視者，他得整個把自己掃瞄一次。那是一個自發性的反射動作。盤查項目包括腳、腹部、監測儀上的胸腔盒、手掌、手臂、臉，然後再用鏡子檢查背，而這一切動作，都只是為了讓馬特爾可以回去繼續生氣。即使知道太太不喜歡他那刺耳、嘈雜的嗓音（她比較喜歡他用寫的），他還是選擇用自己的聲音說話。

「我跟妳說，我一定得進行捲縮動作。我一定要，就算要擔心，也是我自己的事，不是嗎？」

露西回答時，他只能從她的唇形讀出部分句子：「親愛的……你是我丈夫……全心愛你……危險……這麼做……危險……等……」

他面對著她，用喉嚨發聲，讓那刺耳的聲音再次傷害她。「我告訴妳，我就是要進行捲縮。」

當他瞥見她的幾個表情，不禁稍微有些懊悔，於是轉而溫柔一點。「難道妳不懂那對我有多重要嗎？為了逃離我腦中那可怕的監獄，為了再次當個人——聽到妳的聲音、聞到菸味，重新擁有感覺——感到自己的雙腳踏在地上、感覺風吹過臉——妳不知道這對我有多重要嗎？」

她睜著大眼、滿臉擔憂的表情再次將他推回全然的惱怒中。她的嘴唇一開一闔，但他只讀到幾個字：「……愛你……你自己好……以為我不希望你能重新做個真正的人？……為你自己好……太過了……

他說……他們說……」

他對她大吼大叫，然後意識到自己的聲音聽起來一定糟糕透頂。他知道那種聲音對她造成的傷害不比嘴裡說出來的話少。「妳以為我希望妳嫁的是一個審視者嗎？我不是告訴過妳了，我們就跟哈伯曼人一樣低等？妳聽好：我們算是死人。我們得先死去，才能做好自己的工作。有誰會想去外界？你能想像全然原始的太空長什麼樣嗎？我都警告過妳了，可是妳還是嫁給我。那好，妳嫁的對象畢竟是人，拜託妳，親愛的，就讓我當個人吧。讓我聽妳的聲音，讓我感覺自己還活著，感覺身為人類的溫暖，不要管我！」

她的臉上出現雖受傷但還是同意的表情。他知道自己贏了這場爭論。他沒再出聲說話，而是拉起垂在胸口的刻寫板，用右手食指的尖銳指甲——這是審視者的溝通指甲——在上頭以整齊的速寫筆跡寫下：拜託妳，親愛的。捲縮線在哪？

她從圍裙口袋拉出那條裹在黃金保護層裡的長電線，讓它的力場球掉落在鋪了地毯的地板。身為審視者之妻，她非常服從，一點也不拖泥帶水，迅速又盡責地將捲縮線纏繞在他頭上，然後一路盤旋，往下圍到他的頸子和胸膛。她避開裝在他胸口的那些監測儀，甚至閃過監測儀周圍的放射狀疤痕，它們像汙點一樣，標記著那些去過外界的人。他機械式地抬起腳，讓她把線穿過他兩腿之間。她把小小的插頭「啪」一聲壓進他心臟判讀器旁的高負荷控制器，然後扶他坐下，幫他把手擺好，將他的頭向後推進座椅頂端的罩子中。然後，她轉過身，正對著他，讓他能清楚讀到她的脣。她的表情十分鎮定。

「準備好了嗎，親愛的？」

她跪下去，撈起線頭另一端的球體，然後冷靜地起身，背對他，直挺挺地站在那兒。他掃瞄了她，她的姿勢沒有透露出任何情緒，只有一股哀傷，是除了審視者之外沒有人能察覺出的哀傷。她說了些話，他可以看到她胸口的肌肉在移動，她意識到自己沒面對著他，於是轉過身，讓他能看到她的嘴脣。

「真的準備好了？」

他微笑，表示對。

她再次轉過身背對他（他的線要捲上去時，露西始終無法忍受那個畫面），然後把電線繞成的空心球體拋向空中。球被力場捕捉，懸在那兒，霎時亮了起來。就這樣，這就是全部過程——然後他會在豔紅又帶著惡臭的怒吼中恢復知覺；他會跨越狂暴的痛覺閾限，再次回歸——

—

當他在上線狀態醒來，一點也不覺得自己才剛開始捲縮。雖然這已經是這週的第二次，但他覺得自己的狀態還不錯。他躺在椅子上，聽著空氣與房中事物接觸發出的聲音流進耳裡。他聽到露西在隔壁房間呼吸，她正把線掛起來，等待冷卻；他聞到凡是人的房裡都能聞到的平凡氣味：清新、微焦的抑菌燈，加溼器特有的酸甜，他們剛才吃的晚餐的香氣，還有衣服、家具和人的味道。一切都讓人那麼愉快。他唱起自己最愛的歌曲中的一、兩句歌詞：

這杯敬哈伯曼，高空外界！

高空——喔！——外界——喔！——高空外界！……

他聽到露西在隔壁房偷笑，心滿意足地聽著她走到房門口時裙襬摩擦出的窸窣聲。

她歪著嘴角對他一笑。「你感覺起來還不錯。覺得怎麼樣呢？」

即使在飽滿的知覺包圍下，他還是進行了掃瞄。他用了自己專業技能中最基礎的快閃盤點，監測儀傳來的資訊剎時席捲他的雙眼。除了神經壓迫程度掛在「危險」邊緣，沒什麼數值超標。但他沒空擔心神經盒，捲縮之後本來就會這樣，你不可能又要上線，又不要神經盒出現反應。那個盒子遲早會「超載」，然後「死亡」，那就是哈伯曼人的下場。你不可能什麼都想要。曾經進入外界的人，總得付給太空一點代價。

無論如何，他是該擔心一下。好歹他是個審視者，而且也知道自己其實能力還不賴，如果連他都不能掃瞄自己，還有誰能？這次捲縮還不至於過度危險——是危險沒錯，但沒有過度危險。

露西伸手搓揉他的頭髮，彷彿讀到了他的心思，並不只是追在它們後面跑。「但你知道，你不需要這麼做的！一點也不需要。」

「但我就是這麼做了！」他咧嘴對她笑。

她刻意裝出愉悅的心情。「來吧，親愛的，我們來做點有趣的事。我把東西都備齊了，放在冰箱——你最愛的味道都有，我還有兩張充滿氣味的新紀錄片。我自己試過了，是連我都會喜歡的味道。你知道的，我——」

「是哪種？」

「你說是哪種呢？老傢伙？」

他輕輕將手放上她肩膀，一跛一跛走出房間。（他再也無法在神智清楚、手腳俐落的情況下重新感受腳下的地板，以及擦過臉龐的空氣了。這一切的一切，讓他覺得彷彿只有捲縮的時候才是真實的，而身為哈伯曼人只是一場噩夢。但他確實是哈伯曼人，他是一個審視者。）「妳懂我意思，露西……就是妳手上的那些味道。妳喜歡紀錄上的哪一種？」

「嗯，我……我……」她謹慎地說：「有些羔羊排的味道真的非常奇怪——」

他打斷她。「羔羊潘是什麼？」

「等你自己聞了再猜猜看。我只能告訴你，那是好幾百年前的味道了，是他們從舊書裡找到的。」

「羔羊潘是一種『野獸』嗎？」

「我才不要告訴你，你得有點耐心。」她笑著扶他坐下，然後將味覺盤在他面前一字排開。他想要先重新回顧一次晚餐，再試一次那些被他吃掉的可愛小東西。這回，他要用已經活過來的嘴唇和舌頭細細品嘗。

當露西找到音樂纜線，並把線球向上丟進力場時，他又跟她提了一次那些新的氣味。她拿出長型的玻璃記錄片，把第一片放進轉送器裡。

「現在吸氣！」

一陣詭異、令人震驚又興奮的氣味在房間擴散，傳了過來。聞起來一點也不像這個世界或外界會有的任何事物，但又如此熟悉。他開始分泌唾液、心跳加快。他掃瞄了自己的心臟盒（果然變快了）。但這到底是什麼味道？在茫然困惑的情緒中，他抓住她的手，直視她的雙眼，大聲咆哮：

「——告訴我！親愛的！快告訴我，不然我會把妳吃掉的！」

「這很正常。」

「什麼很正常？」

「你的反應很正常。它的確會讓你想吃我。那是肉。」

「肉是誰？」

「那不是人，」她以專業的口吻說：「是野獸，一種以前人們會吃的野獸。羔羊是一種小綿羊——

你在荒野裡看過綿羊吧？——而『排』就是中間——『這裡』——的一部分！」她指著自己的胸口。

馬特爾沒聽到她說什麼。他每個盒子的指針都甩向「警告」區域，有些則是「危險」。他奮力抵抗著正在怒吼的腦袋，他的身體被迫進入過度興奮的狀態。當你（以哈伯曼人的方式）脫離自己的身軀，並用自己的眼睛看著自己的身體，要當個審視者是非常容易的。你可以用那樣的狀態去控制身體，即使在太空無窮無盡的痛苦中，也能冷眼地進行宰制。但是，當你意識到自己其實就是那具軀體，而那個東西正控制著你——你的心靈能夠輕而易舉地讓身體陷入恐慌——這種感覺真的很糟。

他試著回想自己進入哈伯曼裝置之前的時光，回想自己因為外界而被切開之前。那時的他是否一直受制於那些從心智湧向肉體、又從肉體再湧回心智的情緒，因而無法進行掃瞄呢？但是，他那時明明就還不是審視者。

他知道衝擊他的是什麼，即便他被自己血液中的怒吼團團包圍，他依舊非常清楚。在猶如噩夢的外界，當他們的船一口氣將金星燒盡，那些哈伯曼人以赤手空拳抵擋不斷崩塌的金屬，那股味道曾以強硬的姿態朝他湧來。他把他們都掃瞄了一遍：全處於「危險」狀態。繞在他身上的胸腔盒不斷向上衝到「超載」，接著又跌至「死亡」，然而他從一個人移向另一個人，一面推開擋住去路的飄浮屍體，一邊努力掃瞄每個人，然後拚命地從那些來不及推開的斷腿中間看出去，然後關上某些人的睡眠閥。（那些人的監測儀指針都已無可救藥地接近「超載」範圍。）工人們曾因為他審視者的身分對他破口大罵，他則靠著心中對自己職業的滿滿熱忱，力圖在宇宙的劇痛中完成任務，努力讓他們都能活著——在那時，他聞過那股味道。那氣味越過了哈伯曼斷口，越過所有肉體紀律和心智紀律的防線，沿著他重建過的神經一路過關斬將。在那場悲劇最狂暴的顛峰時刻，他大力地嗅聞。他記得，那就像一次糟糕的捲縮，將所有包圍他的憤怒與噩夢都串連起來。他甚至曾停下手上的工作來掃瞄自己，害怕第一效應隨時都會發生、突破所有哈伯曼斷口，帶著宇宙劇痛前來摧毀他。但他撐過去了。他身上的監測儀維持在那個程度，始終只在「危險」，沒朝「超載」靠近。他完成了任務，因此獲得一張讚許狀。他甚至都快忘了那艘燃燒的太空船。

除了那股味道。

現在，那味道又再次湧了上來——那種被火燒過的肉的味道……

露西露出了妻子都會有的擔憂神情。她很自然地認為他捲縮過頭了，也許馬上就要進入哈伯曼狀態。於是她試圖表現得輕快一點。「你應該休息一下，親愛的。」

他低聲說：「把—味—道—關—掉。」

她沒多加質疑便關掉了轉送器，走到房間另一邊開大空調，直到地板吹起微風，將氣味全吹到天花板上。

他站了起來，疲憊不堪、渾身僵硬（他的監測儀都正常，除了心跳還是有點快，神經盒仍掛在「危險」邊緣）。他難過地說：

「原諒我，露西。我知道我不應該捲縮，我不應該這麼急。可是親愛的，我得稍微逃開哈伯曼人的生活。這個樣子的我，到底要怎麼再靠近妳一些？聽不到自己的聲音，活著，卻感覺不到自己活著——我要怎麼再當個人？親愛的，我愛妳。我是不是從此以後都無法接近妳了？」

然而，她的自傲彷彿反射動作，而且一絲不苟。「可你是個審視者！」

「我知道我是審視者，那又怎樣呢？」

她開始重複那套說詞，彷彿為了自我安慰將這故事講上了一千次：「你是最最勇敢的勇者，最高超的技師；審視者讓人類居住的每一顆地球團結一致，他們是全人類的榮耀。審視者是哈伯曼人的保護者，是外界的法官，能讓人在那個求死不得的環境中活下來。他們是最尊貴的，連補完機構總長團也會向他們致敬！」

他帶著一種無法消解的哀傷反駁了她。「露西，這些話我們都聽過，可是我們得到了什麼回報——」

「『審視者的回報無法衡量，他們是人類最強大的守衛。』難道你都忘了嗎？」

「但那是我們的生活啊，露西。做為審視者的妻子，妳又能得到什麼？妳當初是為了什麼嫁給我的？我只有在捲縮的時候才像個人，在其他時間裡——妳很清楚我是什麼東西：一臺機器，一臺由人變成的機器，一個被殺死的人，只因為還有任務得執行才有一條命在。妳怎麼可能不知道我錯過了什麼？」

「我當然知道，親愛的，我當然——」

他繼續說：「妳覺得我會不記得自己的童年嗎？妳覺得我會不記得身而為人、而不是哈伯曼是什麼感覺嗎？走著路，感受自己的雙腳踏在地上，感受那種還屬於人的尖銳疼痛，不用時時刻刻觀察自己的身體，才知道自己是否已經死掉——妳覺得我會不記得嗎？我要怎樣才能知道自己是不是死了？妳曾經想過這問題嗎？露西？我要怎樣才知道自己有沒有死掉？」

她努力安撫他，試圖忽略這場情緒風暴中的不理性。「坐下吧，親愛的。我幫你倒杯喝的，你太累了。」

他下意識又掃瞄自己。「不，我沒有！妳聽我說。當我身在外界，必須讓整隊人馬安穩待在太空中，那是什麼感覺妳知道嗎？當我看著他們睡覺，妳覺得我是什麼感覺？我隨時都能感到宇宙劇痛撞擊著我身上的每個部分、試圖越過我的哈伯曼屏障，然後我必須掃瞄、掃瞄、日復一日地掃瞄，妳以為我喜歡這樣嗎？妳覺得我會喜歡一直這樣按時間叫醒所有人，然後讓他們因此討厭我嗎？妳看過哈伯曼人打架嗎？——那些壯漢打起架來，雙方都感覺不到痛，總是要打到某方『超載』為止。妳想過這些嗎，露西？」他得意洋洋地加了一句。「我每個月只有兩天能捲縮一下，當個普通人，妳能因此怪我嗎？」

「我沒有怪你，親愛的。我們先好好享受你捲縮的時候，好嗎？坐下，喝點東西。」

他坐下，把手枕在腦後休息，而她用裝在瓶子裡的天然水果加上食用級生物鹼調飲料。他目不轉睛地看著她，因為她嫁給一名審視者感到可惜——然後，又覺得這件事太不公平，於是開始對於自己可憐她這件事生氣。

就在她轉身把飲料拿給他時，他們兩人都嚇了一跳——電話響了。它不該響的。他們已經把它關了，但它還是響起，用的顯然是緊急線路。馬特爾越過露西，大步走向電話，接起來看。馮馬克特注視著他。

依據審視者的慣例，馬特爾在特定情況下有權不受制式約束，就算是元老審視者也一樣。而馮馬克特就是其中一位。

馮馬克特還來不及開口，馬特爾也沒管這位老者是否讀得懂脣語，直接朝著板面說了幾個字：

「捲縮。在忙。」

然後就把開關切了，走回露西身邊。

電話又響起。

露西溫柔地說：「親愛的，我可以去問是什麼事。來，飲料給你，你坐一會兒。」

「別管它。」她的丈夫說：「沒人有資格在我捲縮時打來，他知道的。他應該要知道才是。」

電話再次響起。馬特爾氣沖沖地起身，走向金屬電話板，又把開關打開。螢幕上依舊是馮馬克特。

馬特爾還來不及開口，對方就將溝通指甲舉至與心臟盒平行的位置，馬特爾又變回原來紀律嚴謹的模樣。

「報告長官，審視者馬特爾在此聽候指示。」

那雙嘴脣嚴肅地說出：「頂級動員令。」

「報告長官，我上線了。」

「頂級動員令。」

「長官，你沒聽懂嗎？」馬特爾用明顯的嘴型又說一次，確保馮馬克特都能聽懂。「我……上……線……了……不……適……合……上……太……空！」

馮馬克特重複道：「頂級動員令。向中央配置所報到。」

「可是長官，沒有什麼緊急情況像這樣——」

「沒錯，馬特爾，沒有這種緊急情況，從來沒有。向配置所報到。」馮馬克特露出隱約如微光的仁慈表情，補了一句。「不需要解壓，就這樣去吧。」

這次，被掛電話的是馬特爾。他的螢幕變成一片灰濛。

他轉向露西，火氣已從聲音裡消失。她走過來，吻了他，揉揉他的頭髮。在這種時候，她也只能說：

「我很抱歉。」

她知道他很失望，於是又親了他一下。「好好照顧自己，親愛的。我等你。」

他掃瞄了一次，然後穿上透明的飛行外套，在經過窗前時停下來揮手。她喊著說：「祝你好運！」

氣流吹撫著他。他則對自己說：

「這是我十一年來第一次感受到飛行。老天，活著的感覺真的讓飛行變得容易多了！」

中央配置所在遙遠的前方發著白光。馬特爾仔細觀察著，沒看到任何來自外界的強光或回程船艦，太空中也沒有火勢失控會發出的閃光。一切都很平靜，就像休假日的晚上該有的模樣。

但馮馬克特還是打來了。他發出一道比整個太空層級更高的緊急動員通知。這種東西並不存在。但馮馬克特還是這樣說了。

II

馬特爾到達後發現，審視者中有半數都到場了，約有二十幾人。他把溝通指甲舉起來。大部分的審視者都面對面站著，兩兩讀脣交談，有幾個年紀比較大、較沒耐心，就在各自的刻寫板上潦草書寫，然後把板子塞到其他人面前。所有人臉上都掛著哈伯曼人那種呆滯又死氣沉沉的放鬆表情。馬特爾一走進房間，就知道所有人大概都在各自孤單又隱密的心中哈哈大笑，想著一些無法以正常的話說出來的事。已經很久沒有審視者在捲縮狀態下過來開會了。

馮馬克特還沒來。也許他還在打電話給其他人，馬特爾想。電話燈不停閃爍，鈴聲大響。當馬特爾意識到自己是在場唯一能聽到那震天響的鈴聲的人，便覺得非常奇怪，而這也讓他了解，為什麼普通人不喜歡跟一群哈伯曼人或審視者混在一起。馬特爾到處張望，尋找同伴。

他的朋友小張也到了，但他正忙著和某個上了年紀又暴躁的審視者解釋，自己一樣不知道為什麼馮馬克特會打電話來。馬特爾又張望了一會兒，然後看到帕里強斯基。他動作靈活地穿越人群走了過去，好像想表示他就算不用盯著自己的腳，也能感覺到它們。有好幾個人以死氣沉沉的表情注視他，並試圖微笑，但因為沒辦法控制好肌肉運動，所以全都歪成可怕的鬼臉。（畢竟，審視者失去了對臉部的掌控能力，對做表情這件事實在不怎麼在行。馬特爾對自己說，我發誓，除非我進入捲縮狀態，不然我再也不要笑了。）

帕里強斯基給他一個要用溝通指甲的手勢。他們面對面，他說：

「你都捲縮了還來這裡？」

帕里強斯基聽不到自己的聲音，所以他吼出來的句子聽起來就像從壞掉又刺耳的電話裡傳來一樣。

馬特爾愣了一下，但他知道這個問題本身沒有惡意。這位直率的波蘭人脾氣比誰都好。

「馮馬克特打來。頂級動員令。」

「你有跟他說你捲縮了嗎？」

「有。」

「他還是要你來？」

「對。」

「所以這件事不是為了上太空？你沒辦法去外界對吧？你現在就跟普通人一樣。」

「沒錯。」

「那他為什麼要打給我們？」大概是成為哈伯曼人之前留下來的習慣，帕里強斯基在問問題的時候總會揮舞雙臂。他的手撞到身後一位老人的背，拍擊的聲音響徹整個房間——但只有馬特爾聽得到。他本能地掃瞄帕里強斯基和那位老審視者，他們也掃瞄了他，接著，那位老人才問馬特爾為什麼要掃瞄他。當馬特爾要解釋他處於上線狀態時，老人已飛快地走開，把「配置所裡有個處於捲縮狀態的審視者！」這件事給傳了出去。

不過，即使是這種帶點八卦意味的消息，也沒辦法讓大部分審視者不去擔心頂級動員令。有個去年才剛進行第一趟運程掃描的年輕人，用誇張的動作卡到帕里強斯基和馬特爾中間，非常戲劇化地對他們揮舞刻寫板：

馮馬克特，瘋？

較年長的兩人搖了搖頭。馬特爾想起，這個年輕人不久前才剛成為哈伯曼，於是露出一個友善的微笑，稍微緩和了這有點嚇人的拒絕氛圍。他以正常人的聲音說：

「馮馬克特是審視者的元老，我相信他不可能發瘋——他絕對會先注意到自己盒子的指數吧？」

馬特爾得用比較慢的速度把話再重複一次，然後誇大嘴型，那個年輕人才聽懂他的意思。年輕人試著微笑，不過又扭成一張滑稽的鬼臉。他抓起刻寫板，潦草寫下：

你對。

小張從他朋友那裡擠了過來。那張有著一半中國血統的臉孔在這暖和的夜裡彷彿正閃閃發光。（這滿怪的，馬特爾想，大部分中國人都不會成為審視者。又或者，其實這件事也沒那麼怪。仔細想想，他們從來沒把他們的哈伯曼人配額用完。中國人太喜歡過好生活了，會來掃瞄的都是比較善良的人。）小張看到馬特爾在捲縮狀態，就發出聲音說話：

「你開例了。露西要放你出來一定很生氣吧？」

「她還好。小張，這太怪了。」

「什麼東西太怪？」

「我捲縮了，而且我可以聽得到。你的聲音聽起來還不錯。你是怎麼學會的啊——就是像普通人一樣說話？」

「我會對著錄音機練習啊。老天，你居然注意到了。我想我應該是這個地球——或所有地球中唯一會被誤認是普通人的審視者吧。我就靠著鏡子，還有錄音，找到可以騙過去的方法。」

「但你沒辦法……？」

「不行。我沒辦法感覺，或者嘗、聽、聞東西，我沒辦法像你現在這樣。其實說話對我也沒多少好處，但我發現這可以讓身邊的人高興一點。」

「也許這也能讓露西的生活有點變化。」

小張一臉睿智地點了點頭。「我父親堅持要這樣。他說：『你或許認為身為審視者很自豪，但我覺得遺憾，你根本不是個人。你要會藏拙。』所以我就嘗試了。我很想告訴那老頭關於外界的事，還有我們在那裡做些什麼，但他根本不在乎。他說：『對孔子來說，有飛機就很夠了，對我來說也一樣。』這老糊塗！古中文也看不懂就這麼努力想做中國人。不過他品味不錯，而且，就一個活了兩百年的人來說，他還挺能東跑西跑的。」

馬特爾一想到那畫面就笑了出來。「你說他開飛機的事嗎？」

小張也笑了。小張對於臉部肌肉的控制力著實驚人。旁人大概不會覺得小張其實是個哈伯曼人，正以冰冷無情的智慧控制他的眼睛、臉頰和嘴唇。馬特爾看著帕里強斯基和其他人死人般的冷漠臉孔，心裡突然閃過一絲對小張的羨慕。他知道自己看起來還不錯，但這是當然的，他都捲縮了。馬特爾轉過身跟帕里強斯基說：

「你聽到小張說他爸的事情了嗎？那老傢伙居然在開飛機。」

帕里強斯基的嘴動了動，但發出的聲音沒有任何意義。他把刻寫板拿起來給馬特爾和小張看：

嗡嗡嗡。哈哈。好傢伙。

此時，馬特爾聽到外頭的走廊傳來腳步聲，不由自主朝門望去，其他雙眼睛也跟著他的視線往那個方向看。

馮馬克特走了進來。

所有人重新整隊，排成四條平行線，立正站好，彼此掃瞄。許多人伸手去調整心臟盒開始攀升的電化控制器。某名審視者遞出了一根斷指（這是他旁邊的審視者發現的），等待接受治療，並夾上夾板。

馮馬克特拿出他的權杖，杖頂小方塊閃爍的紅光穿透整個房間。隊伍重整，所有審視者都比出同樣的手勢：在此聽候指示！

馮馬克特改換站姿，用以回應，表示：我是元老審視者，聽我命令。

所有人的溝通指甲都舉了起來，呈回應姿勢，我們一致同意，且全心託付。

馮馬克特舉起右臂，讓手腕像斷掉似的垂在那兒。這意思是：在場有普通人嗎？有任何尚未綁定的哈伯曼人嗎？是否只有審視者在？

在場的人中，只有捲縮的馬特爾聽到那陣沙沙作響的怪異腳步。所有人沒移動半步，只是原地後轉了一百八十度，以犀利的眼神對視，然後用腰帶上的燈照遍房裡所有漆黑角落。當他們再次看向馮馬克特，他比了下一個手勢：

確認完畢。聽我命令。

馬特爾發現，只有他呈現放鬆狀態。其他人不知道放鬆是什麼意思，因為他們的腦子被關在頭顱之中，只跟雙眼連接，至於身體剩下的部分，只透過非感覺神經和胸口的監測盒進行連結。馬特爾還發現，因為他是捲縮狀態，所以他以為自己會聽到馮馬克特的聲音：畢竟這位元老已經講了一段時間的話。但他的雙脣之中是一片安靜。（馮馬克特從不費心發出聲音。）

「……當第一批前往外界的人去到月球上，他們找到了什麼？」

「什麼都沒有找到。」脣語如合唱般無聲回應。

「他們因此去了更遠的地方。去到火星，去到金星。船艦一年一年向外推進，但從未復歸，直到太空紀元年。那時，有艘船帶著第一效應回來。審視者，我問你們，什麼是第一效應？」
「沒人知道、沒人知道。」
「永遠沒人知道。因為它千變萬化。我們要透過什麼才得知第一效應？」
「宇宙劇痛。」合唱繼續著。
「下一個跡象是什麼？」
「是渴求——噢！對死亡的渴求！」
馮馬克特繼續問道：「是誰阻止了對死亡的渴求？」
「太空紀三年，亨利．哈伯曼征服了第一效應。」
「那麼審視者，我問你們，他做了什麼？」
「他創造了哈伯曼人。」
「各位審視者啊，哈伯曼人是怎麼被創造出來的？」
「由斷口造就。將大腦與心臟、肺臟切開；將大腦與淚水、鼻子切開；將大腦與嘴脣、肚腹切開；將大腦與欲望、疼痛切開——將大腦從世界分離，留給雙眼，控制血肉軀體。」
「各位審視者啊，肉體是如何受到控制？」
「透過設於血肉中的盒子，透過設於血肉中的控制器，透過專為主宰活人身軀所設定的讀數。軀體倚靠讀數而活。」
「哈伯曼人要如何活過每分每秒？」
「哈伯曼人靠著控制盒活下去。」
「哈伯曼人從何而來？」

馬特爾聽著這個問題引來的回應，感到一陣沙啞的巨大吼聲響徹整個空間，所有審視者（他們也是哈伯曼人）都不只是動了嘴型，還加入聲音——

「哈伯曼人是人類中的渣滓。哈伯曼人軟弱、殘忍、容易上當、格格不入；哈伯曼人受判的罪刑更甚於死，哈伯曼人獨活於自己腦中。他們因太空而死，也因太空而活；他們控制連接所有地球的船艦。當普通人沉睡於冰冷的運程中，他們則活在劇痛裡。」

「各位兄弟、各位審視者，我現在問你們：我們到底是不是哈伯曼人？」

「我們是哈伯曼人。我們被切割為二——大腦與肉體。我們全都進過哈伯曼裝置，做好前往外界的準備。」

「那我們『只是』普通的哈伯曼人嗎？」問出這項儀式性的問題時，馮馬克特的雙眼熠熠生輝。

同樣，只有馬特爾聽見伴隨著吼聲、整齊劃一的回答。「我們是哈伯曼人，但又不只如此、不只如此。我們是依自由意志成為哈伯曼人的天選者，我們是人類補完機構的探員。」

「其他人必須對我們說什麼？」

「他們必須要說：『你是最最勇敢的勇者，最高超的技師；審視者讓人類居住的每一顆地球團結一致，它們是全人類的榮耀。審視者是哈伯曼人的保護者，是外界的法官，能讓人在那個求死不得的環境中活下來。他們是最尊貴的，連補完機構總長團也會向他們致敬！』」

馮馬克特站得更挺。「審視者的祕密職責為何？」

「只依審視者律法服從補完機構。」

「審視者的第二個祕密職責為何？」

「保守我們律法的祕密，消滅被收買之人。」

「如何消滅？」

「『超載』兩次、跌落，然後『死亡』。」

「如果哈伯曼人死去，有何職責？」

審視者全都緊閉雙唇。（沉默即為答案。）馬特爾覺得這整個過程有些無聊——他對這些答案已經太熟悉了——他注意到小張的呼吸太重，於是伸手調整小張的肺部控制器，然後得到對方一個感謝的眼神。馮馬克特看到他們干擾了儀式的動作，於是瞪著兩人。馬特爾放鬆下來，試圖模仿其他人那種猶如死人、冷冰冰的沉默狀態。處於捲縮時實在是很難做到。

「如果其他人死掉，屆時又有何職責？」馮馬克特問道。

「審視者會一起通知補完機構，審視者會一起接受懲罰，審視者會一起解決問題。」

「如果懲罰太過嚴厲，又會如何？」

「無船出發。」

「如果審視者不受尊敬，又會如何？」

「無船出發。」

「如果有審視者得不到報酬，又會如何？」

「無船出發。」

「如果『外人』和補完機構沒有隨時隨地、全心全意將對審視者應有的義務放在心上，又會如何？」

「無船出發。」

「那麼，各位審視者，如果無船出發，會發生什麼事？」

「所有地球將分崩離析，荒野再度入主，古代機器與野獸重新回歸。」

「審視者最為人所知的職責是什麼？」

「不在外界中陷入沉睡。」

「審視者的第二職責是什麼？」

「永不想起恐懼之名。」

「審視者的第三職責是什麼？」

「在小心謹慎的態度下，適度使用尤斯塔司．克蘭奇之線。」在這個嘴型的合唱團繼續唱下去之前，幾雙眼睛快速看了馬特爾一眼。「只在家中、只在朋友間進行捲縮；僅能為了記起回憶、放鬆或生育子嗣而進行捲縮。」

「審視者的承諾為何？」

「在死亡圍繞下仍保忠誠。」

「審視者的格言為何？」

「在沉默圍繞下仍然清醒。」

「審視者的工作為何？」

「在高如外界之處依然勞動，在深如諸地球處依然忠貞。」

「如何評判一名審視者？」

「我們了解自我，我們雖死猶生，我們以刻寫板和指甲交談。」

「守則為何？」

「守則是審視者友善、古老的智慧。簡言之，將對彼此的忠誠銘記在心，並以此為喜。」

這時，照慣例應該要繼續回答說：「我們履行了守則，是否有必須交予審視者的工作或訊息？」但馮馬克特卻說（而且說了兩次）：

「頂級動員令。頂級動員令。」

他們對他比出手勢，在此聽候指示！

每隻眼睛都迫切地追隨他的嘴脣。馮馬克特說：

「你們有沒有人聽過亞當．史東的研究？」

馬特爾看到有些嘴脣在動。「紅色小行星。活在太空邊緣的『外人』。」

「亞當．史東向補完機構宣稱自己的研究成功，說他找到了濾除宇宙劇痛的方式，說可以讓外界變得安全，足以讓普通人在其中工作，還可以保持清醒。他說我們已經不再需要審視者了。」

整個房間的腰燈都開始閃爍，審視者呼求發言權。馮馬克特朝年紀較長的人之一點了點頭。「審視者史密斯發言。」

史密斯盯著自己的腳，緩步走入光中。他轉過身，讓他們都能看到他的臉。他說：「我認為這是謊言；我認為史東是個騙子。我認為，補完機構絕不能遭到矇騙。」

他停頓一下，然後回答了來自底下群眾的一個問題——有許多人沒辦法看見發問過程。

「我要援引審視者的祕密職責。」

史密斯舉起右手，讓所有人注意到這個緊急狀況。

「依我意見，史東必須死。」

III

審視者因興奮而忘我，不斷發出噪音，努力用死氣沉沉的身體對著彼此失聰的耳朵說話。那些噓聲、低哼、呼喊、尖叫、咕噥和呻吟，令仍處於捲縮狀態的馬特爾不禁打了個冷顫。腰燈瘋狂地在整個房間亂閃，審視者朝主席臺湧去，在上面成群亂轉，爭奪注意力，直到帕里強斯基（他完全是靠體型）將其他人撞到一旁，然後轉過身用脣語對整群人說話。

「審視者弟兄，給我你們的眼睛。」

站在房內的人不停移動，麻木的身軀彼此推擠，最後還是馮馬克特走到帕里強斯基前面，對著其他人說：

「審視者，好好盡審視者的責任！給他你們的眼睛。」

帕里強斯基不善公開發言，他的嘴脣動得太快，揮舞的雙手也往往會拉走其他人對他嘴脣的注意。儘管如此，馬特爾還是跟上了他大部分的語意：

「……不能這麼做。史東有可能真的成功了。如果他成功，那就代表審視者的終結，也代表哈伯曼人的終結。沒有人需要再去外界拚死活，也不會再有人只為了當幾小時或幾天的人類必須上線。每個人都會變成『外人』，沒有人需要捲縮——再也不用了。人可以當人，而哈伯曼人能夠以體面而且適當的方式——以遠古時代人們行刑的方式——被處死，再不需要誰來維持他們的生命，也不用在外界裡工作了！再也不會有劇痛——你們想想吧！再……也……沒……有……劇……痛！我們要怎麼知道史東是不是真的騙——」結果這時燈光開始直接對著他的眼睛狂閃。（這是審視者對彼此最粗魯的侮辱。）

馮馬克特再度運用他的權威。他站到帕里強斯基面前，對他說了些其他人看不到的話，帕里強斯基從主席臺上退下。馮馬克特再次發言：

「我想有些審視者不同意帕里強斯基弟兄的看法。我提議，在我們可以進行私下討論之前，先不使用主席臺。我會在十五分鐘之後再次召開會議。」

馬特爾在馮馬克特重新加入人群後就一直在找他。他一邊找，一邊匆忙地在自己的刻寫板上寫下一些筆記，一有機會就要把板子塞到馮馬克特眼前。他是這樣寫的：

捲縮了。請求執行我現在有的權限，等候傳令。

因為經過捲縮，馬特爾變得不太一樣。他過去參加的會議感覺都像一場鼓舞人心的正式慶典，能夠照亮他心中屬於哈伯曼人的無止境黑暗。當他不處於捲縮狀態，他對自己身體的意識，搞不好還比不上一座大理石半身像對下方基座的注意力。他可以毫不費力地和其他人一起站上好幾個小時，直到彷彿沒有盡頭的儀式衝破雙眼後方那團可怕的孤寂，讓他清楚感覺到，審視者雖是一群背負詛咒的人們，仍因為在職業要求下受到的傷殘與毀損，永遠受到尊敬。

但這次不一樣。在捲縮狀態下，他彷彿全副武裝般配備著嗅覺、聽覺、味覺前來，讓他對事物的反應多少更像個普通人。他看到朋友和同事時，彷彿看到一群本性殘暴的幽魂，在無法擺脫的地獄中以裝模作樣的姿態，進行一連串毫無意義的儀式。一旦成為哈伯曼，這些東西又能造成什麼差異呢？為什麼要這樣去比較哈伯曼人和審視者？哈伯曼人就是罪犯，或是異端分子；而審視者是有紳士風度的志願者？但實際上他們都處於同一種困境——差別只在：大家認為審視者有資格使用捲縮線回到地球一小段時間，而哈伯曼人則會在太空船入港時直接被切斷連結，維持在擱置狀態，直到發生某個緊急情況，或出了什麼問題，才會再次被叫起來，在這地獄輪班中再當一次差。能在街上看到的哈伯曼人都非常稀有——他們多半擁有某些特長，抑或是特別勇敢，獲得允許，得以從那具機械化身軀的恐怖牢籠中注視人類。但是，審視者同情過哈伯曼人嗎？在履行職務之外的時間，審視者曾經尊敬過哈伯曼人嗎？當某個哈伯曼人因為和審視者相處太久，偷到了幾招掃瞄技巧，學會如何以自己的（而非審視者強加的）意志活著時，身為同樣族群、同樣階級的審視者，除了伸手一扭殺死他們外，他們曾為哈伯曼人做過任何事嗎？那些「外人」——也就是普通人——怎麼可能了解船裡發生什麼事？「外人」都睡在各自的筒艙裡，處於幸福的無意識狀態，一直要到目的地的地球才會醒來。「外人」又怎麼能理解那些必須在船中活著的人呢？

有哪個「外人」能了解任何關於外界的事呢？他們能理解廣闊太空群星那酸蝕刺人的美嗎？劇痛，從骨髓悄悄蔓延，一如痠痛，隨後發展成每個神經細胞、腦細胞和身上所有接觸到外部的部分都能感受到的疲憊與反胃，到最後、到最後……生活本身變成劇痛，是極度渴求沉默、渴求死亡所誘發的疼痛。對此，「外人」又能了解多少呢？

他是個審視者。沒錯，他是。打從一切事物看起來都很正常的初始時期，他就是一名審視者了。他站在陽光下，在補完機構次長面前說出誓言：

「我以我的榮譽和生命發誓效忠人類。我自願為全人類的福祉犧牲自我，為了接下這危險又嚴苛的榮譽任務，我在此將自身所有的權利讓予受人尊敬的補完機構總長團，以及受人尊敬的審視者兄弟會。」

他是宣誓過的。

他進入過哈伯曼裝置。

他記得他的地獄。再沒有什麼經驗比那更糟，那感覺起來彷彿持續了一億年那麼久，而身在其中，他沒有一天闔過眼。他學會了如何以眼睛去感覺，也學會如何去看，儘管他的眼球後方裝了厚重的遮蔽板，其目的是將眼睛和身體其他部位隔開。他學會如何觀察自己的皮膚。他還記得，有次他發現自己的上衣溼透，卻直到拉出審視鏡後才發現，因為靠在一臺正在震動的機器上，他的身側被鑽出了一個洞。（這種事現在不會再發生了。對於如何判讀監測儀，他已經駕輕就熟。）他記得前往外界的路程，也記得在觸覺、嗅覺、感覺和聽覺都失去作用的情況下，那劇痛又是如何鑽入他體內。他記得自己殺過哈伯曼人，也保全過其他人的性命，並和可敬的審視者領航員肩並著肩，一連站上好幾個月。期間兩人都沒睡過。他記得在第四地球著陸的情景，也記得自己一點不喜歡這個任務。那天他恍然大悟，這一切的一切，都不會有任何回報。

馬特爾站在其他審視者中間。他討厭他們移動時笨手笨腳的模樣，討厭他們立定不動時的僵硬外表；他討厭他們的身體會不自覺地散發出各種奇怪的味道；他討厭他們因為聽不見而發出的低吼、咆哮和粗野叫聲。他討厭他們——還有他自己。

露西怎麼能受得了他？在跟她求婚的時候，他任憑自己的胸腔盒指數一連幾週呈現「危險」狀態，違法帶著捲縮線到處走，一次又一次地捲縮，完全不擔心自己所有指數都爬到「超載」的邊緣。他追求著她，幾乎沒考慮要是她沒說「我願意」會怎麼樣。但她說了。

「他們從此過著幸福快樂的日子。」古書上這麼說，但在現實生活中怎麼可能？過去半年，他總共只上線了十八天！即便如此，她還是愛他，現在也還是愛，他很清楚。在他去外界的那幾個月，她會一直掛心著他。即便他是個哈伯曼，她仍試著去營造家對他的意義：把食物做得漂亮——雖然嘗不到味道。把自己打扮得討人喜歡——雖然他不會吻她——他還是不要這麼做比較好，哈伯曼人的身體跟家具沒兩樣。而露西很有耐心。

然後，現在竟然冒出個亞當．史東！（他讓刻寫板的字跡淡去：在這種時候，他怎麼能離開？）

老天保佑亞當．史東啊！

馬特爾無法壓抑，有點為自己感到遺憾。他再也不需要用如山高的責任感讓自己撐過兩百多年的「外人」時期了。（對他來說，則像是兩百萬次的永恆。）他可以發懶、放鬆，忘記高等太空，把外界留給「外人」去顧。只要他夠勇敢，可以一直這樣捲縮下去。他可以正常地——百分之九十九正常——

過上一年、五年，又或是不到一年。但不管怎樣，至少能待在露西身邊。他可以和她一起深入荒野，野獸和遠古機器還在荒野中的暗處裡遊蕩。又或許，他會在狩獵的刺激感中死去，或在一臺上古的鐵製「冷人機」從巢穴中跳出來時對它扔出長矛，或對著那些至今仍在荒野中漫遊的殺無赦土著丟擲滾燙的力場球。他還有人生可過，還是可以很體面、很正常地死去，不必在死寂與劇痛中拚命想辦法鑽出一條細如針尖的出路！

馬特爾不安地走來走去。他的耳朵已經習慣一般說話的聲音，所以完全不想去讀弟兄的脣語。他們似乎得出了某個結論，馮馬克特正朝著主席臺走去。馬特爾找了找小張在哪，跑去跟他站在一起。小張低聲說：

「你怎麼那麼焦躁？簡直像飄在空中的水！怎麼回事？解壓了嗎？」

他們兩個都把馬特爾掃瞄了一遍，但監測儀很穩定，沒有捲縮結束的跡象。

一道強光爆開，抓住所有人的注意力。他們再次排好隊形。馮馬克特把那張消瘦的老臉探入強光中。

「各位審視者、各位弟兄，我在此號召投票。」他擺出代表「我是元老審視者，聽我命令」的姿勢。

一道表示異議的腰燈閃起。

是亨德森老頭。他走向主席臺，跟馮馬克特說話，然後——在馮馬克特點頭允許下——轉過頭把問題重複一次：

「在外太空，誰能替審視者講話？」

沒有腰燈或手勢做出回應。

亨德森和馮馬克特面對面討論了一會兒，亨德森再次面對他們：

「我服從於元老指揮官，但不服從這場兄弟會會議。六十八位審視者中，到場的只有四十七位——

其中一個還捲縮上了線。因此，我提議元老指揮官只擁有主持兄弟會緊急委員會——而非正式會議——之權力。各位可敬的審視者，是否理解並同意這點？」

眾人舉手同意。

小張在馬特爾耳邊悄聲說：「差別還真大！誰分得出會議跟委員會的不同？」馬特爾同意他的說法，但小張在哈伯曼狀態下對聲音的掌握力竟這麼強，他訝異不已。

馮馬克特回到主席身分。「現在，讓我們對亞當．史東一事進行投票。

「首先，我們可以假設他並未成功，而且所言為假。我們可以從審視者的實際經驗中知道這點。宇宙劇痛只是掃瞄工作的一部分，」（但卻是最核心的部分，是一切的基礎，馬特爾心想。）「而我們可以確定，史東無法解決太空戒律面對的問題。」

「又是這種廢話。」小張低聲說。只有馬特爾聽到。

「我們兄弟會的太空戒律維護高等太空不受戰火和紛爭騷擾，讓六十八位訓練有素的弟兄掌控高等太空；我們因誓言和哈伯曼人的身分遠離地球上所有的情感。

「如果亞當．史東克服了宇宙劇痛，讓『外人』破壞兄弟會，並把地球上的問題和毀滅帶進太空，我必須說亞當．史東錯了。如果他成功，審視者的人生就只是徒勞了！

「其次，如果亞當．史東沒有克服宇宙劇痛，那他將為所有地球帶來大麻煩。補完機構和次長給我們的哈伯曼人數量可能會不夠駕駛人類太空船。這種荒謬的異端邪說如果傳開，到時候就會出現一堆亂七八糟的揑造故事，我們的徵召活動會變得很困難，而最糟的是，兄弟會的紀律可能會潰散。

「因此，如果亞當．史東成功，就等同在威脅要摧毀兄弟會，應該處死；

「如果亞當．史東沒有成功，那他就是騙徒、異端分子，應該處死。

「我提議處死亞當．史東。」

馮馬克特比出手勢，請敬愛的審視者準備投票。

IV

馬特爾慌亂地去抓他的腰燈，早一步猜到的小張事先就把燈拿出來準備好。那道明亮的光線直直打在天花板上，投出了反對票。馬特爾掏出燈後，把光向上投射出去，也表示不贊成，然後他看了看四周：在場四十七位出席者中，只看得到五、六道燈光。

又有兩束燈光投了出來。馮馬克特像一具冰凍的屍體般直挺挺地站著，雙眼在人群中來回掃視，尋找燈光——又多了幾道。最後，馮馬克特終於結束投票：能否請審視者計票？

三個年紀較大的審視者來到主席臺，跟馮馬克特站在一起，掃視整個房間。（馬特爾心想：這些天殺的死人，他們是要用投票決定一個真實的人——一條活生生的人命的死活嗎？他們沒有權力這麼做。我要把這件事通報補完機構！但他知道自己不會這麼做。他一想到露西——還有亞當．史東的成功可能為她帶來的好處——馬特爾差點無法承受這場令人傷心的爛投票。）

三名計票員對票數達成一致結果後，便舉手以手勢比出同樣的數字：十五張反對票。

馮馬克特禮貌地鞠了個躬，將他們請下臺。他轉過身，再次以身體姿勢表達：我是元老審視者，聽我命令。

馬特爾一邊在心中幻想自己的愛人，一邊把腰燈的光打了出去。他知道自己的舉動很可能引來隨便一個弟兄伸手直接把他的心臟盒轉到『超載』。他覺得小張正要伸手抓他的飛行外套，但他躲開了，並且用一名審視者不該有的飛快速度往主席臺跑去。他邊跑邊思考自己應該做出怎樣的控訴。他不會有多少發言時間，也沒辦法讓所有人都看見，所以講道理是沒有用的——至少不是現在。他必須訴諸法律。

他跳上主席臺，站到馮馬克特旁邊，擺出姿勢：各位審視者，這是違法行為！

他違反發言禮節，依舊保持那個姿勢。「委員會沒有權力以多數決投票決定死刑，要這麼做，需要在全體會議上票數達到三分之二。」

他感到馮馬克特的身體從後方衝上來，他跌下主席臺，撞到地板，弄傷了膝蓋和充滿著感覺的雙手。他被人扶起、掃瞄了一次。幾個他幾乎不認得的審視者伸手將他監測儀的指數調低。

馬特爾感到自己迅速冷靜下來，也更超然了些。他討厭自己冒出這種感覺。

他抬頭看向主席臺。馮馬克特正擺出姿勢：整隊！

審視者開始重新調整隊伍，馬特爾兩旁的審視者抓住他的手臂，他則對他們大吼大叫，但他們將眼神別開，完全放棄溝通。

房裡安靜下來後，馮馬克特再度開口說話。「有位審視者在捲縮狀態下來到這裡，各位尊貴的審視者啊，我為此致歉。這並非我們的朋友馬特爾——這位偉大又傑出的審視者的錯。他受命前來，是我告訴他不用解壓的。我的本意是想省去麻煩，讓他不用浪費時間再進入哈伯曼狀態。我們都知道馬特爾的婚姻幸福美滿，也祝福他這勇敢的企圖能有好結果。我欣賞馬特爾，尊重他的判斷，也希望他出席，我也知道你們都希望他在場，但他處於捲縮狀態，不是能夠分擔審視者崇高職務的狀態。因此，我提出一項能在各方面達到公平的解決辦法：我們將審視者馬特爾依其違紀行為判為違反會議秩序。如果他是處於非捲縮狀態，這項罪名是完全無法寬恕的。

「與此同時，為求公平起見，我提議我們也應該討論由這位傑出但失格的弟兄，以極不適切的方式提出的觀點。」

馮馬克特打出手勢，請敬愛的審視者準備投票。馬特爾試著去拿自己的腰燈，但因為那幾隻緊抓著他的強壯手臂，他怎麼掙扎都是白費。只有一道燈光高高舉起：是小張——無庸置疑。

馮馬克特的臉孔再次進入燈光照耀中。「在為了一般提案而出席的所有傑出審視者同意下，我在此臨時動議，敦請本委員會宣布本會擁有會議的完整實權，並請委員會讓我為本會可能行使之一切不當行為負責，同時對下次的全體會議全權負責——但不包括特定階級與機密階級審視者外的任何權力者。」

這次，由於馮馬克特的勝算高得顯而易見，他以炫耀的氣勢擺出投票姿勢。

寥寥幾道燈光亮起。顯然遠遠少於四分之一。

馮馬克特再次開口，燈光在他寬闊冰冷的前額、猶如死去般下垂的顴骨閃閃發亮。除去照到微光的地方，以及正對著光的嘴唇，他清瘦的臉頰和下巴有一半都陷在陰影中。因此即使馮馬克特表情平靜，看起來也流露幾分殘酷。（據說，馮馬克特是某位遠古時期女士的後裔。她曾在一夜之間以某種不合理且匪夷所思的方式，穿越幾百年的光陰。這位馮馬克特女士的名字早已成為傳說，但她的血和古老的支配欲望仍活在後人無聲且專橫的體內。馬特爾深深相信那些古老的傳聞，他盯著主席臺，猜想到底是哪種無法言傳的突變，令馮馬克特一族成為人類中的掠食者）。馮馬克特以嘴型大聲疾呼（他仍沒出聲）：

「請尊敬的委員會再次確認針對異端分子及公敵——亞當·史東——的死刑判決。」又是那個投票姿勢。

又是小張的燈獨自表示著抗議。

於是馮馬克特下了他最後一步棋：

「我要求，將本次出席之審視者元老指定為本判決負責人，並賦予他權限，任命能彰顯審視者意志與威嚴的一名──或多名行刑人。我請求為行為本身負責，而非手段。這是為了保護人類安危及審視者尊嚴的高尚行動；但對於其手段，我只能說，這是我們目前能想到最好的解法，僅此而已。有誰知道在這個擁擠又眾目睽睽的地球上殺死『外人』的方法？這不只是要卸除沉睡者或升級哈伯曼人的針之類的問題。在這裡死去的人和在外界死去的人不同，他們並非自願。如各位弟兄與審視者所知，在地球上殺人並不是我們平時的任務，你們必須讓我去選擇我認為最合適的執行者，否則，單單只是知曉此事，就會成為一種叛變。如果單由我一人承擔責任，就只有我可能叛變。萬一補完機構前來搜索，你們也不必在外人中找叛徒。」（那你挑的那個殺手怎麼辦？馬特爾想。他也知道啊──除非──除非你了結了後患。）

馮馬克特擺出姿勢。請敬愛的審視者準備投票。

一道反對的燈光亮起，還是小張。

馬特爾彷彿能看見馮馬克特那張死氣沉沉的臉上殘酷又愉悅的笑容──當人知道自己得到公義，而該公義還受到一群擁有實權的好戰分子支持、當做後盾，就會露出這種笑容。

馬特爾試著做最後的抵抗。

然而，抓著他的手紋風不動，猶如咬緊的鉗子，除非主人的眼睛將它們解鎖，才會鬆開──不然這些人怎麼有辦法月復一月地緊握飛行桿呢？

於是馬特爾放聲大喊。「可敬的審視者啊，這是司法殺人。」

沒有人聽到。只有他捲縮，只有他。

但他不管，再次大喊。「你們危害了兄弟會。」

悄然無聲。

回音從房間一端傳至另一端；沒人轉頭，沒人看他。

馬特爾發現，那些正兩兩成對交談的審視者全都避免和他對到眼。他清楚地注意到，沒人想看他要說什麼。他知道在這些朋友冰冷表情的後方，都藏著同情或訝異，他們都知道他捲縮了──好可笑、好普通、好像人，而且此時暫且不是審視者。他也知道，審視者的智慧在這種情況下完全不值一顧。他知道，只有捲縮的審視者才能親自理解，這種「討論出來」的謀殺，會激起「外人」怎樣的憤慨與怒意。他知道兄弟會正讓自身踏入險境，也知道法律所擁有最古老的特權，就是對死亡的壟斷。就算是古代的那些國家，在大戰期間（在荒野機器和野獸出現、人們進入外界以前）──連那些古人都知道這個重點。他們是怎麼說的呢？──「唯國家才有殺人的權力」。國家都消失了，但補完機構卻留了下來，而補完機構不會容許地球上有任何超越他們權限的事物存在。在太空裡，死亡是一項工作，是審視者的權力。補完機構該如何在只要醒來就等同死於劇痛的地方執行法律？於是他們很明智地把太空留給審視者，而兄弟會也識相地沒有插手地球事務。現在，兄弟會竟然把自己弄得像一幫土匪，就跟殺無赦部落那些愚蠢、魯莽的流氓沒兩樣？

馬特爾會知道這點，是因為他捲縮了。若他還是哈伯曼，他就只會用腦，不會以自己的心臟、膽量、熱血去思考。其他審視者怎麼可能知道這些呢？

馮馬克特最後一次回到主席臺：委員會已達成共識，其意志將被執行。然後口頭加上一句。「我以元老的身分要求你們的忠誠與沉默。」

這時，那兩個審視者放開了馬特爾。他一邊揉著發麻的手掌，一邊甩手指，想辦法讓冰冷指尖裡的血液再次恢復循環。重獲自由後，他開始思考自己還能做什麼。他掃瞄自己：捲縮狀態還沒退，他可能還有一個小時或一整天。坦白說，就算回到哈伯曼狀態，他也還是可以繼續，只是到時說話就得用手指跟刻寫板，會很不方便。他尋找小張的身影，他的朋友正以一動也不動的平和姿勢站在某個安靜的角落。馬特爾緩慢地移動過去，不想引來任何沒幫助的注意力。他面對著小張，一直走到自己的臉孔進入光照範圍。他開門見山地說：

「我們現在該怎麼辦？你不會讓他們殺掉亞當．史東吧？你應該知道，如果史東的研究成功，對我們會有多大意義吧？再也不用掃瞄，再也不會有審視者和哈伯曼人，外界也不會再有宇宙劇痛了。我告訴你，如果其他人跟我一樣都捲縮了，就會用比較人性的角度看事情，而不是用今天在會議裡那種狹隘、瘋狂的邏輯。我們得阻止他們。我們該怎麼做？能怎麼做？帕里強斯基覺得怎樣？誰被選上了？」

「你要我先回答哪個問題？」

馬特爾笑了。（即使在這種情況下，能笑的感覺還是很好——感覺像人。）「你會幫我嗎？」

小張回答，眼睛掃過馬特爾的臉。「不會。不。不行。」

「你不幫？」

「不幫。」

「為什麼，小張？為什麼？」

「我是個審視者，表決已經進行了。如果不是因為處於這種奇怪狀態，你也會這麼做的。」

「我不是處於什麼奇怪狀態，我是捲縮了，這最多表示我有能力用『外人』的眼光看事情，而我看到了愚蠢、魯莽和自私。這等於謀殺。」

「什麼是謀殺？你殺過人嗎？你不是『外人』，你是一個審視者。如果不注意一點，你會為自己將去做的事情後悔萬分。」

「那你為什麼要投票反對馮馬克特？難道你看不出亞當．史東對我們所有人的意義嗎？審視者徒勞的一生……真是感謝上天——你難道不是這樣想的嗎？」

「不是。」

「但你跟我說了話，小張，你是我朋友吧？」

「我是跟你說了話，我是你朋友。有什麼問題嗎？」

「那你接下來會怎麼做？」

「什麼都不做，馬特爾。我什麼都不會做。」

「你會幫我嗎？」

「不會。」

「連救史東也不會？那我去找帕里強斯基。」

「不會有用的。」

「為什麼？這個時候，他比你更像個人。」

「他不會幫你的，因為他有職責在身。馮馬克特派他去殺亞當．史東。」

話到馬特爾嘴邊就停了下來。然後，他突然擺了一個姿勢：感謝你，弟兄，我出發了。

走到窗前時，馬特爾轉過頭看向房間。他看到馮馬克特的視線落到自己身上，於是也向他比出了同樣姿勢，感謝你，弟兄，我出發了，然後再補上有元老在場時會用的裝飾性敬語。馮馬克特看到他的手語。接著，馬特爾便看見那兩片殘忍的嘴唇開始蠕動，似乎說了幾個字，「……自己保重……」，但他沒留下來確認，只是向後退開，奔離窗前。

當馬特爾向下飛去，遠離了窗戶的視線範圍，便將飛行外套調整至最高速。他用放鬆的姿勢飛在空中，把自己徹底掃瞄一遍，調低腎上腺素的攝取量。然後他伸了個懶腰，感受冷風像不停流動的水那樣吹拂他的臉。

亞當・史東一定在主降落埠。

亞當・史東一定在那裡。

對亞當・史東來說，今晚肯定充滿驚喜。他將看到世上第一個審視者叛徒，並因此目瞪口呆，這個審視者真是有史以來最詭異的存在。（馬特爾突然慶幸起自己是在自言自語。審視者的叛徒！馬特爾！聽起來好怪又好糟糕——如果是「人類的叛徒！馬特爾！」呢？多少算好一點吧。如果這次他贏了，就能贏得露西；如果輸了，賠上的也沒多少——他只不過是個不受重視、隨時可犧牲的哈伯曼——只不過剛好是他。但與面前的巨大報酬、與全人類、兄弟會、露西相比，這又算得了什麼呢？）

馬特爾在腦中對自己說：「亞當・史東今晚將會有兩位訪客；兩個本是朋友的審視者。」他暗暗希望帕里強斯基會一直是他的朋友。

「而這世界會如何？」他又想著。「就看我們哪個先到了。」

一層疊一層的主降落埠燈光從前頭的迷霧中慢慢透出。馬特爾看到城市的外城塔群，瞥見那道抵禦荒野——無論是野獸、機器或殺無赦——發著磷光的輪廓。

馬特爾再次向眾神祇祈禱，保佑他能獲得好運。「請讓我被誤認為『外人』吧！」

V

馬特爾在降落埠遇到的問題比預想得少。他把飛行外套披在肩上，遮住監測儀，然後拿起掃瞄鏡，從身體內部妝點臉部。他加強血液和神經的速率及興奮程度，直到臉部肌肉開始發出光澤，皮膚也泛出一層健康的汗水。他看起來就跟剛飛了一整夜的普通人沒兩樣。

等他整理好衣服，並把刻寫板藏進夾克，就得思考該怎麼處理溝通指甲。要是留著指甲，審視者的身分就會曝光。的確，他會因此受到尊敬，但也很容易被指認。補完機構肯定在亞當．史東身邊部署了守衛，他也可能被他們攔下來。可是，如果把指甲折斷……他不可能這麼做！兄弟會歷史上，沒有哪個審視者自願把指甲折斷，那麼做等於遞出辭呈，但對審視者而言，沒有辭職這回事。離開的唯一選擇就是高空外界！馬特爾把指甲放進嘴裡咬斷。他看著那實在不像樣的手指，自顧自嘆了一口氣。

他把手收進夾克，朝城門走去，並將肌肉強度拉高到正常的四倍。他正要掃瞄，卻立刻想到：他的監測儀都被遮住了。乾脆賭一把吧，他想。

守衛用搜索線把他攔下來，線末端的球體倏地抵到馬特爾胸口。

「您是人類嗎？」一個看不見人影的聲音問道。（馬特爾知道，如果是處於哈伯曼狀態下的審視者，他的力場電荷會馬上讓線球亮起來。）

「我是人類。」馬特爾的聲音聽起來還不錯。他希望自己不至被誤會成某個有模仿能力、想要進入人類城市和港埠的冷人機、野獸或殺無赦。

「姓名，編號，階級，目的，職務，上次離開時間。」

「馬特爾，」他背出自己以前的編號，而非三十四號審視者。「向陽四二三四，太空紀一八二年。階級：準次長。」他沒說謊，這是他實任的階級。「目的：合法個人事務，不超過城市邊界。無補完機構職務。離開主起飛埠時間為二〇一九。」現在，一切都取決於對方是否相信他，或是轉而向主起飛埠確認。

那聲音扁平而制式。「城內留待時間。」

馬特爾用了標準官腔。「請閣下盡量寬限。」

他站在沁涼的夜風中等待。在頭頂上方極遠之處，透過雲霧間的縫隙，他可以看到那群討人厭的東西正在屬於審視者的天空中閃爍。群星是我的敵人，他想：我征服了星群，星群卻痛恨我。哈，這話聽起來好像古老！聽起來像「書」似的。我真是捲縮過頭了。

那聲音回答。「向陽四二三四之一八二準次長馬特爾，依法進入城門。歡迎。請問需要食物、服裝、金錢或是陪同人員嗎？」那聲音中沒有任何歡迎的情緒，是純粹的公事公辦。若是以審視者的身分進入城市，肯定不會是這樣！那些低層職員會跑出來，把腰燈的燈光打在他焦躁的臉上，他們會帶著荒謬無比的敬意，裝腔作勢地說話，然後對著審視者失聰的耳朵大喊大叫。原來這才是身為次長會受到的對待——其實不算太糟。還算可以。

馬特爾回答。「我需要的都有了，但要請城市方面幫個忙。我的朋友亞當．史東在這裡，我需要見他——是正當的個人要事。」

聲音回答。「您跟亞當．史東有約嗎？」

「沒有。」

「市方可以幫您找到他。他的號碼是？」

「我忘了。」

「忘了？是補完機構的亞當．史東？您真的是他的朋友？」

「真的是。」馬特爾在聲音中偷偷放入一絲不耐煩。「守衛，要是懷疑，就打給你們次長。」

「當然會懷疑。您怎麼會不知道他的號碼？這點必須記下。」那聲音又說。

「我們是童年玩伴，他之前跨越了——」馬特爾正打算說「外界」，卻立刻想起這個詞只在審視者之間使用。「他先前都在地球與地球間來去，才剛回來而已。我跟他很熟，只是剛好要找他，要傳他親人的話。願補完機構庇佑。」

「知道了。我們會找到亞當．史東。」

雖然不太可能，但馬特爾還是冒著險（力場球也許會發出「非人類」的警示鈴）接上夾克裡的審視者通話裝置。一看到微微抖動的光針正在等待他的訊息，馬特爾就下意識用鈍掉的手指在刻寫板寫東西。這可不行，他想，然後慌張了一下，直到發現自己梳子上一支一支的梳齒相當銳利，可以拿來寫字。他寫下。「非緊急通話。審視者馬特爾呼叫審視者帕里強斯基。」

光針抖了一下，發著光的回覆文字浮現，然後漸漸散去。「審視者帕里強斯基正在執行勤務，無法聯繫，通話轉由審視者中繼站接收。」

馬特爾關掉通話裝置。

帕里強斯基就在附近。他是要直接飛越城牆、觸發警鈴，然後在可憐的守衛從半空中把他攔下來時，宣稱自己有公務在身嗎？不，不太可能。那麼，就表示應該有一整票審視者跟著他一起過來。那群人會裝成尋歡作樂的哈伯曼人，要進城找他們能享受的寥寥數種娛樂——比如看新聞上的照片，或去遊藝館看漂亮女人之類的。總之，帕里強斯基就在附近。他沒法隱藏自己的行蹤，因為審視者總部已把他登記為執勤中了。他們會記錄他去過的每個城市。

守衛的聲音又回來了，而且聽起來充滿困惑。「我們找到亞當．史東，也將他叫醒了。但他說不認識什麼馬特爾，希望您能諒解。您可以早上再來找亞當．史東嗎？市方會恭候您的蒞臨。」

馬特爾的藉口都用光了。要在沒有假身分的狀態下偽裝成別人，實在有點困難。他只好又重複一次。「請告訴他，我是馬特爾，露西的丈夫。」

「如您所願。」

接著又是一片安靜，以及充滿敵意的星星，還有帕里強斯基就在附近——而且越來越近的感覺。馬特爾覺得自己的心跳變快了些。他偷瞄胸腔盒一眼，把心臟調低一度。雖然暫時還沒辦法仔細掃瞄，但他覺得自己冷靜下來了。

這次，那個聲音聽起來滿高興的，彷彿剛解決了一件煩人的事。「亞當．史東同意見您，請進入主降落埠，歡迎。」

那顆小線球掉到地上，發出了很大的聲響，線路窸窸窣窣退回黑暗之中。一道呈拋物線的細窄光束從馬特爾腳下升起，穿過城市，一路通向某座他從沒進入過的高塔招待所。馬特爾增加了飛行外套的胸口重量，以維持平衡，然後踮著腳尖站上光束。他覺得自己跟呼嘯的風擦身而過，直接被送到一扇窗口前。在他眼前，窗口突然大開，彷彿一張正要吞下東西的嘴。

一名城塔守衛站在門口。「久候您多時，請問有攜帶武器嗎？」

「沒有。」馬特爾說，暗自慶幸他只要靠自己的力量就好。

守衛領著他走過檢查螢幕前。馬特爾注意到螢幕上快速橫過了一道通知，顯示已登記他的監測儀，並將他判定為審視者，不過守衛並沒有注意到。

守衛在一道門前停下。「亞當．史東備有武裝，這是依據補完機構權限，以及本市自由的合法行為，在此告知所有進入人員。」

馬特爾對那人點頭，表示了解，然後走了進去。

亞當．史東是個矮小的男子，結實而健康，低窄的額上灰髮豎立。他的臉色紅潤，表情愉悅，彷彿遊藝館裡笑嘻嘻的導遊，而非去過外界邊境、並在沒有哈伯曼人保護下對抗過劇痛的人。

他用困惑的眼神盯著馬特爾（可能還有點生氣），但沒有敵意。

馬特爾切入重點。「我說了謊，你不認識我，我的名字是馬特爾，沒有要傷害你的意思，但我確實說了謊，還請你寬宏大量，先聽我說完。請不要解除武裝，你可以直接把武器對著我——」

史東笑了。「我的確是這麼做了。」馬特爾這才注意到，史東靈巧的胖手正握著一把小型電槍。

「很好，請繼續保持警戒，我認為你應該會很樂意這麼做。不過，我還是得請你讓我們的談話有點私人空間，我不希望有人旁觀，這件事攸關生死。」

「第一件事：誰的生死？」史東的神情仍然平靜，連聲音都沒變。

「你和我，以及所有的世界。」

「你相當神祕，但我也同意私下聊。」史東朝著走廊上喊。「給我點隱私，謝謝。」突然傳來一陣嗡鳴聲，隨後，夜晚會有的一切噪音迅速從房內消失。

「好，這位先生，你是什麼人？為什麼要來這裡？」亞當．史東說。

「我是三十四號審視者。」

「你是審視者？我不信。」

馬特爾拉開夾克，露出胸腔盒以回答他的疑問。史東抬頭看著他，一臉驚訝。馬特爾解釋：

「我在捲縮狀態。你以前看過這個嗎？」

「在人類身上沒有，只有動物。這實在太令人驚訝了！但是……你來這裡要做什麼？」

「我要真相。你怕我嗎？」

「有這個我就不怕，」抓著電槍的史東說：「但我還是應該把事實告訴你。」

「你真的克服劇痛了？」

史東遲疑了一下，思索要怎麼回答。

「快點，快告訴我你是怎麼做到的，不然我無法相信你。」

「我讓船載滿生物。」

「生物？」

「對，生物。我不知道『劇痛』到底是什麼，但我在實驗中發現，如果送出大量動物或植物，位於中央的生物能活得最久。我建造了一些太空船——當然都是小臺的，讓它們載著兔子、猴子——」

「那些是野獸嗎？」

「對。它們載著小型野獸出去，那些野獸又毫髮無傷地回來。牠們能活著回來是因為船壁中填滿生物。我試過很多種，最後找到某種活在水中的東西：牡蠣，一層一層的牡蠣。靠外層的部位會因劇痛死去，裡層的會活下來。乘客則完全沒事。」

「但活下來的都是野獸？」

「不只野獸，還有我自己。」

「你嗎？」

「我單獨進行了太空飛行，穿過你們說的外界——只有我一人，醒醒睡睡，但沒受傷。如果你不相信我，就去問你的審視者弟兄。你可以明天早上過來看我的太空船，帶上其他的審視者同伴，我會非常樂於跟你們碰面，到時我也會為補完機構總長團進行示範。」

馬特爾又重複了一次問題。「你自己一個人飛過來的？」

亞當．史東有些不耐。「對，我自己一個人。不信的話，回去查你們的審視者紀錄，穿越太空的時候，你們從來沒把我放在桶子裡過。」

馬特爾目光炯炯。「我現在才真的相信——原來這是真的。再也不會有審視者、不會有哈伯曼人、再也不用捲縮了。」

史東意味深長地看了看門口。

馬特爾沒理會他的暗示。「我得告訴你——」

「先生，這件事早上再說吧，你先去享受你的捲縮狀態。那不是應該很愉快嗎？在學理上，我對這件事很了解，但談到實務經驗我就不行了。」

「沒錯，是很愉快、也很正常——但那只是暫時的。先不管這個，你聽好：審視者已經做了集體宣誓，打算毀掉你和你的研究。」

「什麼！」

「他們開了會、投票、做出決定。他們說，你會讓審視者失去存在的必要。他們說，如果失去掃瞄技能，審視者的生命都將變成徒勞，而你——你會把古代大戰再次帶回這個世界！」

亞當．史東十分緊張，但仍耍了一下嘴皮子。「你不是審視者嗎？所以你現在要來殺我嗎？你可以試試看啊。」

「不是這樣的，你這笨蛋，我已經背叛兄弟會了。等下我一走，你馬上叫警衛，不要讓他們離開你身邊，我會想辦法阻止殺手。」

這時，馬特爾看到窗外出現一個模糊的身影，史東還來不及轉身，電槍就突然從他手中飛了出去。

那道影子漸漸定型，變成帕里強斯基的模樣。

馬特爾知道帕里強斯基做了什麼：極速。

他顧不得自己還在捲縮狀態，手往胸口一摸，把自己也調至「極速」。一陣彷彿宇宙劇痛的熱浪朝他湧來，但又比那更熱燙。他站到帕里強斯基面前，拚命讓自己的臉能被看見，然後給出手勢：

頂級動員令。

史東還在正常速度下，他走到他們身邊，像一朵浮雲那樣緩慢飄開。「不要擋路，我有任務在身。」帕里強斯基對馬特爾說。

「我知道，但我要你現在就停手，到此為止——停止、停下來！停止！史東是對的。」

馬特爾的視線因為痛楚而淹沒在朦朧之中，幾乎看不見帕里強斯基嘴唇的形狀。（他心想：神啊、神啊、古代的眾神啊！讓我撐住！只要讓我在「超載」狀態再多活一下子就好！）帕里強斯基則說：「不要擋著我的路。依兄弟會律法的名義，給我滾開！」然後他比出手勢。我以職責的名義命令你！

馬特爾在猶如糖漿的空氣中鯁住呼吸，他再試了最後一次。「帕里強斯基！我的朋友、朋友、我的朋友、停——停下來——停。」

從沒有審視者殺過自己人。

帕里強斯基做出手勢：你無法勝任該職務，接下來由我接手。

馬特爾一邊想著「這是有史以來第一次！」一邊將手朝帕里強斯基的腦盒伸去，將它扭向「超載」。帕里強斯基的雙眼閃爍恐懼與覺悟，身體朝地板落下。

馬特爾擠出最後的力氣摸向自己的胸盒。在逐漸進入哈伯曼狀態或死亡狀態時（不過他知道不是後者），他感到自己的手指打開了速度控制閥，把它調低了。他試著想說話，試著開口。「去找審視者，找人救我，去找審視者……」

但黑暗籠罩了他，令人失去知覺的寂靜緊緊將他困住。

馬特爾一醒來，立刻看見露西的臉貼在自己臉旁。

他稍微把眼睛睜開，發現自己可以聽到——他聽得到她喜極而泣的哭聲，聽得到她將空氣吸回喉中時胸口發出的聲音。

他虛弱地問道：「還在捲縮？我還活著？」

另一張臉出現在露西身旁（但他的視線仍然模糊）。亞當．史東。他低沉的聲音傳來，彷彿必須先穿越廣大無垠的太空，才能進入馬特爾的耳朵。馬特爾試著讀史東的唇，卻讀不出個所以然，所以又轉回去用聽的。

「……不用捲縮。你聽懂了嗎？不用捲縮！」

馬特爾試著用說的。「可是我聽得到！我還感覺得到！」就算他們沒聽懂他的話，也知道大概的意思。

亞當．史東又說：

「你脫離哈伯曼人的身分了。你是我拉回來的第一人。我之前不知道實際上該怎麼進行，不過理論上行得通。你該不會以為補完機構會把審視者浪費掉吧？你們都會恢復正常的。在太空船入港之後，我們會盡快讓哈伯曼人死去，他們不需要再活著了——但審視者可以。而你將是第一個。懂我意思嗎？你是第一個。好了，放鬆一點吧。」

亞當．史東笑了。而在史東身後，馬特爾彷彿看到補完機構其中一位總長的臉，那張臉也對著他笑。接著那兩張臉都向上離開，消失在遠方。

馬特爾試著抬頭，想掃瞄自己，但沒辦法。露西看著他，努力讓自己冷靜下來，但她露出因為太愛他而進退兩難的表情。她說：

「噢，親愛的，你回來了！這次你不會再離開了！」

馬特爾仍試圖想看自己的盒子，最後，他終於以笨拙的姿勢在自己胸前揮了一下：那裡空無一物，監測儀都不見了。他恢復了正常，而且還好好地活著。

在他腦海深處脆弱的平靜情緒中，有個煩人的念頭逐漸成形。他試著用手指寫字，就像一直以來露西希望的那樣，但他現在沒有尖銳的指甲，也沒有審視者的刻寫板，只能用自己的聲音。馬特爾費盡了力氣，輕聲地說：

「審視者？」

「嗯？親愛的，怎麼了？」

「審視者？」

「審視者。噢，對，他們都沒事。除了有些人因為進入『極速』狀態，或是試圖逃跑，最後遭到逮捕。補完機構把待在地上的那些人全都抓了起來——不過他們現在挺高興的。親愛的，你知道嗎？有些人甚至不想恢復正常呢，」她大笑著說：「但史東和總長說服他們了。」

「馮馬克特呢？」

「他也沒事。他會保持捲縮狀態，直到能恢復正常。你知道嗎，他替審視者都安排了新的工作，你們現在都是太空部副部長了，是不是很棒呢？不過，他自己的職位是太空部長就是了。之後你們都會變成領航員，這樣兄弟會和公會就能延續下去。小張現在也在轉變中，你很快就能見到他了。」

她的表情變得憂傷起來，認真地看著他說：「還有件事，我最好現在就告訴你，反正不管怎樣你都會擔心的。有發生一個意外——只有這一個而已。你和朋友一起去拜訪亞當．史東時，你朋友高興到忘了注意掃瞄，結果不幸死於『超載』。」

「拜訪史東？」

「對呀。你不記得了嗎？就是跟你的朋友啊。」

馬特爾仍是一臉驚訝。於是她又補充：

「就是帕里強斯基啊。」

6 駕駛靈魂號的女士

—

那故事是——是怎麼樣的呢？人人都知道海倫·亞美利加與不老先生的傳說，但沒人知道實際的經過是怎樣。他們的名字猶如永恆閃耀著光亮的珠寶，被深深鑲嵌到羅曼史之中。有些時候，他們會被拿來與依璐伊絲和阿貝拉相比（這兩人的故事記載於深埋地底的古老圖書館的書冊中。）假如是其他年代的人，可能會將他們的人生類比為開路艦長塔利安諾與德蘿瑞絲·噢女士那扭曲又甜蜜的戀情。

但在一切要素中，有兩項特別突出：他們的愛，以及終於帶著人們的軀體飛向群星、巨大又輕薄的鐵翼太空帆。

只要提到他，大家就會想到她；講起她，他們也想到他。他是第一位回航的水手，而她則是駕駛靈魂號的女士。

失去他們的相片對人們來說是件好事。在這段羅曼史中，男主角是個外表非常年輕的男人，性格早熟，當愛情來到他面前時，仍生著重病。而海倫·亞美利加，怪胎一個——不過是好的那種。她從出生就活在人們的嘲笑中；她個性嚴肅、莊重，時常陷入悲傷，是個嬌小的黑髮女子，完全不如後來扮演她的女演員那樣高䠷自信。

但是，她是一名厲害的水手。這倒是一點也沒錯。她全心全意愛著不老先生，為他所做的犧牲奉獻就連時間也無法超越或抹滅。也許歷史可以刮除覆蓋在他們姓名與外貌上的銅綠，但即使如此，也不過是讓海倫·亞美利加和不老先生之間的愛顯得更加耀眼。

而他們兩人——人們一定不能忘記——他們都是水手。

＝

女孩玩著可變形的動物玩偶。她已經不想再讓它當一隻雞了，所以她把它拆開，變回單一張毛皮的狀態。當她將它的耳朵拉扯延伸，變成最理想的形狀，那隻小動物的樣子變得有點奇怪。一陣微風輕輕吹拂動物玩具的側邊，它搖搖晃晃，想穩住自己，然後又心滿意足地嚼起地毯。

小女孩突然抬起手來，問了一個問題：

「媽媽，什麼是水手？」

「以前有過水手這行業，親愛的，很久很久以前，他們是前往星群的勇敢之人，駕駛著第一批帶領人們離開太陽的太空船。那些船有很大的帆。我不知道那是怎麼運作的，不過光能夠推動帆，而單是一趟旅程就會花去他們四分之一的生命。那時的人還只能活一百六十年，親愛的，光是一趟就是四十年吶。不過我們現在已經不需要水手了。」

「當然不用啊，」女孩說：「我們現在就可以出發。妳帶我去過火星，也帶我去過新地球，對不對？媽媽？而且我們去別的地方也很快，只要一個下午。」

「那是介面重塑，親愛的。不過那些都是在我們知道怎麼重塑介面很久之前的事了。那時他們還無法像我們一樣旅行，所以需要建造巨大的太空帆。他們的帆非常大，甚至無法在地球上製作，必須掛起來，有地球到火星的一半距離那麼大。然後呢，有件奇怪的事情就發生了……親愛的，妳聽過世界被冰凍起來時的事嗎？」

「沒有，媽媽，那是什麼？」

「噢，很久以前，其中一張帆飄走，人們試圖補救，因為那是他們花了好大力氣才打造出來的帆。不過那張帆實在太大了，它擋在地球和太陽中間。那時一點陽光也照不進來，永遠都是夜晚，地球變得非常冷，所有原子發電廠都在忙著運轉，空氣聞起來開始變得有點怪。人們很擔心，不過幾天之後，他們就把那張帆拉走，陽光又回來了。」

「媽媽，那有女生的水手嗎？」

這名母親的臉上閃過一陣好奇。「有一個。等妳比較大的時候就會聽到她的故事。她的名字是海倫·亞美利加，她駕駛著靈魂號，航往群星之間。她是唯一一個這麼做的女性。那是一個很美的故事。」

那位母親用手帕抹了一下眼角。

孩子說：「媽媽，告訴我嘛。是怎樣的故事？」

這時，那位母親的態度變得非常堅定。她說：「親愛的，就某些事情而言，妳還太年輕。不過等妳長大後，我會把它們全都告訴妳。」

這位母親是位誠實的女人，她想了一想，又說：「……除非妳自己先讀到了。」

III

海倫·亞美利加注定在人類歷史占有一席之地。只是她的起頭挺糟。她的名字本身就是種不幸。從來沒有人知道她的父親是誰。官方當局同意就這點保持沉默。

她母親的身分則沒什麼懸念。她的母親是著名的女男人，蒙娜．馬革瑞吉，她鼓吹失傳已久的兩性合一理念──高達數百次。她是超越一切界限的女性主義者。所以，當蒙娜．馬革瑞吉（獨一無二的馬革瑞吉小姐！）告訴媒體，她將懷有孩子時，這完全是超級大頭條。

蒙娜．馬革瑞吉做的還不只這樣。她對大眾詔告自己的堅定信念：所有父親都不該具名。她宣稱說，女人不應連續懷同一名男人的孩子，並建議她們為自己的孩子挑選不同的父親，讓整個種族更多元、更美好。她綜合這些理念，聲明自己──也就是馬革瑞吉小姐本人──已經替這位必將出生、獨一無二的完美小孩挑選到最適合的父親。

馬革瑞吉小姐──這位金髮蓬鬆的削瘦女子表示，為了避免毫無價值的婚姻與家族姓氏，她要將她的孩子──如果是男孩，就命名為約翰．亞美利加；如果是女孩，就叫海倫．亞美利加。

就這樣，小海倫．亞美利加出生，產房外站滿通訊記者，新聞畫面紛紛亮出一張三公斤重的漂亮嬰兒的照片。

「是個女孩。」

「完美的孩子。」

「父親是誰？」

但這只是剛開始而已。蒙娜．馬革瑞吉十分好強，在那孩子被拍了上千張照片後，她仍堅持這是有史以來最完美的小孩。她將孩子完美的部分全指出來，展現做為母親的所有愚蠢溺愛，然而，這卻是身為改革鬥士的她認為自己初次意識到的偉大情感。

然而，以艱辛來形容這孩子的處境，恐怕還太含蓄了。

海倫．亞美利加是人類赤手空拳克服逆境的精采範例。四歲時，她已經能說六種語言，並著手解讀火星古文；五歲念書時，其他同儕立刻編出一段兒歌：

海倫海倫
胖又呆
不知爸爸
從哪來！

海倫承受了一切。或許是因為某種基因缺失，最後她長得嬌小結實——成了一個極度嚴肅的深髮女子。在課業挑戰和媒體追逐下，她對友誼的態度變得謹慎而冷淡，內心孤獨異常。

海倫．亞美利加十六歲時，她的母親迎來糟糕的結局。蒙娜．馬革瑞吉私奔了——她認為那個男人被全人類忽視，卻能夠成就完美婚姻、當個完美丈夫。這名「完美丈夫」是一名技術純熟的機器拋光師，已有一位妻子和四個小孩。他會喝啤酒，之所以喜歡馬革瑞吉小姐，似乎是因為自然而然產生的同僚情誼，還有被她的母愛光輝吸引。他們私奔時搭乘的星際遊艇違反法規，在排定行程以外的時間起飛。男人的太太和小孩通知了警方，最後，他們撞上一艘自動機器駁船，留下兩具無法辨識的屍體。

海倫在十六歲時便有極大名氣，到十七歲時已被人遺忘，而且非常、非常孤單。

IV

那是屬於水手的時代。數千顆照相偵察機和測量飛彈帶著它們在群星間巡邏，取得各種收獲，陸續回返。一顆接一顆的星球游進人類的視野。隨著星際搜索飛彈帶回照片、大氣樣本、重力數據、雲覆蓋率、化學結構等資料。新世界逐漸為人所知。在這些從兩、三百年的旅程歸來的飛彈中，共有三顆帶回關於新地球的報告：那是一顆和地球高度相似又可進行開拓的星球。

第一批出發的水手已是將近一百年前的事。最初他們從不超過兩千平方公里的小型帆開始，然後逐漸增加太空帆的大小。表層隔熱和個人艙位載客技術也降低了搭乘者受到的傷害。所以當有一位水手回到地球上，帶來的是天大的好消息。那個男人在另一顆恆星的光芒下出生、長大，忍受了一整個月精神與身體上的痛苦，駕駛一艘巨型光壓帆船，上面載有幾位處於凍眠狀態的開拓者，花費四十年的客觀時間，穿越廣大的星際深空。

人們急著想知道水手是什麼模樣。他的身體碰觸地面時，走起路像熊一樣，脖子擺動的方式有些卡，有些僵硬，彷彿是金屬做成的。男人看起來不年輕，但也不老。他已經清醒了四十年，全靠藥物控制，僅維持必要程度的意識。當心理學家審問他（起先是為了維持補完機構的統治地位，接著則是因為要發布新聞稿），發現那四十年在他認知裡顯然跟一個月差不多。他從未自願參與回航，因為那讓他平白老了四十歲。他是個年輕人，是個充滿希望與願景的年輕男子，但同時也是一名在痛苦中燃盡了四分之一生命的男人。

此時的海倫．亞美利加剛進入劍橋大學瓊恩女士學院。那是整個大西洋岸的最高女子學府。那時的劍橋大學重建其舊有傳統，新大不列顛人也找回對工程學的敏銳度，重新與他們最初的古老本質搭起橋梁。

當然，那時眾人使用的是世界地球語，而非古英語。但能夠生活在這麼一所重建後的大學，學生都感到十分驕傲，覺得自己就像考古資料裡描述的那樣，將黑暗與災難襲擊地球前的一切榮光重新復甦。而海倫在這樣的復興氛圍中，稍稍散發出光芒。

新聞媒體以最殘酷的方式注視海倫。他們再一次挖出她的名字和她母親的故事，然後又再次遺忘了她。她將自己投入六種專業之中，最後選擇「水手」一職。她剛好是第一位申請成為水手的女子——不但是第一個，也是唯一夠年輕又能通過科學知識測驗的女子。

在他們真正遇見彼此前，在螢幕上，她的照片早已與他並列。

但事實上她完全不是那種人。她的童年全沉浸在「海倫、海倫，胖又呆」的痛苦之中，使得她只有在面對專業領域時才如此好勝。對於已經逝去的優秀母親，她又恨又愛又想念，但同時也強烈地下了決定，希望自己不要像她一樣。於是到最後，她與蒙娜成為完全相反的對立面。

她的母親寬臀、金髮、身材高大，是那種因不夠女性化而成為女性主義者的女人。海倫沒想過自己有什麼女性氣質，她只是想著，如果她再豐滿一點，臉或許能圓潤一些，但她沒有。她有著黑髮、深色眼珠、寬而扁的身材，應是來自那位無名父親的遺傳基因。她的老師時常對她感到忌憚；她是個蒼白、安靜，自我意識強烈的女孩。

她的同學曾經取笑她數個星期，但有時她們又會團結起來，一同對抗粗魯的媒體。當某篇新聞報導又針對作古已久的蒙娜寫出荒唐文章，耳語便會在瓊恩學院流竄：

「讓海倫離這玩意兒遠一點……那些人又來了。」

「別讓海倫看到那些報導。她是主修科學的人中成績最好的，別在學位考試前拿這件事去煩她……」

她們保護著她，然而，她會在報導裡看到自己的臉孔完全是場意外。她的臉旁有個男人的臉，看起來有點像隻小老猴，她想著。然後就讀到那文字了：「**完美女孩想當水手。水手先生是否該跟完美女孩約會？**」她無法克制地漲紅了臉，忍不住感到窘困與憤怒。但她對這一切已經太熟悉了，以至於做不出什麼比較少女的反應——比如討厭那個男人。她知道那不是他的錯。這甚至不是新聞社那些愛管閒事的無聊男女的錯。只是因為時機正好，因為社會風俗，因為他就是他，而她只能是她自己——如果她有辦法搞清楚這是什麼意思。

V

他們的約會（在他們真的開始約會時）像場噩夢。

有間新聞社派了一位女士告訴她，她得到新馬德里為期一週的假期。

——跟來自群星的水手一起度假。

海倫拒絕了。

他也拒絕了——不過他稍稍被她的想法激起興趣。她則開始對他感到好奇。

兩個禮拜後，新聞社辦公室裡的一位會計拿出兩張紙條給經理——那是要給海倫．亞美利加和不老先生的新馬德里奢華之旅優惠券。會計說：「經理，這些是在補完機構登記完後發下來的公關品，要取消嗎？」那天的新聞版面剛好已經滿了，經理覺得自己好像還剩些許人性，沒有多加思考就告訴會計。「這樣吧，拿去給那兩個年輕人。不宣傳。我們不插手。如果他們不想看到我們，我們就不出現。讓他們去，就這樣，去吧。」

那張票又回到海倫手上。此時她剛創下大學裡有史以來的最高分，需要好好休息一下。當新聞處的那個女人把票給她，她說：

「你們在玩什麼把戲？」

確定沒有什麼把戲後，她又問：

「那個男人會來嗎？」

她說不出「水手」二字——這聽起來太像別人談論她時會說的話——可是她又一時想不起他的另一

個名字。

那個女人不曉得。

「我一定得見他嗎？」海倫說。

「當然不用。」女人說。那份禮物中沒有但書。

海倫笑了，表情幾乎可以淒涼形容。「好吧，我收下，謝謝。但我先提醒妳，只要出現攝影師——只要一個，我就會離開。又或者會毫無理由地消失。這樣可以嗎？」

可以。

四天後，在新馬德里的享樂世界，有個擅長跳舞的大師將一名神情緊張又有些奇怪的老人介紹給海倫。老人的頭髮是黑色的。

「初級研究員海倫．亞美利加——這是來自群星的水手，不老先生。」

他以精明的表情看著他們，露出一個和善但世故的微笑，再補上一些很專業的場面話。

「很榮幸能跟兩位碰面，我先退下了。」

他們被留在用餐大廳邊邊。水手先是以犀利的眼神望著她，然後說：

「妳是誰？是我見過的人嗎？我應該記得妳是誰嗎？地球上的人太多了。接下來要做什麼？我們應該幹麼？妳想坐一會兒嗎？」

對於所有的問題，海倫都回答「是」，但她怎麼也想不到，這一個簡單的字會在接下來幾世紀中被數百位偉大的女演員以獨特的方式重新詮釋。

他們坐了下來。

不過後來究竟是什麼狀況，沒有人可以確定。

她必須極力安撫他，彷彿他是療養院裡的一名傷患。她向他解釋每道餐點，然後在他無法做出選擇時幫他向機器人點餐；在他忘了每個人都知道的用餐禮儀時，她溫柔地提醒他。例如攤開餐巾時要站起來，或是殘渣要倒入溶解盤，銀器要放在傳送帶上等等。

最終，他放鬆下來，看起來也沒那麼老了。

她一時間忘了這是自己也被問過好多次的蠢問題。她問他：

「你為什麼會成為水手？」

他睜大眼睛，疑惑地看著她，彷彿她說的是一種無人知曉的語言，卻期望對方能聽懂。最後，他喃喃地應答。

「妳的意思是……妳是不是跟別人一樣覺得我不該那麼做？」

她一陣抱歉，因而下意識將手按在嘴邊。

「噢，不，不是。其實是這樣的：我也想成為水手。」

他看著她，老邁又年輕的眼中冒出觀察的神情。他並不是要瞪她，只是想理解自己到底聽到的是什麼。他每個字都能聽懂，但當它們組合在一起，又變成一場純然的混亂。雖然這感覺很奇怪，但她沒有迴避他的眼神。在這名曾駕駛巨大太空帆航過黑暗群星間虛無地帶的男人身上，海倫再次感覺到一種無以名狀的詭異特質。他像個男孩一樣年輕——那烏黑的髮色便是他被稱為不老先生的原因。他的鬍鬚應該已經接受永久移除，因為此刻他的皮膚就像個保養良好、引人注目的中年女士。雖然充滿讓人無法忽視的皺紋，卻完全看不出任何鬍髭。在她的社會文化中，男性總在臉上留鬍子。他的皮膚尚未經歷風霜，便先行老去。那些肌理已然成熟，卻看不出來這個人到底長大了沒。

由於海倫在成長過程中見過母親與一個又一個的狂熱信徒交往，成了對人群非常敏銳的觀察者。她非常了解，人的臉部肌肉其實就像一本隨身攜帶的隱密傳記，無論你願不願意，每個擦身而過的陌生臉孔都能告訴我們他心底最深的祕密。若在適當的光線下，若看得夠仔細，我們可以知道一個人過去人生中那些恐懼、希望或愉悅確切發生的時刻；我們得以推測他最不為人知的愛好，以及該愛好造成的結果。我們還可以依著順序，捕捉到其他人的性格在他身上留下的印記，雖然幽微，但會一直存在著。

這些東西在不老先生身上都不存在。他雖老，卻沒有歲月的痕跡；他曾長大，卻沒有成長的痕跡；在這個大多數人於年輕時就經歷太多的時代與世界，他雖活著，卻也沒有真正活過。

海倫從沒見過和母親那麼不同的人。在一陣無來由的憂慮和痛楚中，她突然意識到：無論她想不想要，他都將成為她未來非常重要的一部分。她在他身上看到一個老得太早的年輕單身男子，將所有的愛奉獻給虛空與恐懼，而非人們現實生活中的那些報酬和失望。他擁有一整片能夠獻給愛人的太空，那片太空卻以苛刻的態度消磨他。他在年輕的時候就已老去；老去之後卻依舊年輕。

她知道自己從未看過這樣複雜的混合體，她甚至懷疑從沒有人看過——從來沒有。他在生命的最初，就擁有大多人在生命最終才會得到的哀傷、同情與智慧。

先打破沉默的是他。「妳剛才是說妳想成為一名水手，是吧？」

她的答案——連她自己聽起來都覺得像個無知的少女——「我是史上第一個通過科學知識測驗、又年輕得能夠通過體能測試的女……」

「妳一定是個很特別的女孩。」他和善地說。這股苦甜交雜的期待感在海倫心裡撩起一陣激動。她意識到，這名來自群星、老邁而年輕的男子從沒聽過那個打從出生就遭到嘲笑的「完美小孩」。他從沒聽過那個將整個美國認做父親的女孩；既出名、又特別，卻也孤單得要命，所以從來不敢想像自己也能當個平凡、快樂、親切或單純的人。

海倫心想，大概也只有像你這種敢航向星空的聰明怪胎，才有辦法忘記我的身分，但她只簡單地表示。「光是口頭上說『特別』是沒有用的。我已經受夠這個地球了，既然死亡並非離開這裡的唯一方法，那我想，航向星間可能會好一點。反正我也沒什麼可失去的了，我不像你想的那樣……」她差點就要告訴他蒙娜．馬革瑞吉的事，但又及時停了下來。

那雙充滿同情的灰色目光落在她身上。此時此刻，真正控制場面的是他，而不是她。她回望那雙眼睛。它們曾待在那個像瀝青一樣黑暗的小機艙，一睜就是四十年。在他能夠移開眼神前，散發幽暗光芒的儀表板就像成群熾烈燃燒的太陽，照亮他疲憊的視網膜。他曾經時不時看向艙外那片儀表板之外的景色，那什麼都看不到的黑暗：全然的黑與不完全的黑緊緊相接；太空帆像一條長達幾里的弧線，吸取了光的推力後，將他和冷凍中的乘客加至幾乎無法計算的速度，駛過那片深不可測的沉默之海。而現在，她卻主動要求去做這些他曾做過的事。

灰色目光最後被嘴角的微笑蓋過。在那張又老又年輕的臉上，在男性化的骨架與女性化的膚質之間，他的笑容帶有無盡的慈愛。看到他這樣對她笑，她竟有點想哭。這就是人們在群星之間學會的事嗎？真誠又深切地關懷他人，超越自身，只為了告訴你什麼是愛，而不是要將你像獵物一樣吞噬入腹？

他的語調像是經過細細思量。「我相信妳。妳是我第一個相信的人。很多人都說他們也想成為水手──當著我的面說。可他們並不了解那代表什麼，還是說了。我討厭那樣。而妳──妳不一樣。也許妳真的會去星空之間航行，但我希望妳不要那麼做。」

他像是剛從夢裡醒來，環視眾人所在的豪華房間。鍍了金的琺瑯瓷機器侍者散發出不經意的優雅，站在一旁。它們設計出來的目的就是要一直待在大家身邊，又不能太突兀。這個藝術高度很難達到，但它們的設計者辦到了。

那晚剩餘的時光就像一首美好的音樂那樣自然。他和她去了飯店附近由新馬德里的建築師打造的永寂海灘。兩人聊了一會兒，看著彼此，然後帶著一股彷彿不屬於兩人的樂觀和確信，與彼此做愛。他非常溫柔，在這個社會，女性擁有高度發展而且世故的自信心，因此他完全沒發現自己是她第一個、也是唯一一個想要的情人。蒙娜・馬革瑞吉的女兒怎麼可能想要愛人、配偶或小孩呢？

她在隔天下午實踐了屬於那個時代的自由權利，向他求婚。他們回到那片私人海灘，透過極其精細的天氣微調，在西班牙中部的寒冷高原上度過一個玻里尼西亞式的午後。

她向他求婚——她真的那麼做了。而他用六十五歲的男人能展現的溫柔與體貼，拒絕了這個十八歲的女孩。她沒有逼迫他，兩人依舊談著這場苦中帶甜的戀愛。

他們坐在人造海灘的人造沙上，腳趾泡在人工加熱的海水裡，然後在一個視線範圍中看不見新馬德里的人造沙丘旁躺下。

「能不能讓我再問一次，」海倫說：「告訴我，你為什麼會成為水手？」

「這回答起來很複雜。」他說：「冒險……吧。至少那是其中一個原因。還有，我想見到地球，但負擔不起客艙。不過現在我下半輩子可以生活無虞了。我可以用乘客的身分在一個月內回到新地球，不用花上四十年——眨眼就進入冷凍狀態，被放進隔熱艙，送上下一班太空帆船，然後在家鄉醒來——航行這工作會有別的傻子去做。」

海倫點著頭，沒有讓他知道其實她都曉得。和水手碰面之後，她就一直在查太空帆船的資料。

「你曾在外太空的星間航行過，」她說：「你可不可以——你能不能告訴我外面到底是什麼樣子？」

他彷彿注視著自己的靈魂深處。過了一會兒，他的聲音好像從非常遙遠的地方傳了過來。

「有些時候——或者說有個幾週——妳在太空船裡會突然想著這到底值不值得。妳會覺得……神經末梢不斷向外延伸，直到觸摸到繁星。你會毫無來由地覺得自己變得很巨大。」他漸漸回到她身邊。「當然，這樣講起來很俗，但從此以後，妳就會變的不一樣了——我不是指外表上，我指的是妳會找到——或者失去自我。原因就是這樣，」他指著藏在沙丘後方看不見的新馬德里。「我無法忍受這一切。新地球一定跟以前的地球有點類似，我猜，它比較有清新的感覺。但在這裡……」

「我知道。」海倫．亞美利加說。她是真的知道。地球上那稍微有些頹廢、腐敗、讓人太舒服的空氣，對於這個來自群星之外的男人一定有點窒息。

「比如說，」他說：「妳一定不會相信，但有時海水會冷到不適合游泳。我們的音樂不一定都來自機器，我們的身體裡面有一種不需要刻意置入就能感覺到的樂趣。我得回去新地球。」

海倫沉默了一會兒，專注地讓心中的痛楚平緩。

「我……我……」她想說。

「我知道，」他的口氣嚴厲，有些粗魯地轉向她。「但我不能帶妳。我辦不到！妳太年輕，還有大好人生等著妳過，而我已經把四分之一都浪費掉了——不對，不能這樣說。那不是浪費。我不會願意換回那段時間，因為在我心裡，它給了我一些我從沒擁有過的東西——它還把妳給了我。」

「但如果——」她再次試圖爭辯。

「別，別破壞這一刻。我下禮拜就會進入冷凍狀態，在個人艙裡等待下一班太空帆船。我無法再忍受這一切——況且這可能會讓我變得衰弱，如果是那樣，我麻煩就大了。至少現在我們還一起擁有這個當下，可以用各自的人生去記得它。別去想其他事。我們無能為力，什麼都不能做。」

海倫沒有告訴他自己的想望，無論是當時或之後都沒有——她想著從那一刻起就永遠不可能擁有的孩子。她本來可以利用那個孩子，她可以用孩子把他綁在身邊。他是個正直的男人，如果她告訴他，他會娶她。但即使海倫當時還那麼年輕，她對他的愛戀也不允許自己使出這種手段。她想要他自願跟她在一起，自願娶她，因為沒有她，他活不下去。在那樣的婚姻之中，他們的孩子會帶來更高的喜悅。

當然，還有另一種可能。她可以不指明父親是誰，獨自撫養那個孩子。但她不是蒙娜．馬革瑞吉。她太明白身為海倫．亞美利加，同時還要對一個新生命負責，是多麼可怕、危險且寂寞的事。而她計畫中的未來也沒有孩子的一席之地。所以，她做了她唯一能做的事：在他們離開新馬德里之前，她容他慎重地向她道別——然後她就離開了。不發一語，也沒有流淚。她去了北極某座以「那件事」聞名的娛樂城市，在羞愧、擔憂和不斷湧來的懊悔中，申請一項保密醫療服務，拿掉那個未出世的孩子。然後她回到劍橋，確認自己將成為第一位航向群星的女人。

VI

當時，補完機構的首席補完閣員是一名叫韋特的男人。韋特並不殘忍，但他在外流傳的名聲也從來不體貼，也不鼓勵年輕人去冒險。副官告訴他。「這個女孩想要駕馭開向新地球的太空船。您要批准嗎？」

「為什麼不呢？」韋特說：「人就是人。她家世不錯，教育良好。如果失敗，從現在開始算，直到船回來前，我們有八十年可以找出解決辦法。如果她成功，剛好可以讓某些一直在抱怨的女人閉嘴。」他將身體靠向桌前。「不過，如果她合格了，也出發了——不要派囚犯給她。讓囚犯當這種愚蠢旅程的開拓者有點太浪費。你可以拿她這趟賭一下：給她宗教狂熱分子。那些人我們已經太多了。你手上不是還有兩萬還三萬人在等嗎？」

他說：「是的，長官，兩萬六千兩百人。還沒算上最近新增的。」

「非常好，」補完機構的首席補完閣員說：「全部都給她，還有那艘新的太空船也給她。船命名了嗎？」

「報告長官，還沒。」副官說。

「那就命名吧。」

副官一臉茫然。

那名資深官僚臉上橫過一抹帶著小聰明的蔑笑。「現在就去領那艘船，然後為它命名——叫它靈魂號——『讓靈魂號飛向星空』。如果她想，就讓海倫．亞美利加去當她的天使。可憐的小東西，以她那種出生方式和養育方式，她在這個地球上也沒辦法過什麼像樣的生活。再說，她的個性已經定型了，這時候再去改正或轉變也沒有用，不會有任何好處，她只是在做自己，我們沒有必要為此懲罰她。讓她去吧。讓她去追逐她想要的事物。」

韋特坐起身，看著他的副官，毅然決然地重複了一次：

「讓她去，只要她能合格。」

VII

海倫．亞美利加的確合格了。

醫生和專家都試圖勸退她。

其中一名技師說：「妳難道不知道這代表什麼嗎？妳生命中有四十年的時光，會在一個月內流盡。離開這裡時，妳是個女孩，到了那裡時就成為六十歲的女人。好吧，在那之後妳也許還可以活上一百年。但那會很痛苦。妳要帶著所有人——成千上萬的人。妳要從地球帶他們出去。三萬艘個人艙，排成十六列，全跟在妳身後。然後妳要住在控制機艙裡，妳需要多少機器人我們都會給妳，也許會有十幾個。妳會有一道主帆，還有一道前帆，妳還要進行維修。」

「我知道，書上有寫。」海倫．亞美利加說：「我得靠著光來航行，有紅外線碰到帆就前進，遇到射頻干擾就把帆收進來。然後，如果航行失敗——我能活多久就活多久。」

技師有點生氣了。「喂，到時可沒有電話能讓妳打回來抱怨喔。隨時都可能發生意外，如果妳真的那麼想出事，大可不必讓三萬人一起送死，或浪費這麼多地球資源。妳可以現在就跳到水裡溺死，或像古書上寫的日本人那樣去跳火山口。要製造悲劇沒那麼難，真正難的是在成功到一半時繼續奮鬥下去。當妳面對完全沒有勝算的情況，或面對絕望的誘惑，還得一直撐在那裡。

「現在，我告訴妳，這是前帆的運作方法：那道帆的寬邊有兩萬英里，椎狀下收，總長度剛好將近八萬英里。收合和展開都由小型伺服機器人執行。伺服機器人是由無線電控制的，所以妳最好少聽一點收音機，雖然電池都是原子電池，但它們也得撐過四十個年頭。妳的性命就全靠它們了。」

「是的，長官。」海倫．亞美利加用懊悔的語氣說。

「妳要記住自己的用處是什麼。讓妳去是因為妳便宜，因為一名水手比一臺機器輕得多。現在還沒有任何萬能電腦可以低於一百五十五磅，但妳可以。讓妳去純粹是因為妳是消耗品。前往星空的人之中，有三分之一到不了目的地。讓妳去不是因為妳的領導能力，而是因為妳年輕。妳有一整個人生可以支付，有整個人生可以使用。讓妳去是因為妳的神經還很良好。這樣妳懂嗎？」

「是的，長官，我懂。」

「還有，讓妳去是因為，妳得把旅程控制在四十年內。如果我們送自動裝置出去，讓它們控制那些帆，雖然它們終究會到達目的地——但那要花上一百到一百二十年，甚至更久。到時所有的隔熱艙都會沸騰，大部分的人類乘客都將無法復活，或忍下那種熱能洩漏。不管我們用什麼方法去處理，都會毀掉整趟遠征。所以，妳記好。妳要面對的所有意外或麻煩都是妳的工作——妳的，沒有別人。那就是妳最大的功用。」

海倫露出微笑。她是個矮小的女孩，厚厚的頭髮極為烏黑，一雙棕眼，配上顯眼的眉毛。但當海倫微笑，整個人又彷彿變回小孩——而且是很討人喜歡的那種。她說：「我的功用就是努力工作。我完全了解，長官。」

VIII

預備區的生活雖快，但不急迫。技師們二度敦促她在最後訓練的報到日前去放個假，她一直沒接受他們的建議。她只想出發。她想永遠離開地球。她很清楚他們知道這點，也曉得他們知道她不只是她母親的女兒。她試圖要做自己——至少是用某種方式。她知道這個世界不信，但反正，這個世界一點也不重要。

當他們三度建議她去休個假——便用了「強制性」的建議。她陰鬱地度過兩個月，最後卻有點享受起美麗的赫斯珀里德斯群島。這些小島位於百慕達南方，是因地球港的重量而浮出海平面的小型群島。

她回去報到時狀態極佳，十分健康，隨時可以出發。

資深醫官說起話直截了當。

「妳真的知道我們要對妳做什麼嗎？我們要讓妳在一個月內把生命中的四十年揮發掉。」

她點點頭，不動聲色。他又繼續說：「為了要給妳這四十年，我們得先減緩妳身體的運作。單是呼吸這種最基本的生存機能，如果要在一個月內吸取四十年的空氣，妳就得快上五百倍。沒有一顆肺臟能承受這種情況。妳的身體必須能循環水分和進食；妳大部分吃的東西都會是蛋白質。到時還可能會脫水。另外，妳也會需要維他命。

「現在，我們要讓大腦慢下來——變得非常、非常慢，讓它可以在五百比一的比率下運作。我們不想讓妳無法工作，畢竟，總得有人控制太空帆。

「所以，如果到時妳有猶豫，或是開始想一些事情，單是一、兩個念頭就會持續好幾週。妳的身體也會慢下來，但不同的部位沒辦法用同樣的比率變慢。比方說水，我們會把它降到八十比一，食物則大約是三百比一。

「妳沒有時間喝四十年分的水，所以我們會讓它循環、淨化之後再送回妳的身體，除非妳打破連接裝置。

「妳要做的，基本上就是保持清醒一整個月，躺在手術臺上，在沒有麻醉的情況下，讓人在妳身上動手術，同時還要執行人類有史以來最複雜的一些工作。

「妳要觀測方位，注意身後那一排排的個人艙和貨物，還要調整太空帆。如果目的地還有存活者，他們會自己出來找妳。

「——至少大多時候都會。

「我沒辦法保證妳一定能把船開進去。如果妳沒碰到他們，就沿著最遠的星球軌道走，看是要自救或是自殺，妳自己選。單靠妳一個人是沒辦法讓三萬人降落在那個星球上的。

「不過妳現在有一個實際的任務：我們得直接在妳體內建造這些控制裝置。我們會先在胸腔的主動脈裝設閥門，還要導流身體裡的水分；我們會在這裡做一個腸造口，大概會在妳的髖關節前面。喝水這件事對精神狀態而言有一定的重要性，所以大約百分之五的水會讓妳用杯子喝，其他的就直接進到妳的血液裡。食物有十分之一也是這樣。妳懂我的意思嗎？」

「所以就是——」海倫說：「我吃十分之一，其他的用靜脈注射？」

「對。」醫療技師說：「我們會把它打進妳的身體裡。濃縮液就在那邊，還原裝置在這邊；這些管線都以雙通路連接，其中一組連到維生器，成為支援妳身體代謝循環的裝置。當妳一個人孤零零地在群星之間遊走，這些線路就是妳的臍帶，是妳的命。

「如果它們壞了，或是妳不小心跌倒，妳可能會昏迷個一、兩年。如果發生這種事，就換妳的單機系統接手——妳背上的那個包包。

「在地球上的時候，它的重量會跟妳一樣。不過妳已經用原型模型練習過了，應該知道在太空中要控制它其實很簡單。那大約可以支撐妳兩個小時的主觀時間。因為現在還沒人能做出符合人類心理時間的鐘，所以我們會給妳一個和脈搏相連的計數錶，代替時鐘，錶上會有按照級數標示的記號。假設妳看到它是以萬為單位在計算脈搏，可以從中判斷狀況。

「不過，我不確定那會是怎樣的狀況，但就某種程度而言，應該對妳很有用。」他以銳利的眼神看著她，轉身從工具中挑了一根發亮的針出來。針的底部有一個圓盤。

「現在，我要說明這個：我們得把這個放到妳腦子裡。這也是跟化學物質有關的。」

海倫打斷他。「你們說不會在我頭上動手術。」

「只有這根針。那是唯一讓我們能進到妳腦中的方式，只有這樣才能讓它慢下來，妳才能擁有在一個月內活過四十年的主觀精神運作速率。」他發出冷笑。但隨後意識到她的固執與勇敢，還有那份屬於女孩、可敬又可憐的堅毅，他的冷酷態度霎時又變得溫和。

「我不會跟你計較這件事，」她說：「反正糟糕的程度跟結婚差不多，而星群就是我的丈夫。」水手的身影在她腦中一閃而過，但她沒說什麼。

技師繼續說：「好，我們已經做好心理準備，但妳也不用期待自己的頭腦能有多清楚，所以乾脆別去想了。若想控制太空帆、想完全靠自己活著——即使只是在那外面待上一個月——多少要有點瘋狂。麻煩的是，在那一個月裡，妳會感覺像過了四十年。到時候不會有鏡子。不過我想，妳應該還是會找到某個有點反光的平面看看自己。

「妳的外表不會好到哪裡去。每一次妳慢下來照鏡子，都會看到自己正在老化。這對很多男人來說就已經夠糟，我不確定到時的妳會出現多嚴重的問題。

「關於毛髮，妳倒是比男人簡單很多。之前我們送出去的水手都會直接移除毛囊，要不然那些男人不只會淹沒在自己的鬍鬚裡，還會浪費一大堆營養，去長臉上那些毛——而且長了之後還沒有機器可以快速幫他刮乾淨，又不影響他工作。我想我們應該會抑制妳頭上毛髮的生長。但長出來會不會是同樣顏色，就留待妳自己去發現了。妳有見過回來的那個水手嗎？」

醫官知道她見過，但不知道她是受到來自群星的那位水手本人感召。海倫穩住呼吸，保持沉著態度，笑著對他說：「我知道你給了他新的頭髮。你的技師在他頭上移植了新的頭皮，我記得是你手下的某個人幫他做的。因為長出來的頭髮是黑的，才讓他有了不老先生的外號。」

「那麼，如果您可以在下週二完成準備，我們也會準備好的。這樣的時間足夠嗎，女士？」

聽到這名嚴肅的老人稱自己「女士」，海倫的感覺很奇怪。但她知道，這不只是普通的稱呼，而是對一位專業人士表達敬意的方式。

「週二的話，時間很充裕。」她覺得他應該很老派，才會知道這種古老的星期名稱，還拿來使用。這表示他在大學裡不僅學了基本學問，也順道揀了些優雅而無關緊要的冷門知識。

IX

兩個禮拜後（也就是機艙計時儀顯示的二十一年後），海倫轉過身，第一萬次查看太空帆。

她的背劇烈抽動。

她可以感到自己的心臟彷彿高速震動的裝置，正在穩定地發出轟鳴，隨著她不斷跨越時間的意識滴答滴答響。她可以用非常緩慢的速度低頭，看見手腕的計數錶面，上頭的幾根指針指出她現在的脈搏是數萬下。

她能聽到自己喉嚨因肺部的快速顫動發出的呼嘯聲。

還可以感覺到那根直接往她頸動脈灌水的巨管帶來的抽痛。

她覺得有人在她的腹部放了一把火。自動運作的真空管猶如藏在皮膚底下的火紅煤炭，連接膀胱和另一條管線的導管則像炙燙的針，正粗魯地戳著她。她頭好痛，視線模糊。

但她還能看見儀器，還能照顧船帆。時不時，她能隱約瞥見巨型繩索般排列著的人群與其後的貨物，黯淡得像一扇灰塵組成的雕花窗。

太痛了，她沒辦法坐下。

唯一能讓她舒服休息的方式是靠在儀表檯上，讓下肋骨抵著檯面，前額疲憊地倚著測量儀。

有一回，她用那姿勢休息了一會兒，然後意識到醒來時已經過了兩個半月。她知道這樣的休息一點用也沒有。她能在視重表玻璃平面的反射上看到自己移動的臉；那是一張逐漸老去的扭曲臉龐。她模糊的視力注意到手臂上的皮膚在溫度影響下變得緊繃——鬆弛——然後再次緊繃。

海倫再次看向外頭的太空帆，決定把前帆收起來。她疲憊地用一臺伺服機器人把自己拖上控制臺，選擇正確的控制開關，然後讓它開著，大約一個禮拜。她就等在那裡，心臟嗡嗡響、喉頭發出狂嘯，指甲生長著，緩緩迸裂。最後，她檢查收起來的帆到底狀況如何，然後再按一次開關。無事發生。

她按了第三次。沒有任何反應。

海倫回到主控臺前，再次進行判讀，查看光的方向，找到一股她應該要接收的紅外光壓。太空帆的寬面因為移動得比較快，已經逐漸上升到跟光速差不多了；她身後那些密封的個人艙同時抵抗著時間與永恆，正以一種完美的無重力狀態游動、搖晃著。

再掃描一次。她的判斷正確。出錯的是船帆。

她回到緊急面板前按了下去。沒有反應。

她彈射出一架修補機器人，派它去進行維修，然後以最快的速度在紙張上打洞，給出指令。機器人出去之後馬上就回覆了（所謂馬上，其實是三天）。它的面板回傳。「不一致。」

她送出第二架修補機器人。一樣無法作用。

她送出第三架——這也是最後一架。三盞閃亮的燈號瞪著她。「不一致。」她把伺服機器人移動到帆的另一端，用力拉。

太空帆仍不在正確的角度上。

她心力交瘁，站在那兒，迷失在太空之中，默默祈禱。「主啊，別這樣對我，我只是想逃離一個不想要的生活。但為了這艘船上的靈魂，還有為了那些勇敢追求自己的路、奢望著另一個星球光芒的可憐人們，我請求祢，主啊，請幫助我。」她全心全意地禱告，希望能得到一些解答。

但事與願違。她感到困惑，而且孤獨。

附近沒有太陽。除了狹小的機艙和自己之外，她什麼都沒有。沒有人的遭遇比她更孤單。海倫感到肌肉中傳來一陣顫動，還有那陣顫動的餘震。一連數天，它們都在進行調整和移動，但對她的大腦而言，其實只是幾分鐘的事。她傾身向前，強迫自己不能放鬆，然後想起某個很愛擺架子又愛插嘴的人在船上放了一把武器。

武器擁有方向性，射程範圍為二十萬英里，可以自動選擇目標。

她不懂這是要用在誰身上。

她跪在地上，順著腹管、餵食管、導尿管和頭盔傳輸線找，每條都接回控制臺。她爬進伺服機器人的控制臺下方，撈出一本手寫的說明書，終於找到武器正確的控制頻率。她設定好武器，回到窗戶旁邊。

到了最後一刻，她想：「也許那些蠢蛋是希望我對著窗戶外頭發射。它應該要設計成可以穿出去又不會傷到窗戶才對。他們應該要把它弄成那樣。」

單是這個念頭就讓她想了一、兩個星期。

然後，就在海倫要發射武器之前，她一個轉身，看見了她的水手——那個從群星而來的水手，不老先生——就站在她身邊。他說：「那不是這樣用的。」

他站在那兒，清清楚楚，英俊美好，跟她在新馬德里看到的他一樣。他沒有管線，也不因焦慮而顫抖，她可以看到他的胸膛以小時為單位，正常地呼吸起伏。一部分的她知道他只是幻覺，另一部分的她則相信他是真的。她很生氣，但又因為此時的憤怒而高興，所以她任憑那個幻覺給她建議。她重新設定那把槍，讓它以較低的能量透過機艙的牆面發射，打中太空帆後面因讀數失靈而紋風不動的維修機。

低充能的攻擊奏效。看來，造成干擾的應該是所有技術人員都沒料到的因素。武器掃除了他們永遠也無法弄清楚的障礙，將伺服機器人從中解放，開始像發狂的蟻群似的執行它們本來的任務，再度開始工作。而為了解決較小的太空阻礙內建的防禦系統，使得它們全速急奔著繞過彼此，跳來跳去。

在一股近似宗教的困惑感中，她覺得來自星光的風再次吹撫著碩大的太空帆，兩張帆一瞬轉向它們應在的位置，剎那間，重力扯了她一下，讓她感到些許重量。靈魂號重新回到軌道上。

X

「是個女孩，」在新地球上，他們這麼告訴他。「是個女孩。她一定只有十八歲。」

不老先生不信。

但當他去到醫院，他在那裡見到了海倫・亞美利加。

「我來了，水手。」她說：「我也開過船了。」她的臉跟粉筆一樣白，仍是二十多歲女孩的神色，但身體已經是個保養良好的六十歲女人。

至於他，因為是坐個人艙回來的，所以沒有改變多少。

他瞇著眼看她——突然之間，他們像是互換了角色，換成他跪在她的床邊，眼淚流得她滿手都是。

他含糊不清地對她咕噥著。「我離開妳是因為愛妳，我回到這地方是因為妳永遠也不會想追來，就算追來，妳一樣會是個年輕的女孩，而我則會是個老頭。可是妳現在不只把靈魂號開了過來，還想要跟我在一起。」

那位新地球的護士不懂這位來自群星的水手有什麼過去，只是因為目睹了這美好的愛情露出溫柔的微笑，以及對人性的憐憫，靜靜退出房間。但她是個實際的女人，在這其中嗅到了一點升職的機會。她打給一個在新聞社的朋友。「我覺得我發現了有史以來最偉大的愛情新聞。如果你來得夠快，就可以第一個拿到海倫・亞美利加和不老先生的報導。他們明明才剛見面——但我猜他們在其他地方先見過——就愛上了彼此。」

護士不知道的是，他們已在地球上放棄過一次愛情。她不知道海倫・亞美利加是用多堅決的心才完成這趟孤獨的旅程，她也不曉得不老先生——那位水手本人——曾在群星之間那一無所有的漆黑深空中，陪伴了海倫二十年。

XI

後來，小女孩長大、結婚，也有了自己的小孩。那位母親沒有改變，但變形玩偶已經非常、非常破舊了。它還活著，雖然失去了昔日驚人的可塑性，所以維持著黃髮藍眼的洋娃娃形象許多年。母親出於懷舊的心情，理所當然讓娃娃穿上成套的亮藍色套頭毛衣和褲子。這隻小動物以膝蓋為足，用像人類的小手輕輕走過房間，溫和地抬起那張與人無異的臉，發出咿咿呀呀聲，想喝牛奶。

年輕的母親說：「媽，妳應該把這東西丟掉。它已經沒什麼用了，而且看起來跟妳這些漂亮的老家具一點也不搭。」

「我還以為妳很喜歡。」年長的母親說。

「當然，」女兒說：「我還是小孩的時候，它很可愛。但我已經不是小孩子了，而且它也不能用了。」

變形娃娃掙扎著用腳站起來，攀住女主人的腳踝。年長的女人溫柔地把它抱到一邊，放下一碟牛奶和一只頂針大小的杯子。變形玩偶想做一個屈膝禮，就像最初它受到鼓勵時想做的動作。但它滑了一下、摔倒在地，低聲啜泣起來。女孩的母親把它扶正，老舊的動物玩偶開始用頂針沾起牛奶，吸進那沒有牙齒、又老又小的嘴巴裡。

「媽，妳記得——」年輕的女人開了口，又停下來。

「記得什麼？親愛的。」

「以前它還很新的時候，妳跟我說過海倫．亞美利加和不老先生的故事。」

「記得啊，寶貝，我應該是說過。」

「妳沒有告訴我全部的故事。」年輕的女人語帶責備。

「當然沒有。那時妳還只是孩子。」

「那太可怕了。那群人好糟糕，還有水手竟然要過那種可怕的生活。我不懂妳為什麼要美化它，還把它當成愛情故事——」

「但它是愛情故事，它就是。」母親回答的語氣很堅持。

「愛情個頭啦，」女兒說：「那就跟妳和這個破爛變形玩偶一樣糟。」她指著在牛奶旁睡著，又小又老但仍活著的娃娃。「我覺得那真是糟透了。妳應該把這東西丟掉，這世界應該把水手都拋棄。」

「別那麼絕啊，寶貝。」母親說。

「那妳也別像個多愁善感的老太婆。」女兒說。

「也許我們本來就是啊。」母親露出深情的笑容。她偷偷把睡著的變形玩偶放到有座墊的椅子上。在那裡，它不必擔心會被踩到或受傷。

XII

外人從來不曉得故事真正的結局。

在他們舉辦完婚禮的一百多年後，海倫過世了：她走得很幸福，因為身邊有她摯愛的水手。她相信，他們既然能夠征服太空，或許也能征服死亡。

她的心充滿愛與幸福，但也很疲憊。在臨終前，她的神智漸漸不清楚了，她提起一個他們幾十年來都沒爭論過的話題。

「你真的就在靈魂號上，」她說：「在我迷失方向又不知道要怎麼用那個武器的時候，你真的就站在我身旁。」

「如果我那時有去，親愛的，那麼無論妳到了什麼地方，我都會再去一次。妳是我最珍惜的事物、是我的心、我的真愛；妳是我見過最勇敢的女士、最大膽的人類。妳屬於我，為我航行而來──我親愛的、駕駛靈魂號的女士。」

他的話戛然而止，但表情平靜。他從沒看過任何人走得如此自信而幸福。

7 當人們落下

「你有辦法想像『人』雨穿過酸霧、降到地上的情景嗎？你有辦法想像成千上萬的人體——沒帶武器——就這樣淹沒了那些絕對打不贏的怪物嗎？你有辦法——」

「那個，這位先生。」記者從中插話。

「不要打斷我！你問的都是蠢問題。我說我看到衰洪國這個國家——我看見它拿下了金星。你不如問我這個吧！」

這名記者被叫去，說要叫他找個老人來回憶過往時光，只是他怎麼也沒想到道賓斯・班奈特會對他發脾氣。

道賓斯・班奈特用強勢的態度掌握採訪的主導權。「你能想像嗎？綠色的天空中飄滿揹著降落傘的『小還子』，有很多都已經死了。你能想像那些母親在他們掉下來時發出怎樣的哭號嗎？你能想像，人們是如何傾盆大雨般落下、掉在那些走投無路的可憐怪物身上嗎？」

記者小小聲地問什麼是「小還子」。

「就是老華亞人的『小孩子』啦。」道賓斯・班奈特說：「我見證了最後一個國家的興亡，結果你只想問一些時尚打扮什麼的。真正的歷史永遠不會被寫進書裡，因為那太嚇人。我想你接下來應該是要問我對新的女性條紋馬褲有什麼看法，是不是啊？」

「沒有！」記者雖然否認，可是他臉紅了。那個問題真的記在他的本子上，而他真恨自己竟然臉紅。

「你知道衮洪國幹了什麼好事嗎？」

「什麼好事？」記者問，試著努力猜測「衮洪國」可能代表什麼。

「它拿下了金星。」老人開口時稍微平靜了些。

記者非常小聲地咕噥。「是嗎？」

「你不信？」道賓斯．班奈特非常強硬。

「您在現場嗎？」記者反問。

「衮洪國拿下金星的時候我當然在，」老人說：「我就在那裡，而且那是我見過最缺德的事。孩子，你知道我是誰吧？我見過的世面比你腦中的知識多很多。可是，當無數『男的人』、『女的人』和『小還子』從空中潑灑下來，絕對是史無前例最糟的畫面。在地上，那些『老的人』一如往常——」

記者很有禮貌地打斷老人。對他來說，班奈特不只是用他聽不懂的外語在說話，闡述的還是一場發生在三百年前的事。他的工作就是要在這個人身上挖出一篇故事，然後把摘錄出來的段落用現代人懂的語言寫出來。

他滿懷敬意地問。「您可以從頭開始說嗎？」

「當然可以。那是在我和忒莎結婚的時候。忒莎絕對是你見過最美的女孩。她是馮馬克特家的人，審視者裡的一大支脈，她父親是個很重要的人。你看，我那時已經三十二歲了。三十二歲的人總會覺得自己很老，但也不是真的那麼老，只是他們自己這樣覺得而已。他讓忒莎嫁給我，是因為她是個心思複雜的女孩，需要一個能讓她倚靠的男人。那時我們家鄉的法院發現她的精神不太穩定，補完機構要求她必須一直受父親照顧，直到嫁給能合法擁有監護權的人。這對你來說應該都是古老的習俗了吧小子——」

「很抱歉，老先生，」記者再次打斷他。「我知道您已經四百多歲了，不過您也是唯一記得衰洪國攻下金星的人。所以，您說的衰洪國是一個政府，是嗎？」

「這個誰都知道吧，」老人怒氣沖沖地吼道。「衰洪國算是獨立的華亞人政府，一百七十億人口，擠在地球上那一小塊地方，大部分的人跟你我一樣說英文，但他們也說自己的語言——就是那些我們聽起來奇奇怪怪的字。當時他們還沒跟任何人混到一起，然後啊，就是在那時候，魏萬宗親自下達命令，人就開始像雨一樣落下來了；他們直接從天上掉下，你絕對沒看過這種事——」

記者必須一再打斷老人，才能一點一點地把故事挖出來。老人一直丟出一堆早已消失在歷史中、他完全無法理解的詞彙，所以必須解釋、解釋再解釋，才能讓這個時代的人看懂。所幸他的記憶力很好，描繪事物的技巧也一如往常那樣敏銳俐落……

在年輕的道賓斯·班奈特還不曉得忒莎·馮馬克特是他這輩子見過最美的女人之前，他才剛到實驗A區沒多久。忒莎十四歲時看起來就已經相當成熟了。馮馬克特家的某些人總是如此早熟，很可能與他們好幾個世紀前沒經過登記的黑戶祖先有關。甚至有人認為，他們和久遠的時代——也就是人類還能計算年分的時期——有著某種神祕的關聯。

他就像個傻瓜一樣愛上了她。

她是如此美麗，實在很難想像她是審視者馮馬克特的親生女兒。那位審視者相當有權有勢。愛情的機遇有時來得很快，而道賓斯·班奈特就這麼撿到了一個。因為史坎納·馮馬克特親自把這個年輕人找來，對他說：「我想讓你娶我的女兒忒莎，但我不保證她會願意。如果你能得到她的青睞，孩子，那麼你將得到我的祝福。」

道賓斯起了疑心。他想知道元老審視者為什麼會願意接納這樣一個初級技術人員？

那位審視者只是微微一笑。「我的年紀遠大於你。現在，能賜予人們上百年壽命的新藥劑聖塔克拉拉已經問世，如果我在一百二十歲死去，已經算是英年早逝了。你呢，可以活上四、五百歲，但我知道我的時間到了。我的妻子已經過世很久，我們也沒有別的孩子，而我知道忒莎在某種程度上需要一個父親。心理學家認為她精神異常。所以，你何不帶她到區外走走？我可以給你自由通過穹窿的通行證，你們可以到外頭和那些『老的』打發時間。」

道賓斯．班奈特有種感覺，好像有人給了他一個桶子，叫他去玩沙。他覺得自己遭到羞辱。可是他覺得這和他追求的愛情目的相符，更何況，老人的提議是出自善意。

事情發生那天，他和忒莎正在穹窿外。兩人把「老的」到處推來推去。

除非殺死「老的」，不然這些人沒什麼危險。你可以打他們，把他們推離本來的地方，或綁起來；但只要過個一陣子，他們就會悄悄溜走，回去做自己的事。人們是透過專精某一學門的生態學家，才終於搞懂「老的」到底都在做些什麼。他們輕飄飄地待在距離金星地面兩公尺高的地方，約占直徑九十公分的面積，小心翼翼地吃食。有很長一段時間，人們都以為他們的棲息地有輻射，不過這些人最大的問題只是太容易繁殖。雖說為了玩樂把他們推來推去挺蠢的，但那是在這裡唯一能做的事。

他們似乎沒有與智慧有關的反應。

很久以前，有一回，某個被帶入研究室進行實驗的「老的」用打字機打了一段非常清楚的訊息，那訊息是這樣的：「你們地球人為什麼不能回地球，別來煩我們？我們明明過得——」

這就是三百年來人們從他們身上獲得的所有訊息。最可靠的研究推論認為，如果他們認真思考怎麼運用腦子，的確可以獲得非常高的智能，但由於他們的主動意願結構與人類心智存在極大的差異，以至於不可能讓「老的」像地球上的人一樣，對接收到的壓力產生反應。

「老的」這個名稱來自一種古老的華文語言，是「古人」的意思。由於在金星建置第一個前哨基地的是華亞人（奉其領袖魏萬宗的命令），所以他們的措辭便留了下來。

道賓斯和忒莎推著「老的」爬上山丘，俯視一座難以分辨出河流與沼澤的山谷。他們全身溼透，空氣濾化器也塞住了，汗水沿臉頰流下，惹人發癢。由於他們在穹窿外的期間不能吃喝——至少這裡的安全等級都不適合——所以這趟只是遠足，算不上野餐。雖然和漂亮的女孩一起玩扮家家酒挺新鮮有趣，但道賓斯開始對這件事有些厭煩。

忒莎察覺到他的反感，像敏銳的動物一樣忿忿地生起氣來。「又沒人叫你一定要跟我出來！」

「我是真的想跟妳在一起，」他說：「但現在我累了，我想回家。」

「如果你想把我當小孩一樣哄，可以，那就跟我玩。又或者你想把我當成一個女人那樣對待，也可以，那就好好當個紳士。不要自己在那邊猶豫不決。我只不過想開心一下，你卻一副可憐兮兮的中年人的模樣，好像在委屈自己。我不要這樣！」

「妳爸爸他——」脫口而出的瞬間，他就發現自己說錯話了。

「我爸這樣、我爸那樣——如果你想娶我，就靠自己做決定！」她瞪他一眼，吐吐舌頭跑過沙丘，消失了身影。

道賓斯．班奈特一陣困頓，不知道該怎麼辦。但她並沒有生命危險，「老的」從未傷害過任何人。他決定讓她學個教訓，他要自己回去，等她心滿意足，就讓她自己找路回家。如果真的迷路，區域搜索隊也可以輕易找到她。

他走回穹窿大門。

——直到他看見大門鎖上，緊急照明燈也亮了起來，他才意識到自己犯下一生中最大的錯。

道賓斯．班奈特的心沉到谷底，跑過最後幾公尺的路，赤手敲擊陶製的大門，直到門打開一個剛好能讓他通過的小縫。

「出了什麼事？」他問守門人。

守門人咕咕噥噥，道賓斯聽不太清楚。

「像個男人給我大聲點！」道賓斯大叫。「到底怎麼了？」

「袞洪國回來了，接管了這裡。」

「不可能，」道賓斯說：「他們不能——」但他又自問，他們能嗎？

「袞洪國已經占領了，」守門人很堅持。「這整個地方都被送給他們，地球管理局還投票表決通過，魏萬宗決定立刻把人都送過來——他們要把所有人都送過來了。」

「華亞人要金星做什麼？只要殺一個『老的』就會汙染一千畝的地，要是推開他們，他們會再晃回來，也沒辦法撈走。在我們解決這些問題以前，這裡沒有人能住。但現在距離問題解決明明還早得很。」道賓斯惱怒地說。

守門人搖了搖頭。「不要問我，這是我在收音機上聽到的，大家也很激動。」

不到一小時，天上開始就下起人雨。

道賓斯爬進雷達室，看著上空。雷達觀測員正在用手指敲著桌子。他說：「已經有一千多年沒見過這種狀況了啊。你知道那上面有什麼嗎？那些是軍艦，是最後一次古代骯髒戰爭留下的軍艦，我知道華亞人就在裡面，大家都知道。那玩意兒被搞得跟博物館一樣，裡面沒有搭載任何武器，可是你知道嗎——有數百萬人就這樣掛在金星上空，我完全不知道他們要幹什麼！」

他話說到一半，指著其中一個螢幕。「你看，這一小坨一小坨的就是它們，一艘接一艘，最後連結成一團。我們從來沒看過這種畫面。」

道賓斯看著螢幕。正如操作員所說，上頭布滿光點。

他們看螢幕的時候，其中一個人叫喊出聲。「左下方那乳白色的東西是什麼？有看到嗎？它……它在倒東西。」他說：「這是從那些點裡面灑出來的。你怎麼有辦法在雷達上看到這些？它應該沒辦法顯示出來的啊？不是嗎？」

雷達觀測員看著他的螢幕，說：「天曉得，我也不知道那是什麼。你必須找出原因，我們得看看發生什麼事。」

這時，審視者馮馬克特走進雷達室。迅速而且熟練地掃視螢幕，然後說：「這可能是我們遇過最奇怪的事，但我有個預感：他們是在把人扔出來——非常、非常多的人。幾千幾千地扔——或是幾十萬，甚至以百萬計。人們正從那兒掉下來。你們兩個跟我過來，我們出去看看，或許可以幫到一些人。」

這時候，道賓斯的良心正狠狠地譴責他。他想告訴馮馬克特自己丟下了忒莎，但他猶豫了……不只是因為拋下她而感到羞愧，也因為不想對一位父親抱怨他的孩子。於是他說：

「您的女兒還在外面。」

馮馬克特嚴肅地轉過身，大大的眼睛看起來非常寧靜，卻充滿威嚴。然而，他柔和的嗓音極有自制力。

「你會找到她的。」然後，審視者用令道賓斯背脊發涼的威脅語氣補充道：「等你把她帶回來，一切都會沒事。」

道賓斯點了點頭，就像收到了一道命令。

「我會到外面去，看看能做什麼，」馮馬克特說：「找我女兒的事就交給你了。」

他們從雷達室下去，戴上超長效型空氣濾化器，帶著微型探勘設備（這樣才能從霧中回來），就這麼出發。他們來到大門，門衛卻說：「請您稍等，大人。這裡有一通您的電話訊息，請打給控制室。」

審視者馮馬克特很清楚自己不是一般人有資格通話的對象，他拿起通話裝置，厲聲回應。

雷達觀測員的影像出現在門衛牆上的通訊螢幕。「先生，他們現在就在我們頭頂。」

「誰在頭頂？」

「那些華亞人，他們下來了。我不知道那上面有多少人，但上方肯定有兩千艘戰艦，金星其他地方也還有幾千艘。他們現在下來了，如果您要看他們怎麼到達地面，最好趕快出去。」

馮馬克特和道賓斯到了外頭。

滿天都是不斷落下的華亞人。人類軀體從乳色雲翳的空中如雨降下，成千上萬，他們的塑膠降落傘看起來像一朵朵泡泡，就這麼落了下來。

道賓斯和馮馬克特看見一個沒有頭的男人飄落；降落傘的線將他斬了首。

一個女人掉在他們附近。由於空投的關係，她的喉嚨原本用綳帶隨便包紮著，現在撕裂開，她被自己的血嗆得窒息。她朝著他們蹣跚爬來，試著講話，卻只有窒息的啞音隨鮮血流出，然後她一頭栽在泥淖中。

兩個嬰兒掉了下來，在他們身邊的大人被吹離到他處。馮馬克特跑了起來，撿起他們，交給一個剛剛落地的華亞人。那男人看著懷裡的嬰孩，對著馮馬克特丟去一個輕蔑而質疑的目光，把嚎啕大哭的小孩放在金星冰冷的爛泥中，冷眼一瞥就跑開，好像有著什麼只有他自己才知道的神祕雜事得做。

馮馬克特不讓班奈特把小孩撿起來。「走吧，觀察就好，我們沒辦法顧到所有人。」

■

華亞人有很多難以理解的社會風俗，這個世界的人都曉得。但從沒聽過他們會把男的人、女的人和小還子從被汙染的天空倒下。只有衰洪國才會毫無忌憚地操弄人命。「男的人」指的是男人，「女的人」就是女人，「小還子」指的是兒童。而「衰洪國」是過去國家時代留下來的名稱，代表類似共和國、州或內閣政府之類的政體。然而，不管它是什麼，都是在地球管理局轄下、以華亞人的方式運作的華亞人組織。

而衰洪國的統治者是魏萬宗。

魏萬宗沒來金星，只是把自己的人民送了過來。他讓他們飄落在金星上，用唯一可能進行星球殖民的武器——人類自身——來對付金星的生態系。人類的雙臂可以對付「老的」。這個名稱來自最早勘查金星的華亞人先遣隊，以「老人」的意思命名。

你必須將「老的」小心翼翼地堆在一起，不能讓他們死掉，因為每死一個，就會有一千畝土地遭受汙染。他們必須集體圈養在人類軀體和手臂圍成的巨大活體柵欄裡。

審視者馮馬克特衝上前去。

一個受傷的華亞人男性到達地面，他的降落傘就在他身後扁下去。他穿著短褲，腰繫匕首，腰間還有一個軍用水壺。空氣濾化器貼在耳邊，一根管子插進喉嚨。他對著他們大喊了一些聽不懂的話，迅速跛著腳離開。

人們一個又一個降落在馮馬克特和道賓斯周圍的地上。

他們觸地後的一、兩秒內，降落傘就因為自動銷毀裝置在霧氣中像泡泡似的爆開。這個巧妙又有效率的機制是靜電的化學效應所致。

一如兩人所見，隨著那些人們不斷掉落，氣氛變得沉重。馮馬克特一度被掉落的人撞倒在地，後來發現是綁在一起的兩個華亞人小孩。

道賓斯不停地問：「你們要做什麼？你們要去哪裡？有人指揮你們嗎？」

但他得到的回應只有聽不懂的哭喊。時不時，會有人用英文大喊「這邊！」或是「走開！」或「繼續前進……」但也就這麼幾句話而已。

這場實驗成功了。

那天之中，有八千兩百萬人被丟了下來。

經過恍若永無止境的四小時，道賓斯在這冰寒地獄的一角找到忒莎。金星雖然暖和，但注視著那些近乎赤裸的華亞人，他覺得自己被折磨得血液都涼了。

忒莎向他跑去。

她說不出話。

她把頭埋進他胸口，不住啜泣，最後他才聽懂幾個字。「我……我……我想幫忙，可是他們太多、太多、太多人了！」說到最後，她像尖叫一般放聲大哭。

道賓斯將她帶回實驗區。

他們不必交談。她用動作讓道賓斯知道，她需要他的愛，以及他在身邊帶來的安慰，並決定與他相依相惜，共度一生。

當他們要離開那一望無垠、彷彿蓋住了整個金星的空投地帶，好像有某種行為模式逐漸成形：華亞人開始將「老的」圍在一起。

門衛讓他們通過大門後，忒莎靜靜親了他一下。現在無須多說什麼了。接著她逃回了自己的房間。

第二天，實驗A區的人試著走到外面，看看有沒有辦法對那些開拓者伸出援手——但那是不可能的。開拓者的人數實在太多，數百萬人散落在金星的丘陵和谷地，把他們的人類腳趾踩進泥濘與汙水中，壓垮這顆異星的泥淖，也踏碎了那些奇特的植物。他們不知道要吃什麼，不知道何去何從。他們之中沒有人能控管這一切。

他們收到的唯一命令，就是把那一大群「老的」趕在一起，並且用手圈住。

「老的」沒有反抗。

幾個地球日過去，袁洪國派出一輛輛小型偵察車，偵察車載來一批非常不一樣的華亞人——之後才來的這些男人穿著制服、受過教育，看來殘酷而體面。他們很清楚自己在做什麼。為了達到目的，不管要付出多少自己人的命，他們都願意。

他們為殖民地帶來指導原則，把人們集合成群——不管這些男人或女人是來自地球的哪裡，也不管和他們在一起的小孩子是不是自己的。人們被分派了工作，立刻開始進行。這些人類的軀體做到機器做不到的事——他們輕輕將「老的」牢牢圈在一起，直到這種生物在荒蕪中餓死，直到他們一個不剩。

然後稻田奇蹟般地出現了。

審視者馮馬克特簡直不敢置信。袁洪國的生化學家設法讓稻米適應了金星的土壤。從偵查車裡的箱子拿出了秧苗，哀戚的人們跨過族人的屍體，手持作物朝種植地前進。

金星的細菌無法把人類殺死，也無法分解死亡的人體。這個問題浮上檯面後立刻獲得解決：他們用巨型雪橇把那些落地時出了差錯、在掉落途中窒息死亡、或被人踐踏而死的男女小孩帶往一個祕密地點。道賓斯懷疑，這些屍體是被拿來充當堆肥，在金星土壤中加入類似地球有機物的東西，但他沒有將這個推斷告訴忒莎。

工作持續進行。

那些男女輪班工作。到了夜裡，當周遭什麼都看不見，就透過觸摸和叫喊彼此溝通，在看不見的情形下繼續工作。剛培訓好的工頭大聲號令，工人一個個排好隊，觸碰彼此的指尖，開墾工作就這麼持續下去。

「那是一個了不得的故事，」老人說：「一天之內，八千兩百萬人掉了下來。

「後來，我曾聽魏萬宗說，就算其中七千萬人死了也沒有關係，只要一千兩百萬個倖存者，就足以為袞洪國創造太空優勢。華亞人也得到了金星，就這樣。

「但我永遠都不會忘記那些男的人、女的人和小還子從天上掉下來的景象——男人、女人、小孩子——還有他們極為驚恐的華亞人面容。奇怪的金星大氣讓他們的臉從平常的黃棕變成綠色，就這麼到處落下。

「你知道嗎，年輕人，」即將活到第五個世紀的道賓斯・班奈特問。

「知道什麼？」記者問。

「再也不會有這樣的事發生——任何世界都不可能。畢竟現在，袞洪國沒有留下任何勢力；現在只有補完機構，而他們完全不在乎這支古代人類種族遇上什麼事。過去的那些驚濤駭浪我都經歷過，那是人們還想有所作為的時候。」

道賓斯看起來就像在打盹，卻又突然激動地大喊。「我告訴你，天空滿滿都是人。他們像水一樣潑下來，像雨一樣下下來。我曾在非洲見過一種駭人的螞蟻，星際間沒有任何事物可以抵擋牠們巡行覓食帶來的恐怖。你記住，星辰之間沒有一種東西比牠們更糟。我看過半人馬座α星系附近的瘋狂世界，卻從沒見過人雨落在金星上那種事。一天之內！超過八千兩百萬人！我親愛的小忒莎還在他們之中走丟了。

「但是稻子發芽了，『老的』就這麼死在人們用手臂圍起來的牆中。我告訴你，那是人牆啊！是前人倒下、後人遞補，前仆後繼自願圍出來的人牆！

「即便他們在夜裡大喊大叫，也還是人類；雖然打的是一場不訴諸暴力的仗，他們還是相互扶持。他們也是人，然後他們就這樣贏了。那簡直是瘋了，令人難以置信，但他們贏了。僅僅憑著人類的手，就做到機器與科學得耗上千年才做得到的事……

「最有趣的地方在於，在一場金星的雨中，我看見由某個男的人搭起的第一棟房子。當時我和馮馬克特還有神色慘然的忒莎都在。那是用歪歪扭扭的金星木材蓋出來的，其實根本算不上什麼房屋。但它就在那兒，由那名臉上帶著笑容、打著赤膊的男的華亞人蓋出來。我們來到門口，用英語問他。『你在這裡蓋的是什麼？避難所或醫院嗎？』

「那個華亞人對著我們齜牙一笑。『都不是，』他說：『這是用來賭博的。』

「馮馬克特簡直不敢置信。『賭博？』

「『當然，』那男的說：『賭博是人身處異地時第一件要做的事。它能帶走藏在靈魂中的焦慮。』」

「就這樣？」記者問。

道賓斯．班奈特喃喃地說，他還沒講到他自己的故事咧。他又說：「我幾個曾曾曾曾孫就要出生了。你看看，有多少個『曾』啊？但你可以輕而易舉在他們臉上看出我和馮馬克特一族的姻緣。忒莎看過從前發生的事，她看到人是如何建立世界——只是用的代價比較高。她忘不了那晚——死透的華亞人嬰兒橫在昏暗的泥淖，降落傘的繩索慢慢分解；她聽見女的人啜泣，而男的人安慰她們，但帶著她們卻無處可去。她記得冷酷幹練的官員從偵查車裡走出來。她回到家，看見稻子長出來，然後看到袞洪國是怎樣把金星變成屬於華亞人的地方。」

「你自己有怎麼樣嗎？」記者接著問道。

「也沒怎樣。我沒事可做，所以我們把實驗A區關了。我娶了忒莎。

「之後，當我對她說：『妳並沒有那麼壞！』她終於能接受這個事實，並對我說，對，我不壞。下人雨的那晚，是對所有人靈魂的試煉，也是對她的試煉。她遭遇了一場巨大的試煉，而且也通過了。她曾對我說：『我見過，我見過那些人掉下來，我再也不想看到有人因此受到折磨。道賓斯，讓我跟你在一起——讓我們永遠在一起。』

「然後，」道賓斯．班奈特說：「雖然到不了永遠，卻可以是幸福甜蜜的三百年。我們一起度過第四個鑽婚紀念後，她走了。年輕人，這樣不是挺好的嗎？」

記者說，是呀。然而，當他將這個故事提交給編輯，卻被吩咐要把故事歸檔收起。因為它的娛樂性不足。觀眾是不會感興趣的。

8 想著藍色，數到二

1

在巨型太空艦靠介面重塑呼嘯星間以前，人們必須靠著太空帆，一個星球、一個星球飛行。太空帆是大片的薄膜，在太空中組裝而成，架在又長又堅硬的防寒索具上，附有一艘小太空船，供水手控制船帆、查詢航線，並看顧密封於各個微型絕熱艙中的乘客。這些個人艙彷彿掛在船後的粗大繩結。乘客對航行過程一無所知，只知道自己會在地球上睡著，四十、五十年——甚至兩百年後，在另一個陌生的新世界醒來。

這種方法雖然原始，但很管用。

就是這種太空船讓海倫・亞美利加追上不老先生，也維持了審視者在太空中存在已久的權威。當時兩百多顆星球都是用這種方式，包括那顆注定財富遠超每顆星球的古北澳大利亞星。

然而，出境港與高塔高聳入天、彷彿結凍核爆雲的地球港不一樣，它只是一排低矮方正的建築。出境港的氛圍抑鬱、單調、沉悶，效率高。它的牆面選的是紅黑色，一如陳舊血跡，但原因純粹是那樣導熱比較快。火箭也非常簡陋，發射處長得跟五金行沒兩樣。地球上也許有幾個能對觀光客宣傳的景點，但出境港絕不是其中之一。在那裡的人從事的是真正重要的工作，也能因此得到該有的成就感，並讓自己能夠因專業技能受到尊重。從這裡啟程的乘客會迅速失去意識，這些人對地球最後的記憶，便是那彷彿醫院病房的小房間、一張窄床、某種音樂、某人說話的聲音、睡眠——或許還有一陣冷。他們會在出境港被放入自己的個人艙，然後封起，進入火箭，最後前往要出發的太空船。以往都是這麼做的。

新的方式好多了。現在，乘客只要待在舒服的休息室裡，玩幾場牌，經過一、兩餐的時間就能抵達——只要你擁有半個星球的財富，或不眠不休連續拿兩百年的優等考績，誰都能負擔。

光子帆則不是這樣的，在那上頭，每個人都像在賭博。

一名膚色白皙、髮色明亮的年輕男子正滿心喜悅地準備前往新世界。跟他一起出發的還有一位年紀較大，頭髮略顯灰白的男人。另外，船上還載了三萬人，以及地球上最美麗的女孩。

她本來可以留在地球，但新世界需要她。

她非走不可。

她搭的是光子帆太空船，必須穿越永遠存在著危險的太空。

有時，太空航行需要用到許多奇怪的工具——某個漂亮孩子的尖叫、死亡已久的老鼠大腦層疊而成的薄片，或某部電腦心碎時的啜泣。大部分的太空不會給你任何喘息機會，既沒有中繼休息站，也沒有救援資源，也無法進行維修。你必須事先預測到所有危險因子，否則一旦發生，它們就會要你的命。而最大的危險來源往往是人類自己。

「她好美。」技師一號說。

「她只是個小孩。」技師二號說。

「兩百年後就不是了。」一號說。

「但她現在是個孩子，」二號笑了。「像有著藍色眼睛的洋娃娃，剛要踏進大人的生活。」他嘆了口氣。

「她會被冷凍起來。」一號說。

「有時不會。」二號說：「系統有時會把他們解凍，他們就會醒來——非醒不可。你還記得『舊二十二太空號』上發生的案子嗎？他們都是好人，只是不該聚在一起，就是因為這樣，事情才會變得那麼亂七八糟——而且是很下流又殘忍的那種。」

他們都還記得舊二十二太空號。搜救隊最終靠著信號燈找到它，但那艘地獄般的太空船已在星群間漂流了好長一段時間。搜救隊來得太晚了。

船本身的狀態很好，太空帆的角度設定都非常正確。照理來說，整齊掛在船後方的單人隔熱艙中，上千名冷凍起來的沉睡者也該處於極佳狀態。只是，他們真的在太空中漂流太久，大部分人都腐壞了。在船艙內（而這就是問題所在），水手早已衰竭或死亡，乘客中的後備人員也被喚醒。這些人要不是處不來，就是處得太好——好過頭了，以至於不小心走往錯誤的方向。這些處於星間、卻只能待在脆弱又狹小的駕駛艙裡的人，對彼此犯下的罪行前所未見，即使是存在地球幾百萬年的人性缺陷都無法超越他們的創意。

調查人員透過醒來的儲備人員重建事件經過，結果全部感到不適。其中兩個甚至要求進行「清除」，從此由崗位上退休。

這兩名技師看著睡在臺子上的那名十五歲女孩，非常清楚舊二十二太空號發生了什麼事。她算女人嗎？還是女孩？如果她真的在飛行途中醒來，會發生什麼事？

她的呼吸非常微弱。

兩名技師在她身體兩側互看了一眼。一號說：「我們最好叫看守人來，這是他的工作。」

「他的話，可以試看看。」二號說。

心智看守人在半小時後愉悅地走了進來。這名男子的編號結尾用的是印尼文數字的十三——堤加—布拉斯。這名老人的外貌極有魅力。他的輪廓很深，看起來很機靈——大概是第四次復活了。他看到臺子上的漂亮女孩，倒吸一大口氣：

「這是在幹什麼——她要上船嗎？」

「不是，」技師一號說：「是要參加選美比賽。」

「別開玩笑了，他們真的要把這個漂亮的孩子送到外界？」看守人說。

「這是種母。」技師二號說：「暮色世界的人長得越來越醜，所以他們向大眼發了訊號，要求送一些長得比較好看的人過去。補完機構現在伸出了援手：這艘船上所有人都是俊男美女。」

「如果她真的那麼重要，不是應該要把她冷凍起來、放進個人艙嗎？那樣她至少還有可能到得了。長著這種臉蛋啊——」堤加—布拉斯說：「不管到什麼地方都會惹上麻煩——更何況是在船上。有她的編號名稱嗎？」

「在那邊的板子上。」技師一號說：「全都在上面。你應該也會需要其他人的，他們都編列好、準備登船了。」

「維希—庫希，」心智看守人大聲念出那幾個字。「意思是『五—六❹』。這名字有點好笑，不過挺可愛的。」他看了沉睡的女孩最後一眼，便開始進行自己的工作，彎腰讀起這些將要加入後備機組員名單的人的病史。讀不到十行，他就知道為什麼她會被找來擔任緊急情況的後備人員，而非整趟航程都保持睡眠狀態：她擁有九百九十九點九九九的「女兒潛能」。這個意思是，只要和她相處幾分鐘，任何正常的成人都可以（也一定會）把她當成自己的女兒——無論性別。她本身不會任何技能，也沒有學習或培訓能力，但她能給予比她年長的人心理上的激勵，同時，她還能讓這些受到激勵的人為了活下去而奮力一搏——先是為了她，然後才是會為那些「收養人」自己的生命努力。

雖然只是這樣，但已經夠特別了，足以把她放進駕駛艙。她是古代殘留的那些詩意殘片最確實無疑的驗證，她是「古老地球最美麗的女兒」。

堤加—布拉斯做完筆記時，工作時間已經快結束了。兩名技師沒有打擾他。堤加—布拉斯轉頭想再看那位可愛女孩最後一眼，但她不見了。技師二號已經離開，而一號正在洗手。

「你們沒冷凍她吧？」堤加—布拉斯大叫著說：「我得把她安頓好——如果防護裝置正常運作的話。」

「當然了，」技師一號說：「你還有兩分鐘。」

「你們竟然只給我兩分鐘來保全一趟四百五十年的航程！」堤加—布拉斯說。

「你需要多點時間是嗎。」除了用詞之外，這句子的語氣完全沒有要詢問的意思。

「我需要嗎？」堤加—布拉斯綻開笑容。「不，我不需要，即便我死去多年，那女孩依舊會安然無恙。」

「你什麼時候會死？」技師一派客套地問。

「再過七十三年兩個月又四天。」堤加—布拉斯爽朗地說：「這已經是我第四條命了。」

---

❹來自芬蘭文。「viisi」為五，kuusi為六。

「我想也是。」技師說：「你很聰明，沒有人一開始就是這麼聰明，我們都在學習。我相信你會照顧好那個女孩的。」

他們一起離開實驗室，爬上地面，回到地球涼爽、平靜的夜色之中。

＝

隔天稍晚，堤加—布拉斯興高采烈地走進來，左手拿著一卷販售規格的影片膠捲，右手則捧了一顆黑色塑膠方塊。方塊表面的銀製觸點正閃爍微光。兩名技師禮貌地向他打招呼。

這位看守人完全藏不住自己的興奮與喜悅。

「我已經幫那個漂亮的孩子安排妥當了。等我們幫她處理好後，她不僅可以保留她的女兒潛能，還會比原本的數字更靠近一千——我用了老鼠的大腦。」

「那個如果經過冷凍，就沒辦法放進電腦裡喔，」技師一號說：「它應該和緊急儲存設備一起行動。」

「這才不是冷凍大腦，」堤加—布拉斯氣憤地說：「它已經接受過層疊處理。我們用強化細胞讓它硬化，然後不斷嵌合、壓縮，做了大概七千層，每層都有一片至少兩個分子厚的塑膠。這是一隻不會腐朽的老鼠。事實上，牠可以永遠這樣思考、運作下去——當然，除非我們接上電，否則牠沒辦法做太多思考。但總之，牠擁有思考能力，而且永遠不會腐壞。外殼是陶瓷塑膠做的，得用大型武器才破壞得了它。」

「那那些觸點……？」技師二號說。

「它們不通到裡面。」堤加—布拉斯說：「這隻老鼠的頻率調整過了，與那女孩相通，同步率高至一千。你可以把牠放在船上任何一處，外殼也強化過了，那些接觸點只是黏上去而已，它們會對裡層對應的鎳鋼觸點供應電力。我跟你說，這隻老鼠可以持續進行思考，直到最後一個人類死在最後一顆已知的星球——而且牠會永遠想著那個女孩，永遠永遠。」

「『永遠』也太久太可怕了。」技師一號打了個冷顫。「我們其實只要兩千年的安全期就夠了，要是中間出什麼問題，女孩搞不好不到一千年就會開始腐壞。」

「這你不用管，不管有沒有腐壞，她都會被保護得好好的。」堤加—布拉斯低下頭對著方塊說：「你會一直待在維希身邊，小傢伙，如果她落到舊二十二太空號的處境，你要把情況變成充滿冰淇淋和西風頌歌的幼兒歡樂派對。」雖然沒必要，但堤加—布拉斯還是抬頭對技師說：「其實牠也聽不到我說什麼。」

「這不是當然的嗎。」技師的回應很冷淡。

他們看著那個方塊。這位看守人的確很有資格驕傲，那完全是工程學上的一大傑作。

「你還有要對老鼠做什麼嗎？」技師一號說。

「有。」堤加—布拉斯說：「我要你們用每三分之一毫秒四千萬達因，把她整個人生印進牠大腦左側的皮質葉上——尤其是她的尖叫。她十個月大的時候特別會尖叫，因為嘴巴裡長了東西。十歲時，她以為自己的豎井裡的空氣供給停了，但其實沒有，不然她現在也不會在這裡。這些她檔案裡都有，我要這隻老鼠記得那些尖叫。另外，她在四歲生日時收到了一雙紅鞋，給我那兩分鐘的完整紀錄。我把解鎖關鍵放進了一整季的《瑪西牙和月球人》裡，那是去年最受少女歡迎的電視劇，維希看過它，現在她要再看一次，而老鼠則會被困在那個循環裡。這樣一來，她忘掉這齣劇的機率大概比雪球在地獄裡活下去的機會還小。」

技師一號說：「什麼啊？」

「什麼？」堤加—布拉斯說。

「你後面說了什麼？」

「你是聾了嗎？」

「沒有，我只是不懂你的意思。」技師有點惱怒。

「我說『她忘掉的機率大概比雪球在地獄裡活下去的機會還小』。」

「你剛是這樣說沒錯，」技師說：「不過什麼是『雪球』？什麼是『地獄』？它們跟機率有什麼關係？」

「我知道我知道，」技師二號急忙插嘴，然後開始解釋。「『雪球』是海王星上的一種冰的形態，『地獄』是古夫七附近的一顆星球，可是我不知道他為什麼要把這兩樣東西講在一起。」

堤加—布拉斯看著他們，露出饒富興味的表情——像個疲倦的老人。他不想解釋，於是只輕聲地說：「關於文學的話題，留待改日再談。總之我的意思是，維希進到老鼠方塊之後就會非常安全。老鼠會活得比她、比我們所有人都久，而且沒有哪個少女能忘得了《瑪西牙和月球人》，尤其如果她們像她一樣每集看兩次。」

「她不會把其他乘客都弄到癱瘓吧？那樣的話就不太好了。」技師一號說。

「完全不會。」堤加—布拉斯說。

「把力的單位再給我一次。」技師一號說。

「對老鼠施加——三分之一毫秒，四千萬達因。」

「這種程度連在月球外側都可以聽到呀，」技師說：「你得有許可證才能把這種東西放到別人的腦袋，要向補完機構申請特別許可嗎？」

「就為了這三分之一毫秒？」

兩人對看了一會兒，技師的前額皺了起來，他的嘴角抽動出一個微笑，下一秒，兩人都爆出笑聲。

技師二號一頭霧水，堤加—布拉斯說：「我要用最大動力，在三分之一毫秒的時間把這女孩整個人生放進去，讓她能進到收在這個方塊中的老鼠大腦。我問問你，正常人對三分之一毫秒內發生的事物會有什麼反應？」

「十五毫秒內——」技師二號正要開口說話，又立刻打住。

「沒錯，」堤加—布拉斯說：「人對十五毫秒以內的事毫無知覺。這隻老鼠可不只是做過嵌合壓縮，重點是牠還很快；那些層疊薄片的運作速度快到連牠自己的神經突觸都追不上——把女孩帶過來。」

技師一號早就去帶人了。

技師二號想了想，回頭又問。「這隻老鼠死了嗎？」

「沒死——死了——當然沒死。你想問什麼？這種事情誰知道。」堤加—布拉斯一口氣說完整句話，斷都沒斷。

年輕技師看著美麗女孩躺著的那張躺椅被推進房間。因為冷，她的皮膚從粉紅轉為象牙白，呼吸也緩慢到肉眼無法察覺。雖然如此，她仍美麗。她還沒進入冷凍狀態。

技師一號開始高聲喊道：「老鼠——四千萬達因，三分之一毫秒；女孩——最大輸出率，時間相同；載入量，兩分鐘——強度呢？」

「都可以。」堤加—布拉斯說：「隨便啦。平常做深層性格刻印時用多少就多少。」
「就位。」技師說。
「拿方塊。」堤加—布拉斯說。
技師拿起方塊，放進女孩頭旁一個像棺材的盒子裡。
「再見了，永遠不死的老鼠。」堤加—布拉斯說：「我死的時候，幫我多想想那個女孩。希望你看了上百萬年的《瑪西牙和月球人》不會太膩……」
「紀錄，」技師二號從堤加—布拉斯那兒接過紀錄，把它放進一臺戲劇播放器。戲劇播放器很普通，但輸出線比任何家用的線路還要粗。
「關鍵碼是什麼？」技師一號說。
「一首短詩。」堤加—布拉斯把手伸進口袋。「別念出來，要是我們哪個人念錯一個字，有可能會被她聽見，那樣會讓她和那隻層疊老鼠的聯繫產生外差。」
兩名技師看著那張小紙條，上面清楚寫著幾行舊式字體：

小姐啊，若有男人
來糾纏妳，妳可以
想著藍色，
數到二，
再去找一隻紅色鞋。

他們笑了起來，笑容暖暖的。「非常好。」技師一號說。

堤加—布拉斯有點害羞地笑著道謝。

「兩邊的開關都打開。」然後他喃喃自語著說：「再見了，女孩；再見了，老鼠。也許七十四年後再見吧。」

房裡閃過一陣對他們的腦袋而言並不存在的光芒。

月球軌道上，一名領航員想起媽媽的紅鞋子。

地球上有兩百萬人頓時數起「一、二」，卻完全想不透為什麼要這麼做。

某艘航行在固定軌道的太空船，有隻聰明又年輕的長尾鸚鵡開始唱誦整段短詩，搞得所有船員都在猜牠到底是什麼意思。

除了這些之外，就沒有任何副作用了。

躺在容器裡的她因為一陣劇烈的抽搐拱起背，太陽穴周圍的皮膚被電極燒焦了。那鮮紅的疤痕與她淺白的膚色產生對比，顯得非常搶眼。

方塊讀取不到那隻既生又死的老鼠傳來的任何訊號。

技師二號替維希的傷口抹藥，堤加—布拉斯戴起耳機，非常、非常輕柔地碰了碰方塊的電極，小心翼翼不讓它從棺材箱中卡好的位置移開。

他滿意地點點頭，向後退了一步。

「你確定那個女孩有收到訊息？」

「我們可以在她冷凍之前重新檢查一次。」

「《瑪西牙和月球人》……什麼玩意兒的。」

「不可能有錯，」技師一號說：「如果有少掉任何東西，我會讓你知道。不過這不會發生。」

堤加─布拉斯看了那位非常、非常可愛的女孩最後一眼。七十三年、兩個月、又三天，他自顧自的想。她被賜予了超越地球界限的一千年，老鼠大腦則是一百萬年。

維希永遠不會見到他們之中任何一人。無論是技師一號、技師二號，或是心智看守人堤加─布拉斯。但是，直到死去的那天，她都會記得在《瑪西牙和月球人》中看到最美的藍光、進入催眠時那「一、二、一、二」的倒數，以及做為一個女孩在地球（或任何地方）見過最美的紅鞋。

III

她在三百二十六年後醒來。

盒子被人打開了。

她身上的每條肌肉、每根神經都在發疼。

太空船警鈴大作，她非起來不可。

她很想睡。她想去睡，或去死。

太空船仍在不斷吵鬧。

她非起來不可。

她把一側的手臂抬到棺材床的邊上。在被送到地底接受催眠、冷凍起來之前，她曾在漫長的訓練期間練習過如何上下床，她知道該抓哪些地方，也知道可能會發生什麼情況。她側過身，睜開眼睛。

強烈的黃燈讓她再次閉上眼睛。

這回，有個聲音在她附近響起，好像是在說：「把吸管放到嘴裡」。

維希哼了一聲。

那個聲音又繼續說了些什麼。

某種粗糙的東西抵上她的嘴。

她張開眼睛。

她和光的中間逐漸浮現一顆人類腦袋的輪廓。

她瞇起眼，想試圖分辨那是不是另外一位醫生……不對，她已經在船上了。

她的眼神聚焦在那張臉上。

那是一個非常英俊又年輕的男子的臉。他注視著她的眼睛。她從沒見過像他這樣的人——既英俊又散發一股同情。她試著看清他的臉，卻發現自己臉上不由自主堆滿微笑。

對方把吸管推進她的唇齒間，她自動喝了起來。那是某種跟湯很像的液體，不過喝起來有藥味。

那張臉說：「醒來，快醒來。現在躺著對妳沒有好處，快起來動一動，才能盡快掌握身體能力。」

她讓吸管從嘴邊滑開，喘著氣說：「你是誰？」

「崔斯❺，」他說：「那邊那位是塔勒塔沙❻。我們已經醒來兩個月了，都在搶救那些機器人。我們需要妳幫忙。」

「幫忙，」她喃喃地說：「你們需要我幫忙？」

---

❺ Trece。西班牙文的十三。

❻ Talatashar。應來自阿拉伯文（thalāth ʿashar）的十三。

崔斯的臉皺了皺、扭了扭，綻放出一個令人愉悅的傻笑。「好吧，應該這樣說：我們需要妳，我們需要第三人的眼光幫忙檢查那些應該修好了的機器人。還有：我們很孤單。塔勒塔沙和我相處的時間其實也不久，我們看過了整份儲備人員名單，最後決定叫醒妳。」他友善地向她伸手。

她坐起身時看到另一個男人：塔勒塔沙。她頓時畏縮了一下。她從沒見過長得這麼醜的人！他的灰髮剃成平頭，像豬一樣小小的眼睛陷在彷彿流滿肥油的眼窩，賊呼呼地向外窺視；臉頰肉垂在怪物般的巨大下顎兩側。除此之外最糟的是：他的臉整個歪了——一邊看起來有知覺、很清醒，另一側卻因持續痙攣而扭成一團，讓人單是看就覺得身心一同感到劇痛。她不自覺將手放到嘴邊，以手背貼脣。

「我以為——我以為，這艘船上的每個人都應該要長得很好看。」她說。

塔勒塔沙用半張臉對著她笑，另外半張則因凍傷而維持僵硬。

「是這樣沒錯，」他的聲音低沉，倒也不是令人討厭的音色。「我們都應該是這樣，但是呢，總有人的身體會在冷凍的時候壞掉。看來妳得花點時間習慣我這張臉了，」他發出冷笑。「我也花了點時間習慣自己——大約兩個月吧，我很努力地在習慣。總之，很高興見到妳，也許過段時間妳也會『很高興見到我』。欸，崔斯，你覺得呢？」

「覺得什麼？」崔斯露出些微的擔心看著他們。

「就這個女的啊，還真是『婉轉』呢，現在年輕人果然直截了當。她剛剛說我不是應該要很帥嗎，我就說不是。不管怎樣，她到底什麼來頭？」

崔斯看向她。「我扶妳坐下。」他說。

她起身坐在盒子的邊緣。

無須言語，他直接將結了一層薄膜的液體和吸管遞給她，她繼續吸著肉湯，然後像個小小孩一樣由下而上偷偷仰望那兩個男人。她彷彿初次遇上麻煩的小貓，雙眼流露出天真與煩憂。

「妳算是什麼呢？」崔斯說。

「我是個女孩啊。」她把嘴脣從吸管上移開。

塔勒塔沙的半張臉浮現一種世故的笑，另外半張只抽動了一下肌肉，但仍沒有任何表情。「這我們還是看得出來的。」他冷冷地說。

「他的意思是，」崔斯試著緩和氣氛。「妳受過什麼訓練嗎？」

她再次移開嘴脣。「沒有。」她說。

他們哈哈大笑，兩人都是。先是崔斯，他的笑聲裡彷彿塞滿世上所有邪惡。接著塔勒塔沙也笑了，雖然因為他太年輕，不太有自我風格，卻一樣殘酷。那笑聲裡有某種屬於男性的、難以理解、危險又隱密的事物，彷彿知道一些所有女孩必須以痛苦和恥辱為代價才能知曉的事。在那瞬間，他像個男人；而每一個男人都令女人感到陌生。他們體內充滿詭祕的動機，以及暗藏的欲望，而且受女人不會擁有、也不想擁有的狡獪念頭驅使。或許，從他們肢體中顯露出來的甚至還不是全部。

在維希過往的生命經歷中，從沒有一件事像這種笑聲讓她如此害怕。但是，她體內百萬年來的女性直覺告訴她，她應該忽視其中的邪惡，然後隨時警惕接下來可能會有的麻煩，並期望眼下的情況終究能夠好轉。她曾從書上、從錄音帶中了解性是怎麼一回事，但那股笑聲與嬰兒或愛一點關係也沒有。那笑聲中帶著輕蔑、權力與殘酷——是純粹因為身為男人才那麼殘忍，是一種特有的殘酷。在那一瞬間，她對這兩人都起了反感，但這份恐慌又還不足以啟動看守人在她腦中嵌入的保護裝置。反之，她只是低下頭，注視那十尺長、四尺寬的駕駛艙。

這就是她現在的家（也可能是一輩子的家）。其他沉睡者就在船上某處，但她沒看到他們的盒子。

她只有這個小小的空間，還有兩個男人——一個笑容溫暖、聲音好聽、有著魅惑灰藍眼眸的崔斯；另一個是毀容的塔勒塔沙。還有他們的笑。那差勁、詭祕又陽剛的笑聲裡頭潛藏惡意與嘲弄。

但這就是人生。她想，我得繼續過下去。就在此時，就在此地。

大笑完後，塔勒塔沙換了一副非常不一樣的嗓音。

「晚點還有時間玩，我們現在得先把事情搞定。光子帆抓不到足夠的星光前進到任何一處，主帆也被隕石扯開了，我們沒辦法修——至少在那個洞有二十英里寬的時候做不到。所以我們應該要『臨時維修』這艘船——我想古時候應該是這麼說的。」

「要怎麼做呢？」維希哀傷地問。然而就連她都對這個問題提不起勁。由於長期處於冷凍狀態，痠疼和痛苦開始圍剿她。

塔勒塔沙說：「很簡單。本來帆都披得好好的，但我們被火箭推入軌道，所以一邊的光壓會比另一邊大。在其中一面有光壓，而另一面幾乎沒有的狀況下，船一定會往某個方向前進，畢竟星際物質很細緻，還不足以形成讓我們慢下來的阻力。帆會不斷遠離目前最亮的光源。在最初的八十年，那是太陽，接下來，我們嘗試同時擷取太陽以及它後方光團的亮光。現在，因為迎面而來的光比預期中多，如果我們不把帆的背光面對準目標、受力的那面對準恰當的替代光源，我們就會被推離目的地。水手已經死了——大概是出於某種我們無法理解的原因。船依循自動機制叫醒我們，讓導航面板來解釋狀況，然後……我們就在這裡了。我們得把六架機器人修好。」

「機器人出了什麼問題嗎？它們為什麼不能自己做這些事，非得把人叫醒？它們應該夠聰明，不是嗎？」然而她真正想問的是：它們為什麼一定要叫醒「我」？雖然她已經猜到可能的原因——這是這兩個男人做的決定，不是機器人——但她不想逼他們說出這句話。她還記得那個男性笑聲有多醜陋。

「機器人只被設定要修理太空帆，不懂怎麼把帆撕開，我們得重新調整，讓它們願意接受我們意圖離開可能造成的損害，然後用我們新加入的工作項目繼續航行。」

「我可以要點東西吃嗎？」維希說。

「我幫妳拿！」崔斯大喊。

「有何不可？」塔勒塔沙說。

在她吃東西時，三人繼續擬定工作細項，並以冷靜、沉著的態度討論著。維希漸漸放鬆，覺得他們兩個似乎開始以同伴的方式對待她。

安排好工作行程後，他們判定，要把那些帆重新拉起、掛好，大概得花上三十五到四十二個正常工作日。雖然負責船外工作的是機器人，但那些帆可是足足有七萬英里長、兩萬英里寬啊。

整整四十二天！

結果這項工作需要的時間根本不是四十二天。差得可遠了。

距離完工還有一年又三天。

駕駛艙裡的關係沒有太多變化。除了發表些惡劣評語外，塔勒塔沙不會找她麻煩。他在醫藥箱裡找到的東西對他的外表沒有什麼幫助。不過，至少有某些藥吃了後能睡得安穩而深沉。

崔斯成了她的愛人，不過他們的關係是屬於草地上、榆樹下，地球大地涓涓小河邊的純情羅曼史。

有一次，她發現他們在打架，嚇得大叫起來。

「停下來！快停下來！你們不要這樣！」

他們停下毆打對方的動作，她疑惑地問：

「我還以為你們『不能』這麼做——因為那些盒子、防護裝置，還有他們放在我們身體裡的那些東西。」

塔勒塔沙用非常惡劣的語氣決絕地說：「他們是那樣打算的沒錯，但我好幾個月前就把那些東西都丟到船外了。這裡不需要那些玩意兒。」

崔斯的反應很大，彷彿剛剛發現自己竟走進了古代的公有區界，卻渾然無覺。他愣在那兒，瞪大眼睛。等他終於開口說話，聲音裡充滿恐懼。

「這—就—是—我—們—打—架—的—原—因！」

「你說那些盒子嗎？那早就沒了好不好。」

「可是，」崔斯喘著氣說：「每個盒子都應該受到其他盒子保護——它們應該要保護我們不傷害自己——天啊，上帝保佑！」

「什麼是『上帝』？」塔勒塔沙說。

「那不重要，只是個舊字，我從一個機器人那兒聽來的。那我們現在該怎麼做？你打算怎麼做？」

他追問塔勒塔沙。

「我？」塔勒塔沙說：「我什麼也不做，因為什麼事都沒發生。」他還能正常活動的那半邊臉因猙獰的笑容扭成一團。

維希看著他們兩個。

她完全搞不懂現在是什麼狀況，卻仍因那未知的危險感到恐懼。

塔勒塔沙對著他們發出一陣醜陋又陽剛的笑聲。這次崔斯沒有跟他一起笑，只是目瞪口呆地看著塔勒塔沙。

塔勒塔沙彷彿表演了一場勇敢又冷酷的大戲。

「我的班結束了，」他說：「我要去休息了。」

維希點頭，試圖道聲晚安，但一個字也沒說出口。她嚇壞了，卻又滿懷好奇。在這兩種感覺裡，其實好奇心更糟。和她一起待在船上的有三萬多人，卻只有這兩人活著，這裡只有這兩個人。他們一定知道一些她不知道的事。

塔勒塔沙裝出一派瀟灑，吩咐她說：「明天弄點特別的來大吃一頓吧，小女孩，如果妳還記得的話。」

然後他就爬進牆裡。

維希轉向崔斯，從沒想到需要擁抱的竟然是他。

「我好怕。」他說：「我們可以面對太空裡的任何事物，卻沒有辦法接納我們自己。我忍不住認為那個水手大概是自殺了，他的看守人應該也崩潰了，現在真的只剩我們了。」

維希下意識環顧整個駕駛艙。「這裡跟之前沒有差別，就只有我們三個，還有這個小房間，以及船外頭的外界。」

「妳看不出來嗎，親愛的？」他抓住她的肩膀。「那些小盒子能保護我們不被自己傷害，但現在盒子全沒了，我們沒救了。沒有任何東西能保護我們不傷害自己——還有什麼東西比人更會傷害人？更能殺人？還有什麼會比自己更危險？」

「也沒那麼糟。」她試著掙脫。

他沒有回話，而是把她拉過來，開始撕她的衣服——全功能布料夾克和緊身短褲，跟他的一模一樣。她努力抵抗，試圖反抗他，然而心裡沒有一絲害怕。事實上，她還比較擔心他。在那個當下，她唯一的顧慮是塔勒塔沙可能會醒來，然後試圖幫她。那樣事情就會變得很複雜。

崔斯沒有很強硬，很快就停手了。

她扶他坐下，兩人一起跌進一張好大的椅子裡。

他淚流滿面，就跟她一樣。

那天晚上他們沒有做愛。

他抽噎著，細聲細語，把舊二十二太空號的故事告訴她。他說，人們前進星群之間，讓沉潛在內心深處的古老事物再次醒來，讓他們的心變得比最漆黑的深太空還要可怕。太空從來不會犯罪，大自然會不斷傳播死亡，但只有人類，會把罪惡從一個世界帶到另一個。沒有了盒子，他們就得正視自己的心，注視那無人認識、無垠無底的人心。

她聽不太懂他在說什麼，但盡力去理解。

在輪班結束很久之後，他終於睡去，落入那來回重複、一次又一次的喃喃自語中。

「維希、維希、不要讓我被自己傷害！我現在該怎麼做？現在，就是現在，該怎麼讓我不會做出可怕的事？我該怎麼辦？我現在好怕我自己，維希，我也怕舊二十二太空號。維希、維希，妳要幫助我保護我自己——我現在該怎麼辦啊，現在、我現在、我現……？」

她沒有答案。他睡著之後，她也睡了。黃色燈光明亮地照耀在兩人上方，機器人面板偵測，結果沒有人類正在「開啟」狀態，於是接手了太空船和帆的全部控制權。

塔勒塔沙在早上叫醒他們。

那天之後——以及後來的每一天，再也沒人提起盒子的事。已經沒什麼好說的了。

但那兩個男人注視彼此的模樣，就像看著毫無血緣關係的野獸，維希則開始輪流注視他們。整個房間籠罩一股氣氛，似乎在說，只要一不小心出差錯就會致命。她從來不知道有這種生命力豐沛的東西存在。它沒有氣味，看不到，也無法以手觸摸。儘管如此，卻再真實不過，或許，那就是人們所謂的危險。

她試著對他們都更親切一點，讓自己體內可以少一點那種感覺。但崔斯變得暴躁、滿懷嫉妒，而塔勒塔沙則總是那副歪了一邊的虛偽笑容。

IV

危險陡然而至。

塔勒塔沙的手蓋了上來，把她拉出睡眠箱。

她試圖反抗，但他像機器一樣無情。

他將她整個人拉出來，翻過身，浮在半空。她整整有一、兩分鐘完全碰不到地板，而他顯然正等在那裡，意圖再次控制她的行動自由。她在空中扭過身體，還在想這到底是怎麼回事，就看到崔斯的眼神追著自己的動作旋轉。她隔了一秒才意識到自己確實看到了崔斯。他被一條緊急纜線綁住，電纜的另一端就繫在牆上其中一根支柱。他比她還要無助。

冰冷而深沉的恐懼向她襲來。

「這算犯罪嗎？」她對著虛無的空中喃喃自語。「你現在對我做的事，算是犯罪嗎？」

塔勒塔沙沒有回話，他狠狠地抓住她的肩膀，將她轉向自己。她打了他一巴掌，他則打回去，力道之猛，她覺得自己的整個下巴彷彿變成一道巨大的破口。

她曾經不小心弄傷自己幾次，醫療機器人總是會衝過來替她治療。除此之外，沒有任何人類傷害過她。到底為什麼——為什麼要傷害其他人？除了男人之間的那些遊戲，這種事根本不會發生！根本不會！不應該是這樣……但還是發生了。

突然之間，她想起崔斯說過的舊二十二太空號，還有人們在太空中失去自我時會發生的事，邪惡意念在他們內心滋長。在人類演化了一百多萬年後，這種邪惡仍如影隨形——甚至一路跟進太空。

罪惡藉著人的軀體重新現身。

她試著跟塔勒塔沙說話。「你真的要像現在這樣鑄下大錯嗎？在這艘船上？這樣對我？」

他的表情難以判讀，因為有大半張臉都僵成一個永不滿足、齜牙咧嘴的笑容。他們面對著面，她的臉頰因為那個巴掌熱辣辣的，但他完好的那半邊臉卻看不出被她打後該有的痕跡。那半邊臉只顯現出力量、警戒，以及某種難以想像、完全不該出現的和諧神情。

最後，他彷彿一面在自己靈魂中神遊，一面回答了她的問題。

「我想做什麼就做什麼，隨我高興，妳懂了嗎？」

「為什麼不直接問我們？」她設法擠出一些句子來。「我和崔斯會完成任何你想做的事，這艘小船上只有我們，最近的地方甚至在幾百萬英里外，我們怎麼可能不去滿足你？放開他吧，跟我聊一下，我們可以為你做任何事。什麼都可以，你有這個權利。」

他笑起來猶如瘋狂的尖叫。

他用臉貼著她，厲聲說話。激動到口沫都飛濺到她的臉頰和耳朵。

「我不要權利！」他對她大吼。「我不要那些本就屬於我的東西，我不要什麼都按照規矩來。妳以為我沒聽到嗎？你們兩個每天晚上都在駕駛艙熄燈後甜言蜜語。妳覺得我為什麼要把方塊丟出船外？為什麼需要力量？」

「我不知道，」她哀傷且溫順地說。她還沒放棄，她想，只要他繼續說話，也許說著說著就會把心裡的結都解開，再次恢復理智。她曾聽過有機器人會燒斷自己的迴路，好讓其他機器人來追殺它們。但她從沒想過這也會發生在人身上。

塔勒塔沙發出一聲低吼。這聲低吼彷彿包含了人類的歷史——他對生命感到憤怒，因為它承諾得太多，給得卻太少；他對時間感到絕望，因為自己一邊受它哄騙，又一邊被它捏揉。他向後倒到半空中，讓自己朝駕駛艙的地板飄去。帶磁性的地毯吸著他衣服布料中絲般的細鐵線。

「妳是不是在想『他可以熬過去的』？」他說。

她點頭。

「妳是不是在想『他會恢復理智，然後不再來找我們兩個的麻煩』？」

她再次點頭。

「妳是不是在想——塔勒塔沙啊，只要等我們到達暮色世界，他就會恢復正常，那裡的醫生也會治好他的臉，然後我們又可以幸福快樂了。妳就是這樣想的對不對？」

她還是點了頭。她聽見身後嘴巴被塞住的崔斯發出一陣響亮的呻吟，但她不敢把視線從塔勒塔沙那張毀壞、可怕的臉移開。

「聽好了，維希，情況不會這樣發展。」他說，語氣之決絕，甚至到了冷靜的境界。

「妳到不了那裡的，維希。我要做我必須做的事，我要對妳做從來沒有人在太空中做過的事，然後把妳的身體從廢棄口丟出去。在殺掉崔斯以前，我會讓他在旁邊看，然後——妳知道我要做什麼嗎？」

某種奇怪的情緒——可能是恐懼——讓她喉嚨的肌肉一陣緊繃。她口乾舌燥，幾乎說不出話。「不知道，我不知道你要做什麼……」

塔勒塔沙兩眼發直，好像正注視著自己的內心。

「而我也不知道，」他說：「可是我確定那不是我會想做的事。我完全不想。那些事殘暴又麻煩，而且等到一切結束，就沒有妳或他可以陪我說話了。但是，那是我必須完成的事，那是正義，雖然手段有點怪。你們是壞人，所以必須死。我也是壞人——但如果你們死了，我就不會變得那麼壞。」

他露出爽朗的表情抬頭看她，彷彿覺得自己非常正常。「妳有聽懂我的話嗎？哪怕只有一丁點？」

「不、不、不——」維希結巴了。她沒辦法控制自己。

塔勒塔沙盯著她，像是正注視著一張將令他犯罪的臉龐，以接近雀躍的語氣說：

「妳最好還是聽懂，畢竟要為此而死的人是妳，接著是他。在很久以前，妳對我做了一件錯事，一件很骯髒、讓人無法忍受的錯事。不是，不是正坐在這裡的妳。如果要做出當初妳對我做的事，妳現在的年紀還不夠大，也不夠聰明。做出那件事的人不是現在這個妳，是實際的、真正的妳。可是現在，妳就要遭受刀割、火燒、窒息死去、再用藥救回，然後再次被刀割火燒被痛苦傷害——只要妳的身體還能忍下去。等妳的身體停止運作，我會穿上救難衣，把妳的屍體和他一起推到太空。他可以活著出去——無所謂，我不在乎，反正沒穿太空衣不過只是多吸兩口氣。然後我的正義就算完成一部分了。人們把這叫做犯罪，但其實它就是正義，是從人類內心深處生出的正義。這樣妳懂嗎，維希？」

她點頭，搖頭，又點頭。她不曉得到底該怎麼回應。

「然後啊，我還有一些事情得做，」他用某種愉快的語調繼續說：「妳知道船外面有什麼東西正等著我犯下這些罪嗎？」

她搖搖頭，讓他自己去回答這個問題。

「有三萬人正待在各自的個人艙裡，跟在這艘船後面。我會把他們兩個兩個放進來，年輕女孩都是我的，其他的就都扔進太空。然後，我會在那些女孩身上發現——發現我一直以來必須做，卻始終一無所知的事到底是什麼。我毫無頭緒啊，維希——直到我在太空中遇見妳。」

他沉迷在自己的思緒中，聲音變得輕飄飄；扭曲的那半邊臉始終笑著，而靈活的那半邊則像在沉思著什麼，有些憂鬱。就是因為這樣，她才覺得他心裡可能還有能說理的部分——只要她反應夠快，能想像得到那是什麼。

她的喉頭仍相當乾燥，只能努力地用氣音對他擠出幾句話：

「你討厭我嗎？為什麼要傷害我？你討厭女孩嗎？」

「我不討厭女孩，」他整個爆發。「我討厭的是自己。這是我在太空中了解到的。妳不是人，女孩都不是人，她們軟軟的，很漂亮，又可愛，讓人想抱在懷裡，感覺暖呼呼。但她們沒有感情。在臉壞掉以前，我也長得很帥，但那都不重要。一直以來我都知道女孩不是人，她們比較像機器人，全世界的權力都屬於女孩，她們卻什麼都不用煩惱。男人得順從、得去懇求、去受苦，因為他們生來就是要受折磨、滿心抱歉，然後乖乖聽話，而女孩只要漂漂亮亮地微笑，或把好看的腿交叉著，男人就會放棄他過往渴望和努力爭取來的東西，只為成為她的奴隸。然後那個女孩——」說到這裡，他又開始用高昂、尖銳的聲音大吼大叫——「然後那個女孩就可以當女人、生小孩，讓更多女孩來糾纏男人，讓更多男人成為女孩的犧牲者——更多奴隸、更多殘忍——妳對我好狠啊，維希！殘忍到連妳都不曉得自己有多冷酷。如果妳知道我有多想要妳，一定會像正常人一樣覺得痛苦。可是妳並不痛苦，因為妳是個女孩。好了，妳馬上就會知道答案了：妳將受盡苦痛，然後死去。不過在那之前，妳會先了解男人對女人會有什麼感覺。」

「塔拉，」她用鮮少使用的暱稱叫他。「不是這樣的，塔拉，我從來就沒有要讓你痛苦的意思。」

「妳當然沒有。」他立刻回嘴。「女孩都不知道自己做了什麼，女孩就是這樣的人。她們比蛇還惡劣、比機器還過分。」塔勒塔沙氣得不得了，在這外界深空之中，在這瘋狂崩潰的邊緣，他猛然站起，速度之快，整個人一下子橫過空中，還必須在快撞到天花板前把自己停下。

此時，駕駛艙裡發出某個聲音，兩人同時轉過頭看：崔斯正試圖掙脫——但這只讓事情變得更糟。維希朝崔斯飛去，但被塔勒塔沙一把抓住肩膀。他把她扳過來，那張可憐而且悲慘的臉上，兩隻眼睛死死地瞪著她。

維希曾經想著死亡可能的模樣。此時她想：

大概就是這樣了吧。

她的身體仍在船艙中跟塔勒塔沙扭打，被手銬和口銜綑綁住的崔斯發出掙扎的低吼，她試著去抓塔勒塔沙的眼睛，但那股關於死亡的念頭讓她飄開了，飄得很遠、很遠，深深躲進心裡。躲到一個無論發生什麼事，都不會受人影響的地方。

在深沉、縹緲的無意識中，有一段話流進她腦海：

小姐啊，若有男人
來糾纏妳，妳可以
想著藍色，
數到二，
再去找一隻紅色鞋。

要想著藍色並不難，她只要把黃色的駕駛艙燈光想像成藍色就行。數「一、二」則是世上最簡單的事。即使塔勒塔沙使盡力氣想抓住她還能活動的手，她依舊能想起自己在《瑪西牙和月球人》中看過的那雙最美最美的紅鞋。

燈光瞬間變暗，控制面板的音量震天價響，對著他們大吼：

「緊急狀況，最高緊急狀況！人類毀損！人類毀損！」

塔勒塔沙嚇傻了，下意識鬆開了她。

控制臺彷彿海妖般不斷對他們嚎叫著警報。電腦彷彿溢滿哭聲。

塔勒塔沙直直看向她，換了個口氣，與先前那高昂又停不下來的怒意天差地遠。他冷靜而警覺地問：「妳的方塊——我漏掉妳的方塊了嗎？」

牆上響起一陣敲門聲。船外是幾百萬英里的虛無，什麼都沒有，卻有人從那兒敲著牆。

有個他們從來沒看過的人走進船裡，穿過雙層空心牆，彷彿那不過是一片比較濃密的霧氣。

那是個男人。中年，尖臉，身材與四肢都很強壯，衣著老派。他腰上掛著一整排武器，手裡舉著一根鞭子。

「你，那邊的，」陌生人對塔勒塔沙說：「把他解開。」

他用鞭子的握柄指了指還被綁著並塞住嘴的崔斯。

塔勒塔沙從驚訝中回過神。

「你不是真的，你只是方塊的幻覺！」

鞭子呼嘯而過，塔勒塔沙的手腕上出現長長一條紅色鞭痕。他還來不及再開口，血滴已經飄在他身邊的空中。

維希一句話也說不出來。她的腦袋和體內似乎都一片空白。

她朝著地板的方向一墜，然後看到塔勒塔沙晃動了一下，走向崔斯，開始鬆開他繩子上的那些結。

當塔勒塔沙拿掉塞在崔斯嘴裡的東西，崔斯立刻對著陌生人（而非塔勒塔沙）說：

「你是誰？」

「我不存在，」陌生人說：「但如果我想，我可以殺掉你們任何一個。你最好照我的話做。聽好了，你也一樣。」他稍微轉過身，看著維希補充道：「妳也是，因為喊我出來的人就是妳。」

三人專注聽著，剛才的憤怒已完全消失。崔斯揉著手腕，甩甩手，讓血液恢復循環。

陌生人以優雅的動作轉回去，大部分的話都是直接對著塔勒塔沙講的。

「我是從這位年輕女士的方塊中分流出來的。你們有注意到燈光變暗嗎？堤加—布拉斯在她的冷凍箱裡留了一顆假的方塊，把我另外藏在船上。當她對我想出解鎖的念頭時，會同時產生一瞬的微伏，要求我的終端電腦送出更多電力。我是由某隻小動物的大腦製成，但擁有堤加—布拉斯的人格和力量，能夠存活十億年。當電流達到最強，你們的心智就會產生一股扭曲的力量——那就是我。」他說——並特別跟塔勒塔沙解釋。「我並不存在，但如果我真的需要掏出那把不存在的手槍，對著你的腦袋射擊，以我的控制力，完全足以讓你的骨頭聽我命令。到時，你的頭殼會出現一個洞，你的血跟腦漿會從裡頭往外噴——就像現在從你手上流出來的血一樣。要是不相信，你可以看看自己的手。」

塔勒塔沙拒絕低頭。

陌生人用非常從容的語氣繼續說：「我的手槍不會射出子彈或射線，不會爆炸，不會跑出任何東西——什麼都沒有。但你的身體會相信這件事，即使腦袋不信，也會一樣；你的骨骼會相信我，不管你覺得那是真的或假的。我現在正在對你身上的每一個細胞說話，與任何我認為是活物的東西進行溝通。如果我對著你想像一顆子彈，你的骨頭就會被那個想像中的傷口拉開，皮膚會破裂、湧出血液；你的大腦會整個噴散開。讓它們產生反應的並不是物理上的力道，而是它們與我的溝通連結——最直接的溝通連結。傻瓜，那或許不是真實的暴行，但照樣能達到我的目的。這樣你懂了嗎？看看你自己的手吧！」

塔勒塔沙沒把眼神從陌生人身上移開，但說話的語調異常冰冷。「我相信你。我想我應該是瘋了。你要殺我嗎？」

「我不知道。」陌生人說。

「你是人還是機器？」崔斯說。

「我不知道。」陌生人對他說。

「你叫什麼名字？」維希問：「他們造出你，然後把你和我們一起送過來，他們有幫你取名字嗎？」

「我的名字是施桑❼。」陌生人向她鞠了個躬。

「很高興見到你，施桑。」崔斯伸出手。

他們握手。

「我可以感覺到你的手。」崔斯訝異地看著另外兩人。

「我真的可以感覺到他的手欸。」陌生人笑了。「你們在太空裡的這段時間到底都在幹麼？我還有工作得做，不閒聊了。」

「現在你是老大，」塔勒塔沙說：「你要我們做什麼？」

「我還不是老大，」施桑說：「至於你們，你們要去做你們必須做的事。人類的本性如此，不是嗎？」

「但是，請你——」維希說。

❼ Sh'san。來自中文的十三。

陌生人消失了，太空船駕駛艙中又只剩下他們三人。崔斯的口銜和繩子終於飄到了地毯上，而塔拉的血仍緩緩浮在一旁的空中。

塔勒塔沙非常沉重且鬱悶地說：「好了，我們撐過去了。你們覺得我發瘋了嗎？」

「『發瘋』？」維希說：「我不懂這兩個字的意思。」

「思考受損，」崔斯向她解釋，然後轉向塔勒塔沙，語氣非常嚴肅。「我認為——」但他的話被控制臺打斷，小小的鈴聲響起，有個燈號發出光芒。他們都看到了。燈號上亮著訊息：訪客來訪。

儲藏室的門打開，一個美麗的女人走進駕駛艙，她看他們的眼神很熟悉，彷彿認識所有的人。維希和崔斯有點嚇到，但只是覺得很怪。而塔勒塔沙卻是一臉茫然，面色死白。

V

維希看得出來，那女人穿的洋裝樣式早在上個世代就消失了——這種款式現在只能在故事盒裡看到。裙子的後背全空，一整片用色大膽的彩妝從女人的脊椎向外擴散；而洋裝的正面就跟其他款式一樣，從鑲在胸前較低而且豐腴的磁鐵垂片垂綴而下。不過，女人的垂片位置在鎖骨上方，所以洋裝拉得很高，散發一絲老派的拘謹氛圍。肋骨下方的垂片則在原位，固定著底下一大片寬鬆柔和的裙襬，裙褶彷彿未經熨燙定型。她戴著來自異世界的珊瑚項鍊和手鐲，個個都成對。她看也不看維希，直接走向塔勒塔沙，說話的語氣裡帶著一種不容反駁且蠻橫的關愛。

「塔爾，乖一點，你最近不太聽話啊。」

「媽媽，」塔勒塔沙倒抽了一口氣。「妳不是已經死了嗎！」

「別跟我頂嘴。」她的語氣十分嚴厲。「當個乖孩子，照顧好那個女孩。那個小女生在哪兒？」她四下張望，終於看到了維希。「就是這個女孩。」她補充道：「當個乖孩子，對那女孩好一點兒。要是你不乖，媽媽會傷透心，媽媽的人生都會完蛋；你會傷透媽媽的心，就像你爸那樣——不要讓我再說一次了。」

她傾身吻他額頭。就在那瞬間，維希似乎看到他兩邊的臉都扭了一下。

女人站起身，環顧四方，對崔斯和維希禮貌地點點頭，然後就走回儲藏室，順手將門帶上。

塔勒塔沙跟在她後面衝了過去，奮力拉開門，然後又「砰」一聲將它甩上。崔斯在他身後喊：「別在裡面待太久，你會凍僵的。」

崔斯轉頭對維希說：「這都是妳的方塊做出來的。那個施桑，他是我看過最強大的守護者，妳的看守人一定是個天才。是說，妳知道他為什麼會這樣嗎？」他用頭示意了一下那扇緊閉的門。「他曾經跟我提過一次，雖然講得很含糊，不過他是媽媽帶大的。他出生在小行星帶，但她沒把他交出去。」

「你是說他『自己的母親』？」維希說。

「對，遺傳學上的母親。」崔斯說。

「好噁心！」維希說：「我從來沒聽過這種事。」

塔勒塔沙回到房間，對他們不發一語。

那個母親沒再出現過。

不過，那個烙印在方塊裡的擬真人施桑，仍不斷對著他們展現他的權威。

瑪西牙在三天之後出現，和維希聊了半小時，聊她和月球人的冒險故事，然後就又消失了。瑪西牙從來沒假裝自己是真的。就一個真人而言，她長得太美了：瀑布似的濃密金髮像皇冠一樣纏繞在她形狀完美的額頭上方，深色眉毛在棕眼上方形成一道弧，再加上那個讓維希、崔斯和塔勒塔沙都好喜歡、調皮又可愛的微笑。瑪西牙大方坦承，自己是故事盒劇集中的虛構女主角。塔勒塔沙已經從幻影施桑和他的幽靈母親造成的震驚中冷靜下來。他問了瑪西牙問題，似乎急於搞懂這現象的原理。

她也非常樂意回答它們。

「妳是什麼東西？」他以命令的語氣問，完好的那半邊臉露出親切笑容，比陰沉著一張臉還可怕。

「我只是一個小女孩呀，傻瓜。」瑪西牙說。

「但妳不是真的。」他強調。

「的確不是，」她坦白承認。「但你是嗎？」她的笑聲很快樂，很女孩子氣，像個將迷惘的大人用矛盾的情緒困住的青少年。

「聽著，」他繼續說：「妳知道我的意思。妳只是維希在故事盒裡看過的某個東西，可是妳卻跑了出來，送了她幾隻想像中的紅鞋子。」

「你可以等我走了再去摸摸看那些鞋子。」瑪西牙說。

「那表示它們是方塊用船上的東西做出來的。」塔勒塔沙自信滿滿。

「也是有這種可能噢。」瑪西牙說。

「我是不懂船，但我猜他就是這樣做的。」

「不過，就算鞋子是真的，妳卻不是，」塔勒塔沙說：「當妳『離開』我們的時候，會去哪裡？」

「我不知道。」瑪西牙說：「我只是來找維希的。當我離開的時候，我想應該就是回到我來這裡之前的地方吧。」

「那裡是哪裡？」

「哪裡都不是。」瑪西牙說，她看起來很立體，又很真實。

「哪裡都不是？所以妳承認自己什麼都不是囉？」

「如果你希望我是那樣，我就是囉。」瑪西牙說：「不過我覺得這種討論實在沒太大意義。在你來這裡以前，你又在哪裡？」

「這裡？你是說上這艘船以前嗎？我在地球上。」塔勒塔沙說。

「那在來到這個宇宙之前呢，你在哪裡？」

「我還沒出生，所以不存在。」

「這樣啊，」瑪西牙說：「那其實就跟我差不多，只是有些細節不同。在我存在之前，我不存在；當我存在時，我就在這兒。我是維希的人格發出的回音，負責讓她記得自己是個年輕又漂亮的女孩。就是這樣囉！」

瑪西牙又開始回頭講她和月球人的冒險，維希著迷地聽著那些並未收錄在故事盒版本中的故事。瑪西牙說完後，握了握兩個男人的手，輕輕啄了維希左臉頰一下，穿過船殼，走進太空那嚇人又教人發狂的虛無中。太空帆在天堂般的景色中遮去一小塊面積，形成一個毫無星光的菱形。

塔勒塔沙用拳頭擊打自己另外一隻手。「科學已經發展得太進步，為了以防萬一，他們絕對可以殺了我們。」

崔斯極為冷靜地說：「那你之前做的那些事，又算什麼？」

塔勒塔沙陷入憂鬱，沉默不語。

幻影出現的第十天過後，它消失了。方塊用自己擁有的能力將它導向一個決定性的決策點。很顯然，方塊和太空船的電腦以某種方式相互填補了資料。

這回，走進來的是一名太空艦長。灰髮，滿是皺紋，精神抖擻，因為承受過千萬個世界的輻射而皮膚黝黑。

「妳知道我是誰。」他說。

「是的，長官，您是艦長。」維希說。

「我不知道你是誰，」塔勒塔沙說：「而且我不確定我該不該相信你。」

「你的手好了嗎？」艦長促狹地問。

塔勒塔沙不發一語。

艦長要求所有人的注意。「聽著，現在的你們無法活著抵達航線上的任何星球。我要崔斯設定間隔為九十五年的巨型塑時，然後我會看著他替你們兩個設定一次五年的值班期，這時間應該足夠去設定太空帆、檢查纏在一起的個人艙繩，然後送出報告信標。這艘太空船應該要有個水手，但這裡的設備不足以把你們任何一個人變成水手，所以我們得讓你們三人都睡在冷凍床上，然後把賭注下在機器人的駕駛技術上。你們的水手是死於血栓，機器人在叫醒你們之前，就把他推出駕駛——」

崔斯的表情抽動了一下。「我以為他是自殺的。」

「完全不是。」艦長說：「現在，聽好了：如果你們服從命令，大約三個睡眠週期後就能到達目的地，不聽的話，就永遠也到不了。」

「我無所謂，」塔勒塔沙說：「但這個小女孩得在還能活著的時候到達暮色世界。有一個突然跑出來的幻影叫我要好好照顧她，不要管其他的事，這麼做的確是對的。」

「我也這麼覺得，」崔斯說：「在看到她跟那個叫瑪西牙的孩子說話前，我完全沒意識到她還只是個小孩。也許有天，我會有個像她這樣的女兒。」

對於這些話，艦長沒有說什麼，但這個睿智的老人對他們露出一個歡欣愉悅的笑容。

一個小時後，他們將整艘船檢查一遍，三人準備要躺上各自的冷凍床。艦長過來對他們做最後的道別。

塔勒塔沙直接說道：「長官，我真的忍不住想問——你到底是誰？」

「我是一個艦長。」艦長馬上回應。

「你懂我的意思。」塔拉疲倦地說。

艦長似乎檢視了一下自己的體內。「我是被你們稱為『施桑』的人格，是從你們的腦中創造出來，暫時性的人工人格。施桑還在船上，但他躲著你們，避免受到你們傷害。他身上刻印了某個男人的性格印紋，那是一個真實的存在，是個名叫堤加－布拉斯的男人。他身上同時帶有五、六個強大的太空警官的人格，以防哪天會需要用到那些技能。施桑靠著少量靜電維持戒備，若有需要，他的觸發機制會向船上的供電系統要求更多電力。」

「但他是誰？你又是誰？」塔勒塔沙繼續說，語氣近乎懇求。「在我差點犯下極為嚴重的罪行時，你們這些幽靈就這樣冒出來救了我。難道你們只是幻覺嗎？你們是真的嗎？」

「這已經算是哲學問題了。我是科學創造出來的，這種事我不懂。」艦長說。

「拜託，」維希說：「能不能告訴我們，對你而言，這到底是怎麼回事？我指的不是它『是』什麼，而是你覺得它『像』什麼。」

艦長陷入萎靡，彷彿所有的訓練與紀律都從他身上消失，突然變得非常蒼老。「我想，在說話或做事的時候，我覺得自己就跟其他艦長沒兩樣，但只要一停下來想這件事，我就會發現自己變得非常沮喪。我知道我只是你們腦中的回音，是輸入方塊裡的那些經驗和智識的產物，所以我想，我還是會做真實的人類會做的事，其他的就不去深究太多。我做的都是我份內該做的，」他挺起腰、站直身體，重新變回原來那樣，然後又重複了一次。「都是我份內該做的。」

「那麼，施桑，」崔斯說：「你覺得他怎麼樣？」

敬畏的神情——幾乎可說恐懼——在艦長的臉上蔓延開。「他？噢，他啊，」因為蘊含驚嘆的情緒，他的語氣似乎變得豐富，在太空船小小的駕駛艙中不斷迴盪。「施桑，他是所有念頭的發想者，是活過生命本身的『活者』，是所有事物的操縱者。他比你們最強烈的想像更強大，他讓我從你們的腦袋裡活了起來，事實上——」艦長用盡最後一分力氣。「他是一顆用塑膠層層疊加、保護起來的老鼠大腦！而我根本不曉得自己是誰！大家晚安！」

艦長整了整頭上的帽子，直接鑽進船殼。維希跑向觀景窗，但船外空無一物，什麼都沒有。當然，也沒有什麼艦長。

「除了聽話之外，」塔勒塔沙說：「我們又能怎麼樣呢？」

他們照做了。三人爬上各自的冷凍床，塔勒塔沙幫維希和崔斯接上正確的電極，然後才躺下接上自己的。蓋子降下時，他們親暱地叫著彼此的名字。

然後便沉沉入睡。

VI

在航行的終站，暮色世界的居民將個人艙匣聚集起來，收起太空帆，並接納了這艘太空船，直到確定所有的沉睡者都安然落地，才將他們喚醒。

一起在駕駛艙裡入睡的那三人一起被叫醒。維希、崔斯和塔勒塔沙忙著回答死去的水手以及如何修補太空帆等問題，還有在旅途中遇到的那些甚至沒時間討論的麻煩事。港口的醫生想辦法將塔勒塔沙的臉復原，他看起來又老又年輕，然而氣質異常高貴。維希終於發現他原來長得這麼英俊。最後，則是崔斯找到了一點空檔，跑來跟她說話。

「再見了，小鬼。」他說：「回學校讀點書，替自己找個好男人吧，很抱歉。」

「抱歉什麼？」維希心中突然升起一股令她感到糟糕透頂的恐懼。

「抱歉我在出狀況前跟妳那樣親熱。妳還只是個孩子——但妳是個善良的孩子。」他用手指梳了梳她的頭髮，轉身離開。

她站在那兒，在某個房間的正中央，突然感到極度孤獨。她希望自己能哭得出來。在這趟旅程中，她到底幫上了什麼忙呢？

塔勒塔沙悄悄來到她面前。

他伸出手；她握住他。

「這需要一點時間，孩子。」他說。

他也叫我『孩子』？她默默地想，然後禮貌地對他說：「也許我們會再見面，這個世界挺小的。」

他整張臉亮了起來，露出一個不可置信的欣喜笑容。單單因為那半邊臉已不再癱瘓，一切就變得非常不同。他看起來一點也不老。不是真的老。

他的聲音稍微有些緊張。「維希，別忘了，我都記得。我記得差點發生的那件事，我記得我們認為自己看到了什麼——也許我們真的看到了那些東西。在這個世界，我們不會再看到它們了。但我要妳記住，妳救了我們所有人。妳救了我，崔斯，還有跟在後頭的三萬多人。」

「我？」她說：「我做了什麼？」

「妳幫了我們一把，讓施桑開始運作。這些都是透過妳才完成。如果不是因為妳的誠實、善良和友善，如果不是因為妳這麼聰明，沒有一顆方塊能起任何作用。這並不是因為某隻死掉的老鼠對我們展現奇蹟，而是妳的心和善良救了我們。方塊只是為妳加上聲光效果而已。我告訴妳，如果不是因為有妳在，我們的下場就會變成兩個死人拖著三萬具腐敗的屍體，一路航進偌大的虛空。妳救了我們所有人，也許妳自己不知道，但妳確實這麼做了。」

某個公務員拍了拍他的手臂，塔拉很有禮貌，卻也堅決地對那人說：「請稍等一下。」

「我想就這樣了。應該吧。」他對她說。

她壓不住一股想唱反調的念頭。雖然可能一說出口就會讓情況變得很不愉快，她還是說了。「那你……那時候……說的那些關於女孩子的話呢？」

「我記得。」他的臉一陣扭曲，彷彿瞬間又回到本來那副醜陋的模樣。「我記得。但我錯了。是我錯了。」

她看著他，腦中默想著藍色的天空，想著他身後的兩扇門，和她行李箱裡的紅色鞋子，但沒有任何奇怪的事情發生。沒有施桑、沒有聲音、沒有神奇的方塊。

除了——他又轉身回來對她說：「這樣吧，讓我們先確定下禮拜還能見到面。櫃臺那些人可以告訴我們之後會到哪裡去，我們去問他們，這樣以後還能找得到彼此。」

他們一起走向入境櫃臺。

9 自虛無歸來的上校

I 赤裸與孤獨之人

我們從醫院門板的窺視孔看進去。

哈肯寧上校又把睡衣脫掉、臉朝下、赤裸裸地躺在地板上。

他的身體硬梆梆的。

他把臉狠狠向左轉，脖子上的肌肉線條看得一清二楚；他的右手從身側伸出來，手肘彎曲成直角，前臂和手掌直指上方；他的左臂也筆直地指向外面——不過手掌和前臂是朝下，跟身體平行。

他的雙腿用滑稽的姿勢模仿著奔跑的動作。

只不過，哈肯寧並沒有在奔跑。

而是平躺在地板上。

感覺就像是，他正努力地把自己從三次元擠出去，只躺在二次元世界，平平扁扁。果斯貝克後退，把窺視孔的位置讓給季馬費耶夫。

「我還是覺得他需要來個裸女。」果斯貝克說。他的腦子老是在想這些單純的事。

我們用上了阿托品，也動手術，還有毛地黃屬中所有的麻醉藥，電療、水療、次音速熱衝擊治療法、視聽衝擊、機器催眠和氣體催眠。

這些對哈肯寧上校完全無效。

我們要是把他拉起來，他就躺下；給他穿衣服，他就脫掉。

我們帶他太太來看過他。在全世界都宣稱他以英雄身分死於浩瀚的虛無太空，她曾為他哭泣。然而他奇蹟似的歸來，震撼了地球七國，以及金星和火星上的移民基地。

哈肯寧以前隸屬補完機構研究室團隊，他是他們開發的新式裝置的試駕飛行員。

他們稱那個裝置為「塑時機」，但有一小群人稱之為「介面重塑」。

雖然那東西的目的很簡單，但我完全無法理解它背後的理論。大致來說，該理論試圖將生物體壓縮成二維結構，並讓這個活生生的軀體與附屬其上的物質，跳躍到遠得不可思議的太空深處——也就是以我們現在的科技至少要花一世紀才能到達的最近恆星，半人馬座 α。

戴斯蒙（也就是哈肯寧）在補完機構總長團底下，擁有名譽上校的頭銜，是我們最好的太空領航員之一。視力完美、心智冷靜、體能精良、經歷一流。還有什麼好挑剔的？

人類用了一架不比一般家用電梯大多少的太空船，把他送上太空一分鐘——而他就在地球和月球之間、在數百萬遠距觀眾注視著航道的狀況下——消失了。

我們猜測，他已經開啟了塑時功能，成為第一位進行介面重塑的人。

再也沒人看過那架飛行器。

但我們找到了上校，一塊肉都沒缺。

他赤裸地躺在紐約中央公園，就在古遺址往西約一百英里的地方。

而且躺成我們在醫院病房看到的那個可笑姿勢：一隻人形海星。

四個月過去，我們對上校的理解甚微。

讓他活著不難。我們從直腸和靜脈大量餵食他醫療與生存必需品。他沒有阻止我們，也不會抵抗，除非我們把衣服穿在他身上，或是讓他離開平面太久。

如果長時間維持直立狀態，他人會清醒一點——正好讓他進入瘋狂狀態，或沉默狀態，或趾高氣昂脾氣壞，開始反抗護士、約束衣，以及任何擋了他路的東西。

有一回，那可憐的男人被折磨了一整個禮拜，紮紮實實被帆布綁著，每分每秒都在試著掙脫，好回到那個噩夢一般的姿勢。那段日子恍如地獄。

上禮拜他妻子來看他，但結果也不怎樣——至少跟果斯貝克這禮拜提出的提議沒差多少。上校完全不在意她，就像一點也不在意我們這些醫生一樣。

如果他真的從群星之間、從月球以外的寒冷地帶、從進入深太空必會感受到的恐懼之中回來；如果他真的去過世上所有活人從未知曉的空間，並以一種看起來是他、但其實完全不是他的狀態回來，按照現今人類擁有的這些陳腐知識，我們又怎能妄想將他喚醒呢？

當季馬費耶夫和果斯貝克不知道第幾千次探視完上校，回來向我報告，我告訴他們說，我認為正常的方式應該無法在該案例身上取得任何進展了。

「我們重新來過吧：這男人在這裡，但他又不可能在這裡。因為沒有人可以從群星之間回歸——還赤裸得像剛出娘胎一樣——甚至輕輕從太空降落到中央公園，連個擦傷都沒有。由此得證，他其實不在那個房間裡，我們其實也沒在討論任何事物，也沒有什麼要解決的問題。這樣對不對？」

「不對。」他們異口同聲地說。

我轉向比較一板一眼的果斯貝克。「那就換你的方式來說。他在這裡：大前提。他不可能在這裡：小前提。我們不存在，證明完畢——這樣有比較好嗎？」

「報告長官、醫生、主席、領導者，沒有。」果斯貝克說。即使他很火大，還是謹守禮儀。「您想讓這個案子的脈絡無效化，然後導向非正統療法。主啊！天國在上！長官！我們不能再朝那個方向去了。那人瘋了。他是怎樣進到中央公園都沒關係，這個問題要問工程師，而不是問醫生。他發瘋的這件事才屬於醫學範圍。我們可以試著去治療，或不要去治療，但如果把醫學跟工程混在一起——」

「也沒那麼糟。」季馬費耶夫溫溫地插了話。

做為同事，他的年紀比較大，有權用較短的頭銜稱呼我。他轉向我。「我同意你的話，安德森——長官、醫生。這個男人的身心狀態已跟工程學混在一起。畢竟他是第一個搭塑時機出去的人，不管是我們、工程師或其他任何人，對於他到底出了什麼事，其實一點概念也沒有。工程師找不到機器，我們找不到他的意識；請把機器留給工程師處理吧。在這件事上，讓我們堅持醫學立場，好嗎？」

我不發一語，等著他們消氣，等他們冷靜到可以跟我講道理，而不只是出於絕望亂吼亂叫。

他們看著我，繃著一張臉，保持沉默，想讓我自己主動提出這令人煩厭的建議。

「把病房的門打開，」我說：「看他那個姿勢也是跑不到哪裡去，他就只想躺平而已。」

「躺得比長城上的蘇格蘭煎餅還要平，」果斯貝克說：「但是，一直讓他那樣平平的，也不會有任何進展。他曾經是人類，唯一能讓人成為人的方式，就是要帶出他屬於人類的一面，而不是讓他維持在外太空時被硬加到身上的詭異姿勢——不管他到底去了什麼鬼地方。」

果斯貝克好像一瞬間想到什麼笑點，一下子笑歪了嘴。「我們可不可以說他是躺在外太空的地板上呢——長官、醫生、主席、領導者？」

「還算貼切，」我說：「你之後再試試你的裸女計畫，但坦白講，我不覺得那會有效。除非擺成那種怪姿勢，不然那男人的腦容量連最基本的無脊椎動物都比不上。只要沒在動腦，就等於沒在看；沒在看的話，不管是女人還是什麼東西，他都不會意識到。他的身體是沒問題，問題出在腦袋。我還是認為，關鍵在於怎麼進入他的腦子。」

「或進入他的靈魂。」季馬費耶夫低聲說。他的全名為赫博・胡佛・季馬費耶夫，來自全俄羅斯最虔誠的地區。「有時就是沒辦法不去管靈魂啊，醫生……」

我們進入病房，站在那兒，束手無策地看著那個赤裸的男人。

這名病人的呼吸悄然無聲。他雙眼大睜（我們始終無法讓他眨眼睛，連開閃光燈也沒有用）。當他被拉離平面狀態，會表現出一種怪異的原始野性，智力可能比嚇壞、恐慌又發瘋的松鼠還低。假使讓他穿上衣服，或改變姿勢，他就會瘋狂抵抗，對著一切物體和人拳打腳踢。

可憐的哈肯寧上校啊！我們三人是地球上最好的醫生，卻對他束手無策。

我們甚至嘗試研究他抵抗的動作，想看看他在掙扎時肌肉或眼球運動的模式，是否能透露他曾去過哪裡，或遇到什麼經歷。但那也一無所獲。他打鬥的樣子就像九個月大的嬰兒。雖然使出大人的力氣，但章法全無。

我們從沒聽過他發出任何聲音。

他打鬥的時候呼吸會很沉重，唾液有如沸騰般在嘴角邊上發泡；他的手會笨拙地扯開我們替他套上的上衣、袍子和助行器；而在掙脫手套和鞋子的過程中，有時手腳的指甲會刮下自己的皮膚。

他總是回到同樣的姿勢：

躺在地板上。

面朝下。

手腳呈卍字。

這就是從深太空回來的他。第一個成功返回的人，卻又不算真的回來。

當我們無助地杵在那兒，季馬費耶夫提出了那日第一個認真的提議。

「你們敢不敢試試看次級心靈感應者？」

果斯貝克一臉震驚。

這個方式我只敢在腦子裡想想。次級心靈感應者的名聲很差。因為，假使他們被證實並不擁有完整的交流能力，不算真正的心靈感應者，就應該來醫院報到，讓我們把他們的能力拿掉。

他們大多會（實際上也真的）因為古律而躲著我們。

因為心靈感應能力並不完整，他們成為最糟糕的庸醫和冒牌貨。他們假裝能與死者說話，把神經病人當成精神病人在看，只能醫好幾人，卻搞砸超出十倍的病例，而且——總的來說——他們打壞了良好社會秩序。

可是現在……如果其他方法都沒有效……

II 次級心靈感應者

一天之後，我們回到哈肯寧所在的醫院病房，幾乎站在同樣的位置。

我們三人圍在地板上那具赤裸身軀旁邊。

有第四個人跟我們一起。是一個女孩。

找到她的是季馬費耶夫。她是他的宗教團體「後蘇維埃東正教徒」裡的一員。你可以從他們說盎格魯語的方式聽出來。因為他們用的是古英語裡的「汝」，而不是「你」。

季馬費耶夫看著我。

我非常隱諱地對他點了頭。

他轉向女孩。「姊妹，汝可助之？」

那孩子頂多十二歲。小小的女孩，有著長而尖的臉，脣形柔和，還有一雙機靈的灰綠色眼睛；深色的長髮垂在肩上，她的雙手細長，臉上表情豐富。面對眼前這名迷失在自身瘋狂中的裸男，完全不顯訝異。

她跪到地上，直接對著哈肯寧上校的耳朵輕柔說話。

「汝有聞乎，兄弟？我前來相助。我乃汝之姊妹勒安娜。我乃汝於神愛之中的姊妹。我乃汝生於血肉的姊妹。我乃汝於蒼穹之下的姊妹。我乃前來相助的姊妹。我乃汝之姊妹，兄弟。我乃汝之姊妹。若稍清醒，我就能助汝一臂之力。清醒，清醒，傾聽汝之姊妹之言。為了希望與愛，清醒，清醒，清醒，讓愛進入。清醒，讓愛使汝更加清醒，清醒，清醒，好讓眾人觸及於你。清醒，以再次復歸，歸於人之國度。人之國度乃好善之國度。人之友誼乃好善之物。汝之姊妹即為汝友，以勒安娜為名。汝之友在此。清醒，傾聽汝善友之言……」

我邊聽，邊看到她用左手輕柔地比了一下，示意我們離開房間。

我對著兩位同事歪了歪頭，表示該去走廊了。我們踏出門外，但沒走遠，以便繼續觀察。

女孩的吟唱無盡持續。

果斯貝克全身緊繃地站在那裡，用力瞪視著她，彷彿把她看做正規醫學領域的入侵者。季馬費耶夫則試著想露出親切、仁慈和虔誠的氣勢，但到最後也忘記了，以至於只是看起來一臉興奮。我則有些疲憊，並開始思考什麼時機可以讓那個孩子停下來。這情況看起來實在不會有什麼進展。

但她幫我解決了煩惱。

她突然哭了出來。

她邊哭邊說話，聲音被啜泣截斷，淚水從眼角流至臉頰，滴落在臉龐正下方的上校臉上。

上校彷彿陶土做成的塑像。

我可以看到他正在呼吸，但雙眼瞳孔不會移動。他並沒有比過去這幾週更有生氣——沒有更有生氣，也並不更無生氣。

毫無變化。女孩最後停止哭泣，不再說話，走向走廊上的我們。

她直接對著我說：「汝勇者乎？安德森，長官、醫生、主席、領導者。」

這是個傻問題。誰知道要怎麼回答啊？我能說的只有——「應該是吧。妳想要做什麼？」

「我要爾等三人，」她說出的話有一股神聖如女巫的力量。「我要爾等三人戴上光束錨定頭盔，與我共入地獄。這個靈魂已然迷失。受我從未聽聞之力量凍結——凍結於群星之外，星群於是處捕捉了它，據為已有。汝見此可憐之人、可憐之兄弟雖身處吾等所在，其靈魂實悲啜於星群間邪惡罪孽之中，迷失於神愛與人類之友善以外。而汝等勇者，長官、醫生、主席、領導者，可願與我一同行入地獄？」

除了說好之外，我還能說什麼？

III 歸來之人

那夜稍晚，我們從「虛無」之中回來。光束錨定頭盔共有五頂。這個粗糙的儀器能對心靈感應進行機械式的細節校正，把其中一人的神經突觸拋給另一個人，好讓我們五人的思想同步。

那是我初次接觸果斯貝克和季馬費耶夫的內心。他們令我大大吃驚。

季馬費耶夫極度純潔、乾淨、簡單，一如清洗過的床單。他是這樣一名樸素的人，日常生活的急迫與壓力完全沒有進入他心裡。

果斯貝克則非常不同。他就像一座擠滿貓頭鷹的穀倉。生氣勃勃、喋喋不休，暴力憤怒。他內心的某些部分相當髒亂，其他部分則很乾淨。他的生命力有些髒臭，卻又明亮，活力充沛、鼓舞人心。

我從他們那兒捕捉到自己內心的回音。對季馬費耶夫來說，我有些高冷神祕；在果斯貝克眼中，我則像一大塊堅實的煤碳。他無法看進我內心太深的地方。實際上，他也不想。

我們全都朝著勒安娜的感知而去。就在觸及勒安娜心智的途中，我們遇見了上校的心……

我從來沒有見過這麼糟糕的東西。

那是全然原始的歡愉。

身為醫生，我曾見識過歡愉——有毀滅性的嗎啡；致命而且有害的芬奈；甚至是深埋在活體大腦中的電極。

身為醫生，我曾被要求觀看罪大惡極者在法律准許下自殺。進行方式非常簡單：我們在他們大腦的愉悅中樞放一條細電線，那個罪犯就會把頭靠近適當相位和電壓的電場。一切再簡單不過。他會因為數小時的歡愉而死。

而這比那更糟。

這種歡愉甚至不屬於人類。

勒安娜就在附近某處。我在她說話的時候捕捉到她的思緒。「吾等必須前往彼處，爾等長官、醫生、主席、領導者。

「吾等必須一同前往彼處，吾等四人，前往無人之處，前往虛無，前往痛苦的希望與內心，前往此人可能歸來的痛苦之中，參見比這片宇宙更偉大的力量，參見曾將他送回家園的力量，去到非所在之所在，尋找非力量之力量，並要求這非力量之力量放過他的心，將它給予吾等。

「爾等若願意，便隨我去；隨我前往萬物之終結，隨我前往——」

突然之間，我們的心智中出現一片閃電般的亮光。

那是一道燦爛的閃光，明亮又精緻、斑斕又溫和。它遍布所有事物，那純粹的色彩彷彿瀑布，調性柔和，但又明亮至極。光來了。

光來了，我說。

好怪。

然後它不見了。

就這樣。

整個過程發生得之快，甚至無法稱為剎那間——它似乎比剎那還短暫——如果你能理解那是什麼意思的話。我們五人都覺得好像被扶了一把、被誰注視著。我們覺得自己成了玩偶或寵物，被遠超人類想像的巨大生命體掌握著。而那個生命體注視著我們四人——三名醫師與勒安娜——看到我們和上校，似乎意識到上校必須返回他的同類身旁。

——因為，最後起身的是五個人，而非四個。

上校渾身顫抖，但頭腦清楚。他還活著，並且再次恢復為人。他非常虛弱地說：

「我在哪裡？這是地球的醫院嗎？」

——然後跌入季馬費耶夫的懷中。

勒安娜已經溜到門外了。

我隨著她出去。

她轉向我。「長官、醫生、主席、領導者，我只求別道謝、別提金錢、不引注意，並對經歷之事不提一字。我的能力來自主恩典之仁慈，以及人之善意。我不應侵犯醫學領域。若非汝友季馬費耶夫以尋常憐憫之心求助於我，我不會前來。向汝的醫院邀功吧，長官、醫生、主席、領導者，汝等應該忘了我。」

我結結巴巴。「但、但是報告……？」

「隨汝所願，別提到我。」

「可是我們的病人……他也算是我們的病人，勒安娜。」

她綻開了一個屬於少女的甜美笑容，彷彿孩童般親切。「若他需要我，我會來到他身邊……」

這世界變得更好，卻沒有因此更有智慧。

塑時機太空船下落不明，上校的歸來也從未有合理解釋。上校再也沒離開過地球，只記得自己在月球附近按下按鈕，接著就在醫院裡醒來，期間消失的四個月，毫無緣由。

而全世界只知道他和妻子沒來由地收養了一名奇特且美麗的女孩。她來自一個貧窮的家庭，靈魂卻蘊含超乎常人的溫柔與寬容。

10 龍鼠遊戲

1 入座

做錨定傳遞這一行實在有夠蠢。昂底希爾火冒三丈，將門在身後關上。要是人們不懂得感謝你的付出，何必穿上這一身制服，把自己弄得活像個軍人？

在椅子上坐定後，他後仰靠著頭墊，把頭盔拉下來，罩上前額。

他等待錨定傳遞裝置暖機，一邊思考在外頭走廊遇到的女孩。那女孩先看了看牠，又帶了點鄙視地看了看昂底希爾。

「喵。」她只說了這個字，別的話都沒講。但光是這樣就讓昂底希爾心裡很不是滋味。

她把他當成什麼了？呆子？懶鬼？還是穿制服的小嘍囉？難道她不曉得每進行半小時錨定傳遞，他就得在醫院躺至少兩個月嗎？

裝置暖機完畢，他感到周圍的太空成為格狀，他處在一個巨大、立體的網格中央，旁邊空無一物。他可以感覺到，在虛無之中有著宇宙獨特的空洞感，令人隱隱作痛的恐懼感，以及只要碰上一絲惰性微塵，心中都會產生的焦慮感。

他慢慢放鬆，逐漸感受到太陽令人安心的穩定性。月球與各個熟悉的星群彷佛上了發條，持續繞著他轉。我們的太陽系相當簡潔優雅，就像古代的咕咕鐘，總會發出親切的滴答聲與令人放心的雜音，火星那幾顆古怪的小衛星像老鼠般瘋狂繞圈，它們規律的軌道是一種保證，告訴大家一切如常不變。但昂底希爾也知道，黃道面上方遠處，有大約半噸的塵埃正在人類航道外飄浮。

現在這裡沒有必須對抗的敵人，沒有會擾動心靈的事物，沒有什麼東西會來把靈魂從肉體扯離、讓它在血一般黏膩的瘴氣中垂著溼淋淋的根。

沒有插手太陽系的力量。他可以就這麼一輩子戴著錨定傳輸裝置，當一名小小的心靈感應太空人，感受著太陽在他心上搏動、燃燒，以熱氣和暖意保護著他。

伍德利走了進來。

「世界照常運作，」昂底希爾說：「沒什麼好報告。難怪人類要等到介面重塑航行開始之後，才研發錨定傳輸裝置。在這個地方和溫暖的太陽待在一起，一切都太美好、太寧靜了。每個正在旋轉、繞圈的東西你都能感覺到，舒服精確又簡潔。有點像是坐在自己家裡似的。」

伍德利只是哼了一聲。他不是那種天馬行空的人。

昂底希爾的興致依舊很好，他繼續說：「像古時候的人那樣生活一定很不賴，我真搞不懂他們為什麼要用戰爭毀了自己的世界。他們不必用介面重塑航行，不必奔波在星際間討生活，不用躲老鼠，或玩這種你捉我逃的遊戲。他們那時不可能發明錨定傳輸，因為根本沒必要嘛！你說對不對，伍德利？」

「嗯哼。」伍德利還是只用聲音帶過。他二十六歲了，還有一年就能退休，所以早就選好了一塊農場。他在這行已經苦撐了十年，和最優秀的錨定傳遞員共事，他保持理智的方式就是別對工作有太多想法，什麼時候有突發狀況，就直接去面對處理。平常沒有緊急事件，絕對不去想工作的事。

伍德利在「夥伴」中從來不是大受歡迎的人。那些夥伴並沒有很喜歡他，有的甚至對他反感。他們懷疑他有時會對夥伴心生歹念，但因為沒有一個夥伴曾仔細思考過要投訴，所以總長和其他錨遞人員就不太管他。

而昂底希爾還在讚嘆著這個行業，意猶未盡講個不停。「介面重塑時我們到底發生了什麼事呢？你不覺得那有點像掛了嗎？你有見過誰的靈魂被抽出來嗎？」

「靈魂抽出只是一種比喻，」伍德利說：「畢竟，這麼多年來也沒人知道我們是不是真的有靈魂。」

「我可是有見過一次喔，我看過多格水木支離破碎時的模樣。那時他身上流出一種奇怪的東西，看起來溼溼的，有點黏，像是出血——你知道他們怎麼處理多格水木的嗎？他們把他帶走，移到我們都沒去過的醫院頂層，高高地擺在那兒，跟其他人一起。所有被外界的老鼠抓到後還能活下來的人，都會被送到那裡。」

伍德利坐下來，燃起一根古時候的煙管，管子裡燒著的東西叫菸草。抽這種東西是很糟的習慣。不過，這樣的他看起來相當豪邁瀟灑。

「你聽好，年輕人，不需要擔心那種事。錨定傳遞技術一直在改良，夥伴的能力也在提升。我看過一些夥伴，在不到一毫秒的時間就錨炸了兩隻位在四千六百萬英里外的老鼠。假使人類自己執行錨定炸射，至少會受限於人腦操作錨定光束所需的四百毫秒反應時間，我們根本來不及炸飛那些老鼠，同時還要保護好介面重塑太空船。不過，這些夥伴改變了戰局。一旦上手，牠們的反應就比老鼠還快——而且永遠都會比老鼠快。當然，要讓夥伴共享你的心靈的確很不舒服——」

「牠們也不好受啊。」昂底希爾說。

「不必管牠們好不好受，牠們不是人，牠們自己的事就讓牠們去擔心。我見過的錨遞員中，跟那些夥伴廝混、最後發瘋的人，比被老鼠抓到的還多。你認識的人裡面被老鼠抓到過的有幾個？」

昂底希爾低頭看向自己的手指。調整好的錨定傳輸裝置照過來的強光打在指尖上，又綠又紫。他開始數起那些太空船。伸出大拇指：有一艘安卓美達號，船員和乘客連人帶船全沒了。食指和中指：營救艦艇四十三、五十六號被發現時，錨定傳遞裝置已經燒毀，船上人員不分男女老幼，不是死了就是發瘋。無名指和小指頭——再加另一隻手的大拇指：最早被老鼠毀掉的三艘戰艦。當時的人才剛發現太空底下（就是比太空更低的地方）有某種難以捉摸的凶惡生物在活動——下一秒鐘他們馬上被摧毀。

介面重塑的感覺很奇怪，它感覺起來像——

像一些非常幽微、非常細小的東西。

有點像觸電時的微微刺痛。

有點像酸酸的蛀牙初次咬合的疼痛。

有點像一道閃光掃過，稍微刺眼。

就是在那瞬間，重達四萬噸、飄浮在地球上方的太空船突然莫名其妙地消失——或者也可以說它進入了二次元——然後重新出現在半光年到五十光年以外的地方。

然後，在某個時刻，當他坐進作戰控制室，錨定傳輸裝置就緒，太陽系在他腦中依舊持續運作，那道奇怪的光就這麼閃了過去。只消一秒，或是一年（他永遠弄不懂主觀時間到底過了多久），然後，他就在外界之中渙散；在星際間那片可怕的開闊空間中。星星在他的心靈感應中就像一顆顆的青春痘，星球群離他極遠，觸不到，也讀取不了。

在這樣的外太空裡，有著陰森可怕的殺手伺機而動。人類剛開始探索星際空間時，從沒遇過這種恐怖的死神。那些「龍」顯然是因為恆星的光芒才不敢靠近。

龍，人們是這麼稱呼它們的。一般人察覺不到，也毫無感覺，除了介面重塑的振動外，接下來只剩死亡瞬間的重擊，或是突然襲向人心的瘋狂，同時帶來一陣痙攣不止、顫動不斷的黑暗高音。

但對心靈感應者而言，那就是龍。

從心靈感應者察覺看似空無一物的漆黑太空出現帶有威脅的事物，到那陣劇烈、毀滅性的精神波襲來，乃至摧毀太空船上所有生物的心智，其相隔不到一秒。這短短一瞬，心靈感應者會感知到某種事物，一如古代傳說的龍，牠是最難捉摸的狡猾野獸，是確實存在也最恐怖的惡魔，是由星際間空洞、稀薄的物質，以某種手段結合對生命體的渴求與憎惡，得出的產物。

直到有艘船僥倖逃過一死，才帶回相關訊息——這艘船上湊巧有個心靈感應者備好光束，意外朝著無辜的太空微塵發射出去。結果那條龍就這麼從他心靈的全景視域消散無蹤。至於其他乘客——也就是那些沒有心靈感應的人——只是繼續著旅程，渾然不知自己剛剛撿回一命。

自那之後，事情就簡單多了——大致上來說。

介面重塑太空船上會載著心靈感應者，他們藉由「錨定傳輸裝置」——一種針對人類心智改良的心靈感應放大器，將探觸感知的範圍放大到無比寬廣。錨定傳輸裝置會通上電驅動，變成小型的自走光電砲，以光束將問題一次解決。

光束可以毀掉龍，讓太空船有機會重塑，回到三次元型態，繼續飛越、飛越、再飛越，從一顆星球跳航到另一顆。

突然之間，人類獲勝並存活的機率從一比一百的絕對不利，變成六比四的相對優勢。

這樣還不夠。心靈感應者接受訓練，進步至超人般敏銳的程度。必須在不到千分之一秒的時間內偵測到有龍出沒。

不過，人們又發現龍能在兩毫秒內瞬移一百萬英里，比人類心智啟動光束砲的反應還要快。

人類嘗試讓船隨時包覆在光的防護中。

這種防禦不久後便失效。

當人類逐漸了解龍族，龍自然也在研究人。不知怎麼，牠們成功將自己的身軀壓成二維，然後以平直的軌跡迅速闖入。

對付它們需要高密度強光，光照必須達到恆星的強度。這種強光只有光爆炸彈才能產生，於是錨定炸射技術便出現了。

錨定炸射的原理來自引爆反應強烈的微型光核爆彈。將裡面幾盎司的鎂同位素，轉換成純粹的可視光輻射。

人類的勝算持續增加，但是太空船還是難免損傷。

情況曾一度惡劣，連搜救人員都不願尋找失事的太空船，因為他們知道自己會看到怎樣的慘況——真的很可怕。你去搜救，卻只帶回三百具等著埋葬的屍體，以及另外兩、三百個痴呆的瘋子。心智毀損到完全無藥可救，接下來的人生都需要人餵養、幫忙洗澡、哄他們入睡、叫他們起床。日復一日。

心靈感應者曾試圖進入這些受龍殘害的傷患內心，但他們什麼都沒發現，只有不斷從生命源頭的原始火山中噴湧出來、如烈焰火柱般的恐懼感。

後來，「夥伴」登場了。

人和夥伴能聯手完成「一個人」做不到的事。

人有智慧。

夥伴動作夠快。

這些夥伴會搭乘比足球還小的小艇，跟在太空船外側。牠們會和太空船一起進行介面重塑，六磅重的小艇跟在船側，隨時準備出擊。

夥伴的小艇移動敏捷，每一架都搭載了幾十個比頂針還小的錨定炸彈。錨定傳遞員靠心靈連動投射機制，將夥伴直接拋向那些龍——如字面意思，真的就是將牠們丟出去。對人來說像龍的生物，在夥伴的心中只是巨大的老鼠。

在冷漠虛無的太空中，夥伴還是會依據原始本能行動。牠們的本能與生命起源一樣古老。牠們發動攻擊的速度比人類更快。攻勢一波接一波，直到與那些大老鼠戰至你死我亡。而且，幾乎絕大多數的戰鬥都是夥伴獲勝。

太空船的星際跨跳航行有了安全保障，商業交易大幅增加，各殖民地人口上升，於是需要更多經過專業訓練的夥伴。

昂底希爾與伍德利屬於第三代錨定傳輸員，不過他們總覺得自己的技巧一直非常成熟。藉錨定傳輸裝置在心中載入太空的空間，再載入貓夥伴的意識，並調整、收束心靈，一切只為一個終極目標：與龍惡戰一場。然而人的神經突觸無法長時間承受這些操作，所以每次只要戰鬥，昂底希爾就得休養兩個月，也是因為這樣，伍德利才會只工作十年就得退休，他們都還年輕，而且是箇中好手，但他們還是有極限。

選對貓夥伴非常關鍵，決定能選到誰的籤運實在太重要了。

II 洗牌

月木老爹和一個名叫薇絲特的小女孩走進房間。他們是另外兩名錨定傳輸員。作戰控制室所配置的人類成員現在全到齊了。

月木老爹是個臉色紅潤的四十五歲大叔，原本過著下田務農的平靜生活，直到四十歲那年，政府當局才（非常遲地）發現他的心靈感應能力，並允許他以高齡入行，從事錨定傳遞工作。他幹得非常好，但是對這種工作而言，這個年齡簡直是史詩等級。

月木老爹看著一臉陰鬱的伍德利，還有沉默不語的昂底希爾，開口問道：「小伙子，你們今天都還好嗎？準備好要大幹一場了嗎？」

「老爹每次都想大幹一場。」那個名叫薇絲特的女孩咯咯發笑。她年紀非常非常小，笑聲聽來尖銳幼稚。如果要說誰最不該出現在這野蠻又猛烈的錨定轟炸戰，大概就是她了。

昂底希爾曾看過夥伴之中最無精打采、動作也最遲緩那隻，牠在結束與薇絲特的心靈連結後，竟然高高興興地離開。他很驚訝。

夥伴通常不太在乎自己這趟旅程要和哪個人類的心靈配對。人類心思複雜，而且不知怎麼，總是亂七八糟、非常誇張——牠們好像就是這麼看人類的。雖然從沒有夥伴質疑過人類的心智較優越，但牠們也不覺得這有什麼了不起。

夥伴喜歡人類，願意和人並肩作戰，甚至為他們犧牲生命。不過，若是某隻夥伴喜歡上某個特定的人——就像哇嗚隊長或梅女士喜歡昂底希爾——就與智商無關，而是因為性格和感覺了。

哇嗚隊長覺得昂底希爾這個人的腦子很蠢——關於這點，昂底希爾清楚得很。哇嗚隊長喜歡昂底希爾真正的原因，來自他心裡的那份情感——他的親切與友善，不時閃現於潛意識那令人愉快的特質，一點點的調皮與幽默，以及面臨危機時的興奮感。至於那些語言文字、歷史典籍、思想概念和科學理論——昂底希爾可以在心中接收到哇嗚隊長反射回來的印象——全是沒用的廢渣。

薇絲特小姐看看昂底希爾。「我敢打賭，你一定在摸彩球上塗了什麼黏黏的東西。」

「我才沒有！」

昂底希爾覺得自己耳根子發燙，非常不好意思。他還是見習生的時候曾想在抽籤時作弊。那時候他特別喜歡一隻夥伴，是隻名叫「萌」的可愛年輕媽媽。和牠合作真的輕鬆很多。牠和昂底希爾非常親暱，感情好到昂底希爾可以不在乎錨定炸射有多辛苦，完全忘記自己受訓可不是為了跟夥伴共享美好時光。他們的職責應該是一同拚死作戰。

作弊一次就夠你受的了——他被抓到，為此被嘲笑了好幾年。

月木老爹拿起人造皮革做的杯子，搖搖裡頭的石骰。這玩意兒會決定他們在這趟旅程搭檔的夥伴。長者優先。他率先丟出骰子。

老爹的表情皺了一下，他抽到一隻貪婪的硬漢老貓，滿腦子都是食物，腦中有一整片浮著腐臭魚的海洋。月木老爹說，他有一次抽到這隻貪吃怪咖，那些臭魚的影像刻進他心底，氣味濃烈又噁心，害他好幾個星期打嗝都帶著魚肝油味。不過這貪吃鬼對冒險的興趣跟對魚一樣大——牠殺了六十三條龍，是現役夥伴中的最高紀錄。因此，就算付給牠與牠那身肥肉等重的黃金，也非常值得。

下一個抽籤的是薇絲特。她抽到哇嗚隊長。知道自己抽到哪個夥伴後，她笑開來。

「我喜歡這隻，」她說：「和牠一起作戰很好玩。牠到了我心裡之後會有種毛茸茸的感覺，很舒服，很可愛。」

「哇靠，什麼毛茸茸很舒服，」伍德利說：「我也和牠心靈連通過，這傢伙是整艘船上最好色、最下流的，沒有之一。」

「骯髒的男人。」女孩說，沒有責備的意思，只是在陳述事實。

昂底希爾看著她，打了個冷顫。

他不懂她和哇嗚隊長相處怎麼有辦法這麼鎮定。那傢伙真的滿腦子都是縱慾的念頭。哇嗚隊長在激戰中要是一亢奮，就會產生混雜了龍族、致命老鼠、爽快性愛、魚腥味，以及空間轉換的衝擊交錯影像，在昂底希爾和哇嗚隊長各自的腦中糾結。在那個當下，他們的意識會透過錨定傳輸裝置相互連結，某種人類與波斯貓的古怪合成獸就此誕生。

和貓共事就是會有這種麻煩。昂底希爾想著。只可惜，你找不到其他生物能取代夥伴的職務。對於進行心靈感應連結，貓什麼問題都沒有。牠們也夠聰明，能因應戰鬥需求——只是牠們的慾望與動機和人類完全不同。

只要你想出一些具體形象給牠們，這些貓就會友善黏人；一旦你念起莎士比亞、柯爾格羅夫的文句，或試圖向牠們解釋宇宙，貓夥伴就直接收合心智，呼呼大睡去。

想想實在有點好笑，在太空作戰中冷酷又有智慧的夥伴，竟然和人類在地球上千年來當寵物養的可愛小動物同源同種。有好幾次，昂底希爾回到地球看到一般的貓，一時忘了那不是能心靈感應的作戰夥伴，還恭敬地朝牠們行禮，臉都丟大了。

昂底希爾拿起皮杯，擲出骰子。

運氣不錯——他骰到了梅女士。

在合作過的夥伴中，梅女士的心思最細膩。就波斯貓而言，她完全展現出精心培育、血統純正與心靈進化的頂峰。她比任何人類女性都要複雜難懂，而那種複雜融合了情緒、記憶、盼望，以及對事物的各種細緻的辨別——是一種無須言語就能巧妙歸納的智慧。

第一次接觸這隻貓的心靈時，昂底希爾被她的澄澈嚇到了。昂底希爾和她一起回顧她的童年，熟知她的每次交配，勉勉強強看見所有和她聯合作戰過的錨遞員——他甚至看見了自己在她心中的形象——容光煥發、開朗有神、充滿魅力。

他甚至覺得自己接收到一絲絲遐想——

昂底希爾既渴望又帶點討好心態地想著：真可惜，我不是貓。

伍德利拾起最後一顆摸彩球。什麼樣的人，就抽到什麼樣的貓——是那隻臭臉又怕人的公貓；他跟活力四射的哇嗚隊長是天差地遠。伍德利的這隻夥伴是船上所有貓中最沒有靈性的；牠是一隻心思駑鈍又野蠻的低等動物。就算會心靈感應，也改變不了牠的本性。牠只是一個堪用的戰鬥員，沒別的好處了。

伍德利哼了一聲。

昂底希爾用奇怪的眼神瞄他。伍德利除了哼哼地發著牢騷，到底還會什麼啊？

月木老爹看著其他三人說：「你們該去帶自己的貓夥伴了。我會通知開路艦長，說我們已經準備好進入外界。」

III 發牌

昂底希爾轉開梅女士籠子的組合鎖，輕柔地叫醒她，抱入懷中。梅女士慵懶地拱起背，伸展爪子，開始發出呼嚕聲——然後她想了一下，決定不如舔舔昂底希爾的手腕。昂底希爾還沒戴上錨定傳輸裝置，所以和貓的心靈尚未連通，不過他多少能從梅女士鬍子的角度與耳朵的擺動看出，對於他們又能配對合作，她感到非常高興。

雖然沒使用錨定傳輸裝置時，人類的話語對貓完全沒有意義，但昂底希爾還是對她說著話。

「可愛的小東西，竟然讓妳在這種冰冷空虛的地方晃蕩，還送妳去獵捕那些大老鼠，簡直是暴殄天物。那些老鼠比我們所有人的體積加起來都龐大、個性也更狠毒。這樣打打殺殺的生活也不是妳自願的，對吧？」

梅女士舔舔他的手做為回答，呼嚕呼嚕直叫，用鬆軟的長毛尾巴搔過他的臉頰，然後轉過身，金黃色眼睛一閃一閃地看著他。

他們凝視彼此好一會兒。其中一人蹲著，另一個則撐著後腿站起來，用前腳爪子攀著對方的膝蓋。這一人一貓互望，阻隔在他們中間的，則是沒有任何話語可言說的遠闊。然而，他們的情感只需相望一瞬，就可跨越。

「該進去囉。」他說。

梅很聽話地走到她的球形托盤，爬了進去。昂底希爾親自將迷你版的錨定傳輸裝置穩穩套在她的腦袋下方，並確定她的爪子都包上了襯墊，這樣在戰鬥激烈時才不會劃傷自己。

昂底希爾輕柔地問她。「準備好了嗎？」

在裝置活動的範圍內，梅女士盡可能梳理著自己的毛，並在關住她的小格子裡溫柔地喵喵叫，算是回答。

昂底希爾一翻手關上蓋子，看著密封膠在邊縫湧現。接下來幾個小時，梅都得和這個拋射彈頭焊接在一起，直到完成任務，工作人員才會用小型切割電弧把她弄出來。

昂底希爾把整個拋射彈頭拿起，滑進發射管，關上門、扳上鎖，自己也就座，然後戴上錨定傳輸裝置。

他再次撥動開關。

昂底希爾坐在一間小艙房裡，窄窄窄、暖暖暖暖，另外三人的身體移到他身邊，天花板上的明亮燈光彷彿能夠觸摸，沉沉壓在他閉起的眼皮上。

隨著裝置變熱，房間逐漸消失。其他人不再呈現人的形狀，而變成發光的小火團，像餘燼一般，燃著暗紅色火焰；生命體的意識在其中燃燒，像鄉間的壁爐中放置許久的熾紅爐炭。

當裝置更熱，他可以感到地球就在下方。船滑遠了，他感受到月球在遙遠另一端如常運轉；他感受到群星，感受到太陽溫熱而明確的光；那能夠使惡龍遠離人類原鄉的美好光芒。

最後，他全神貫注投入其中。

因為心靈感應能力，他「現身」在幾百萬英里內的區域中。現在，他可以觸摸稍早注意到的那團遠在黃道帶上方的灰塵。隨著一股柔和的暖意，梅女士的意識朝他的意識流注而來。她的意識溫柔而澄澈，對他的心靈而言濃烈一如香油，教人放鬆、令人安心。他可以感覺到她的歡迎之意。其實也不算什麼念頭，只是原始的接納情緒罷了。

他們終於又合為一體。

而在昂底希爾心中某個遙遠的小小角落，那裡就像他童年見過最精緻小巧的玩具，他仍能意識到自己身處的房間與太空船，也知道月木老爹正拿著話筒和負責船艦的開路艦長通話。

在他的耳朵辨識出那些字眼前，感應中的心靈就先一步攫取到它們要表達的意思。那些話語真正的聲音慢慢跟隨它們的意念，就像沙灘上先亮起閃電，接著雷聲才自遠方跨越海面而來。

「作戰控制室就緒，介面重塑準備完成，以上報告。」

IV 戰局

對事物的體驗，梅女士的反應總比他快，這點老是讓昂底希爾有些吃味。

他繃緊了身體，隨時準備接受介面重塑時那短暫而酸楚的刺激感。不過，在他的神經還來不及辨別前，他就收到了梅的預告。

地球已經退到很遠的地方，他因此盲目摸索了好幾毫秒，才在心靈視域右後上方的小角落找到太陽。

這次跳得真遠，他想，照這樣子，再跳個四、五下就能到目的地了。

太空船外的幾百英里處，梅女士的心緒傳了回來。「喔好溫暖，喔好寬大，喔是巨人！喔勇者，喔好親切，喔好溫柔，還有巨大的夥伴。和你在一起真好，真好，真好，暖暖的，熱熱的，現在開打，現在衝吧，和你一起真好……」

昂底希爾知道，其實梅不是用語言在思考，那只是梅的貓腦子正咿咿呀呀發出聲音，然後他的心靈再將那清晰可愛的娃娃貓語轉成可以理解的意思。

他們並沒有沉迷在這你來我往的親切招呼中。昂底希爾的感應一路延伸，遠超過梅女士的感官範圍。他警戒著有無異物靠近太空船。能這樣一心二用實在相當有趣，他可以一邊使用戴著錨定傳遞裝置的心靈掃描太空，同時又感覺到她四處亂竄的心思。梅女士正在想她以前的一隻貓兒子。金色臉孔，前胸滿布毛絨絨的柔軟白毛。

正在搜索時，他收到梅的警告訊息。

我們再跳一次！

他們照做。太空船已經移動到第二個介面，星圖全都那麼陌生，太陽落到不知道多遠的後方，即使是最近的星星，依舊遙不可及。在這麼開闊、空洞、令人厭惡的太空，正是龍最活躍的地方。他將心靈感應再延伸得遠一些——再遠一些；他偵測、找尋著一切威脅，隨時準備要將梅女士甩向可能出現的危險。無論何時何地。

突然間——一股恐懼在他心裡陡長——如此劇烈明確，具體到他整個身體都扭曲了起來。

那個叫薇絲特的小女孩似乎發現了什麼——一個龐大、細長、黝黑、銳利、貪婪、可怖的東西。她把哇嗚隊長拋射過去。

昂底希爾設法保持思緒清晰。「小心點！」他用心靈感應大喊，試著讓梅女士移到別處。

他感知到戰場一角屬於哇嗚隊長的憤怒欲望：那肥大的波斯貓正在靠近威脅到太空船及乘客的帶狀塵霧，並發射出光爆彈。

炸裂的光束都只差一點點就能擊中。

那團塵霧壓縮起來，從一條魟魚的模樣轉為長矛狀。

整個過程不到三毫秒。

月木老爹用人類的話語說了些什麼。那個聲音彷彿從沉甸甸的罐中向外緩緩淌流的冰冷糖漿。

「船——長——」昂底希爾知道，他要說的是「船長，加速！」

不過，這場戰鬥不用等月木老爹說完話就會結束了。

一毫秒後，梅女士也參戰。

貓夥伴的敏捷與巧勁在此派上用場。她的反應比他快，可以清楚看到超大老鼠正朝她撲來。她精準地發射光爆彈。換作是昂底希爾，肯定會發生誤差。

他雖連接了她的心，卻跟不上她的反應。

他感到這來自外星的敵人在他意識中撕開一道傷口。那跟你在地球上受到的任何疼痛都是不一樣的——赤裸裸、令人發狂，彷彿從肚臍中央燒燙起來。他痛得幾乎要在座位上扭動起來。

但事實上，他連扯動一絲肌肉的時間都沒有，梅女士便已展開反擊。

五顆平均分布於十萬英里範圍的光爆彈同時炸開。

心靈與肉體上的痛楚都消失了。

在梅女士手起刀落的同時，劇烈而可怕的獸性征服欲流淌在她的心靈之中，只有那麼一下，不過他還是可以感覺到。原本被認為是超大太空鼠的獵物在瞬間毀滅，貓兒們總是很失望。

然後，他感覺到她的傷勢，疼痛與恐懼迅速襲擊他倆，而那場比眨眼更短暫的戰鬥開始又結束。一瞬間，介面重塑伴隨的強烈酸蝕刺痛又湧上。

太空船再次跳躍。

他能聽見伍德利對著他想。「你休息一下，接下來換我和這老渾蛋接手。」

又發生兩次刺痛。是跨跳。

他完全不確定自己在哪，直到加樂多尼亞太空泊臺的燈火在下方亮起。

昂底希爾帶著超乎想像的疲憊，努力將自己的心思接回錨定裝置連線，輕柔且細心地把梅女士的拋射彈頭接回發射管。

她累得半死，不過他能感覺得到她的心跳，聽見她的喘息，還能大致意識到她從心底向他傳來的感激。

V 結算

他們將他安置在加樂多尼亞的醫院。

醫生很親切，但也很堅持。「你真的被龍碰觸到了。在被龍刮傷的人裡面，你是我見過靠得最近的，但也因為那瞬間太短，所以要分析清楚那時發生了什麼狀況，得花上許多時間。總之，要是龍接觸你的時間再多十分之幾毫秒，我想你現在就會在精神病院。擋在你前面的到底是什麼貓？」

昂底希爾覺得從醫生口中吐出來的每個字都很慢很慢。比起心靈直對心靈的那種快速、精準又明確的暢快思緒，言語實在太麻煩了。可是，像醫生這樣的一般人只能藉由語言溝通。

他想出聲講話，但嘴巴動起來很笨重。「別用『貓』來稱呼我們的夥伴，稱呼他們正確的方式是『夥伴』。我們是一起作戰的隊友。你要知道，我們都叫他們夥伴，而不是貓。我的夥伴還好嗎？」

「我不曉得，」醫生的語氣很抱歉。「我們會幫你確認一下。另外，老兄，你放鬆點，這時只有多休息才會有幫助，你有辦法自然入睡嗎？還是需要我們給一些安眠藥？」

「我睡得著，」昂底希爾說：「我只想知道梅女士怎麼了。」

護士插嘴，語氣中帶著一絲反感。「你都不關心其他人嗎？」

「他們沒事，」昂底希爾說：「我被送進來前就知道他們沒事。」

他伸展手臂，吁出一口氣，對他們笑了笑。他感到他們稍微放鬆了一點，開始把他當個人對待，不只是病患。

「我沒事，」昂底希爾說：「我只想知道什麼時候可以去看我的夥伴。」

——他突然有個可怕的念頭。昂底希爾瞪大眼睛看著醫生。「他們沒有把她和船一起送走吧？」

「我馬上去確認。」醫生握了昂底希爾肩膀一下，意圖安撫他，然後就離開了。

護士把餐巾從盛著冰果汁的高腳杯上拿掉。

昂底希爾試著對她微笑。這女的好像有點不對勁，真希望她不要在這裡。一開始她表現得很友善，現在又冷淡了起來。會心靈感應就是這麼麻煩，昂底希爾想，就算沒有進行聯繫，你還是會持續去感知探觸。

突然，那護士轉身面對著他。

「你們這些錨定傳遞員！你們這些傢伙！還有你們的貓！都該死！」

就在她的怒火漸漸平息時，昂底希爾竄入她心中。他看見自己的形象閃閃發光，猶如英雄，身穿直挺平順的麂皮絨布制服，頭上戴的錨定傳輸裝置就像鑲著珠寶的古代王室皇冠。他的面貌英俊，散發霸氣，打心底散發一股志得意滿的光采。他看著自己的形象，覺得陌生又遙遠。他透過這護士憎惡的眼光看自己。

護士心裡偷偷厭惡他，她討厭他，因為她覺得——他很驕傲、很古怪、很有錢。比像她這樣的人過著更舒服、更體面的生活。

昂底希爾切斷透視她心靈的能力，把腦袋埋進枕頭。他腦中浮現了梅女士的身影。

「她是隻貓，」昂底希爾想。「沒錯，只是這樣而已——她是一隻貓！」

可是，在他心裡她不只是隻貓——她很快，比什麼都快；她聰明伶俐，優雅得令人難以置信。而且她幽靜沉默，對你別無所求。

要到哪裡才能找到比她好的女人呢？

11 燃燒殆盡

我告訴你，這是一個悲傷的故事——而且不只悲傷，還很可怕。因為，要想進入外界，透過飛行以外的方式飛翔，在群星之間移動，彷彿在夏夜裡遊蕩於樹葉間的蛾，真的是一件糟糕透頂的事。

——德蘿瑞絲·噢

在那些能夠駕駛巨型太空艦、進行介面重塑的人之中，沒有人比馬格諾·塔利安諾艦長更勇敢、更強壯。

如今，審視者已經消失了好幾世紀，類喬納斯效應成為輕而易舉就能克服的小事。對巨型太空船上大部分的乘客來說，要跨越幾個光年，就像從一個房間走到另一個那樣簡單。

移動對乘客來說非常容易。

對船員來說就不是了。

尤其是艦長。

但凡進行過星際旅程的類喬納斯太空艦艦長，都承受過鮮有人知的沉重壓力。相較於古代人靠著單帆穿越的平靜海洋，要在太空中度過困境所需的技巧，更像在波濤洶湧的水域領航前行。

吳—范恩斯坦號，它是同等級的船艦中最優秀的。而它的開路艦長便是馬格諾·塔利安諾。

人們常說：「他光用左眼的肌肉就能航過地獄。當儀器設備全都失效，他能用人腦在太空中開出一條路……」

這位艦長的妻子是德蘿瑞絲．噢。她的名字源自日本語系，這是遠古時候某個國家所用的語言。德蘿瑞絲．噢曾經很美，美到能讓男人無法自已，美到讓所有睿智的男士都變成蠢蛋，美到將年輕男子拖進慾望與渴求的夢魘中。無論去到哪裡，都會有男人為她爭吵、大動干戈。

但德蘿瑞絲．噢驕傲的程度非比尋常，超越所有自尊心的界限。她拒絕當時相當普遍的返老手術。她本人一定也曾想恢復個大約一百年的青春。在希望與恐懼中，在鏡中的容貌能展現給眾人看之前，也許她曾這麼對自己說過。「我就是我。『我』一定不只是一張漂亮的臉蛋，在這細緻的皮膚以及同樣美麗的下巴、顴骨線條之外，一定還有更特別的特質。

「如果男人愛的不是『我』，他們愛的又是什麼？如果我不讓青春的美消逝，活了一輩子卻不接受肉體老化帶給我的一切，我有可能知道自己是誰，或真正了解自己的本質嗎？」

後來，她與艦長相遇，嫁給他，兩人的浪漫情事在四十顆星球間引起討論，甚至癱瘓了半數的太空航線。

那時的馬格諾．塔利安諾才要開始發揮天賦。我們可以向你保證，太空是非常粗暴的——太空這個地方就像有著狂野風暴推波助瀾的水域，其中的險境只有心最細、動作最敏捷又最勇敢的人才能征服。

而這些人中的佼佼者，能夠超越同儕、打敗最優秀的前輩的人，就是馬格諾．塔利安諾。

對他而言，娶到四十個世界中最美的人，可和依璐伊絲與阿貝拉之間的婚禮，或是海倫．亞美利加和不老先生那令人印象深刻的浪漫愛情相比。

年復一年，世紀復世紀，開路艦長馬格諾．塔利安諾的太空艦隊變得越來越美。

船艦技術逐漸升級，他卻總能擁有最頂級的船隻。塔利安諾領先其他開路艦長的幅度之大，人們已經認定，如果全人類最優秀的太空艦不能由他掌舵，絕對無法在充滿崎嶇與不確定的二維宇宙中航行。

每一個收路艦長都以能與他在太空中共航為傲。（雖說他們的責任只有檢查艦艇的維護，並負責在一般太空時進行上下載。但在他們自己的世界——一個跟開路艦長充滿奇幻與冒險的世界比起來相當不入流的世界——他們還是高普通人一等。）

馬格諾．塔利安諾有個非常時髦的姪女，她以地名取代自己的名字，被稱為「南方大屋的蒂妲」。

蒂妲登上吳—范恩斯坦號之前，已經聽過非常多德蘿瑞絲．噢的故事。聽說她這位嬸嬸曾在婚前擄獲諸多世界的男人心。不過，蒂妲還是被接下來降臨在她身上的事殺個措手不及。

德蘿瑞絲很有禮貌地歡迎她——不過她所謂的禮貌，可以用一架專抽焦慮、長相醜陋的情緒幫浦來比喻；而她的友善，大抵是世上最枯燥的模仿秀；她歡迎她的方式跟攻擊沒兩樣。

*這女人是怎麼回事？*蒂妲心想。

德蘿瑞絲像是要回應她心中的想法，大聲地說：「終於碰到一個沒打算把塔利安諾從我身邊搶走的女人了，很好，我愛他，妳相信嗎？相信嗎？」

「當然了。」蒂妲說。她看著德蘿瑞絲．噢崩壞的臉，以及她眼中滿滿的恐怖夢魘，蒂妲突然意識到，德蘿瑞絲已經超越噩夢的疆界，變成了貨真價實、滿心懊悔的惡魔；她成了從丈夫身上吸取生命力、充滿占有欲的鬼魂。她害怕人的陪伴，憎惡一切友誼，即使只是跟熟人隨便聊聊都不情願，因為她害怕永恆，害怕一旦沒了界線，就會發現其實自己什麼都不是。她擔心，要是沒有馬格諾．塔利安諾，她將比星群之間最深暗的漩渦更茫然、更不知所措。

馬格諾．塔利安諾走了進來。

他看著自己的太太跟姪女。

他一定已經習慣德蘿瑞絲．噢了。因為在蒂妲眼中，德蘿瑞絲就像一隻全身沾滿泥塊的爬蟲動物，散發無法抑制的飢渴與暴怒，高高抬著充滿傷疤和毒液的腦袋。但對馬格諾．塔利安諾來說，站在他身旁的這位巫婆般的可怖女人，仍是他在一百六十四年前追求並娶回的美麗女孩。

他吻了吻那已然枯萎的臉頰，撫摸猶如乾燥纖維的頭髮，然後看進那雙被貪婪與恐懼糾纏的雙眼，彷彿注視著深愛的孩子，溫柔地輕聲說：

「對蒂妲好一點，親愛的。」

然後他便穿過船艦大廳，走進那神聖又隱密的介面重塑室。收路艦長正等著他。他們正在雪曼世界的外圍，充滿香氣的微風從那顆甜美的星球吹拂而來，送進艦上敞開的窗戶。

身為同級艦中最頂級的吳－范恩斯坦號，它完全不需要金屬船壁，外觀打造成仿維農山莊的古老史前建築；當它在星際間航行，整艘太空船會包覆在一層擁有自我再生能力的剛性力場中。乘客已在船上度過好幾小時的愉悅時光。他們在草地上漫步，享受寬敞的大房間，並在令人讚嘆的模擬大氣底下閒談聊天。

但是，只有介面重塑室中的開路艦長才知道實際上是什麼情況。在錨定傳遞人員的圍繞之下，開路艦長領著太空艦進行了一次又一次的壓縮，不斷在太空中劇烈又瘋狂地跳躍。有時是一光年，有時是一百光年。他跳啊跳啊跳啊，直到這艘太空船在艦長的心智引領下通過數百萬充滿危險的世界，並從預定目的地鑽出來，猶如即將交相疊起的羽毛那樣，輕輕柔柔地下墜、降落、融進這片經過細心妝點的鄉村景致，使乘客可以輕鬆地在此結束旅途，恍若剛在這宜人的河畔老屋度過一段悠閒的午後時光。

II 消失的定位板

馬格諾．塔利安諾朝錨定傳遞隊員點頭致意，收路艦長則一臉諂媚，雖然還在從介面重塑室的門廊上，卻早早對他鞠躬。塔利安諾露出嚴肅又友善的表情看著他，正式而且簡潔地問：

「準備好迎接類喬納斯效應了嗎？」

「準備好了，艦長先生。」收路艦長把腰彎得更低。

「定位板都就位了？」

「就位了，艦長先生。」

「乘客都安置妥當了？」

「安置好、清點過人數，每個人都高高興興做好心理準備，艦長。」

接著——也就是最後一個最重要的問題。「錨遞人員都熟悉了錨定工具、準備好進行戰鬥了嗎？」

「隨時可以迎戰，艦長先生。」收路艦長說完，便退了出去。馬格諾．塔利安諾對著錨遞隊員輕輕一笑，他們腦中全都掠過同一個念頭——

這個和藹的男人怎麼有辦法和德蘿瑞絲．噢那個老妖婆結婚那麼多年？那個巫婆啊，那個可怕的東西，以前怎麼可能是個大美人？那種怪物連女人都算不上，居然有人說她是那個偶爾會出現在四維螢幕上的德蘿瑞絲．噢？那個跟女神一樣嫵媚又豔麗的德蘿瑞絲．噢？呿。

不過，即便跟德蘿瑞絲．噢結婚多年，塔利安諾仍是如此親切。也許，她的寂寞和貪婪曾有一度如夢魘般不斷吸著他的血，但他的堅強仍能支撐住兩個人。

他可是駕著頂級太空船艦在群星之間航行的艦長啊——不是嗎？

在錨遞隊員紛紛微笑回禮問候後，他以右手壓下太空艦儀式性的金色槓桿。整艘太空艦上只有這個開關是機械式的，其他控制器都已改採心靈感應或電子式的了。

介面重塑室中，黑色的天空逐漸變得清晰可見，他們四周的空間組織就像瀑布底不斷冒著氣泡的水域，朝上方噴湧而去。而在重塑室外，乘客仍安穩地走在充滿清香的草地上。

馬格諾·塔利安諾直挺挺地坐在開路艦長的艦長椅上。他可以感覺到，正對著他的牆面在三百或四百毫秒後就會顯示出某個結構，告訴他目前所在的位置，並讓他知道接下來該如何移動。

開路艦長靠著腦中的脈衝移動太空船，這面牆就是他最強大的輔助工具。

這面牆是由許多定位板組成的動態格狀結構。一英寸有十萬張，層層疊疊壓成一片網格。牆面會預先選取航程中所有可能的偶發事件。每次更新，就會帶領船艦穿越人類還一知半解的廣大時空。一如往常，太空艦飛躍出去。

牆面即將聚焦於新的星星之上。

馬格諾·塔利安諾等待牆面告訴他自己現在的位置，準備（在牆的幫助下）將太空艦彈回恆星空間的結構，然後再從那兒朝目的地進行超遠距跳躍。

但這次什麼事都沒發生。

空的？

幾百年來，他第一次體會到什麼叫慌張。

不可能是空的，不可能「什麼都沒有」。總會聚焦在某個東西上。定位板永遠都會聚焦在某個東西上。

他以心智探入定位板，然後在一陣超越常人哀傷極限的絕望中意識到，他們迷路了——他們比過往任何一艘迷路的船艦更茫然。這是人類歷史上從未犯下的錯誤——整面牆上的定位板都長得一模一樣。

最糟的是，緊急返航板不見了。他們卡在一群從沒見過的星星之間；它們可能有五億英里那麼近，但也可能有四十秒差距那麼遠。

定位板迷失了方向。

他們會死的。

最多幾個小時，太空艦就會失去動力。寒冷、黑暗與死亡終將籠罩他們。而這就是一切的終局，是吳—范恩斯坦號的終局，是德蘿瑞絲．噢的終局。

Ⅲ 黑暗的古老大腦的祕密

吳—范恩斯坦號介面重塑室外的乘客對於自己的處境一無所知——他們正在虛無中漂流。

德蘿瑞絲．噢坐在一張古代搖椅上前後搖晃，憔悴的臉龐毫無生氣地盯著流過草地邊緣的假河。南方大屋的蒂妲坐在一塊墊子上，就在她皤皤的膝旁。

德蘿瑞絲正在講述自己年輕時的某次旅行，當時她仍美得充滿活力，那時的她還是個對一切都不甚滿意的年輕女子。

「……守衛殺了船長之後，跑到我住的艙室跟我說：『妳現在就得嫁給我，我為妳放棄了一切。』我跟他說：『我從來沒說過愛你啊。你這樣捲入爭鬥，感覺是很惹人憐愛，某種程度上，也是對我的美貌的一種致敬，可是這不代表我下半輩子就都屬於你啊，你到底把我當成什麼了？』」

德蘿瑞絲．噢嘆了口氣——那是乾枯又醜陋的一口氣，彷彿一陣低於冰點的寒風，吹得凍僵的樹枝喀啦喀啦響。「所以啊，蒂妲，妳長這麼漂亮是沒有任何好處的。女人得先做自己，才能真正了解妳的本質。我知道我家的老爺、我的丈夫——就是開路艦長。他會愛我，是因為我的美貌已逝。只有在外表的美都消失後，才會剩下『我』讓他來愛，對吧？」

這時，某個奇怪的人影走到陽臺廊道上。那是一名全副武裝的錨定傳遞人員。通常他們根本不該離開介面重塑室，出現在乘客面前這種事更是從未發生。

他向兩位女士鞠了躬，以極為禮貌的語氣說：

「兩位女士，能否請您到介面重塑室來一趟？如果不介意，我們亟需您現在去見開路艦長一面。」

德蘿瑞絲的手馬上摀到嘴邊。她表示悲切的手勢十分純熟，就跟蛇以毒牙咬人一樣。蒂妲覺得，她的孀孀等待災難降臨的瞬間應該已經等一百多年了。她渴望自己丈夫崩毀的程度，應該就跟某些人渴望著愛，而另一些人渴望死亡。

蒂妲沒說話，德蘿瑞絲也不發一語。（很顯然，她改變了想法。）

她們安靜地跟著錨遞人員進入介面重塑室。

厚重的門扉在身後關上。

馬格諾．塔利安諾仍然挺直著坐在他的艦長椅中。

他話說得非常慢，聲音聽起來就像上古時代的留聲機，以極慢的速度播放著唱片。

「我們在太空中迷了路，親愛的。」那冰冷幽魂似的聲音說。艦長還處於開路時的恍惚狀態。「我們在太空中迷了路，我想，如果能用妳們的頭腦幫我，也許能想到回去的辦法。」

蒂妲想要說話。

有個錨定傳遞隊員告訴她。「妳就說吧，親愛的，有沒有想問的問題呢？」

「我們為什麼不直接回去？雖然這也許很丟臉，但總比死掉好，不是嗎？我們現在就用緊急返航定位板回去吧，馬格諾．塔利安諾已經完成了上千趟成功的旅程，全世界都會原諒這次失誤的。」

那名挺討人喜歡的年輕錨遞隊員以親切的語氣說話，彷彿通知某人死期或是截肢惡耗的醫師。「世上最不可思議的事發生了，南方大屋的蒂妲：所有的定位板都是錯的，它們都是同一個模樣，而且每個都狀態不佳，不足以進行緊急返航。」

此時，兩個女人都知道接下來會發生什麼事了。她們知道，自己將像是從布料上被扯下的絲線，遭這片太空撕裂；她們會隨著時間流逝，一點一滴死去，肉體也會在分子層級上東消失一塊、西消失一塊。又或者，如果開路艦長不想緩慢死去，決定棄船自殺，她們會在一瞬間沒命。再不然，她們也可以禱告，如果她們有宗教信仰的話。

錨遞隊員對著僵直的開路艦長說：「我們似乎在您的大腦邊際看到熟悉的結構，請問可以讓我們仔細看看嗎？」

塔利安諾非常緩慢又非常嚴肅地點了點頭。

錨遞隊員立定不動。

她們注視著。雖然表面上什麼事都沒發生，但她們知道，某些極為重要的事正在眼前發生，只是肉眼看不到而已。錨遞隊員的心靈深深探入開路艦長已然凍結的心智中，在神經突觸間搜尋可能的出路，連最細微、最隱蔽的線索都不放過。

幾分鐘過去，感覺卻像幾個小時。

最後，那位錨定傳遞隊員開口了。「我們進到了您的中腦，艦長，在您的古皮質邊緣有一個星群結構，跟我們目前位置左後上的區塊很相似。」他緊張地一笑。「我們想知道，您是否能靠著大腦把太空船開回去？」

馬格諾．塔利安諾露出悲傷的眼神看著問話的人。他不敢脫離那種半恍惚狀態，因為這艘船是靠著這種狀態才能維持靜止不動。他再次用極為緩慢的速度對他們說：「你的意思是說，我能不能只靠自己的腦袋就把船飛回去嗎？那麼做的話，我的大腦將會燒光，船到最後還是會迷路……」

「但我們現在就迷路了！迷路了！迷路了啊！」德蘿瑞絲・噢尖叫著，臉上突然有了活力——因為心中醜惡的希望、對毀壞的渴求，還有恨不得速速迎接災難降臨的心情。她對著丈夫大叫了起來。「快起來吧，親愛的，我們一起去死，至少這樣我們可以永遠屬於彼此——你想想那可以維持多久呢？可以到永遠啊！」

「為什麼要死？」錨遞隊員柔柔地說：「蒂妲，請妳告訴他。」

「為什麼不試試看？——長官？——叔叔？」蒂妲說。

馬格諾・塔利安諾慢慢將臉轉向姪女，那空洞的聲音再次響起。「如果我這麼做，不是變成傻子、小孩，就是死。但我願意為妳這麼做。」

蒂妲曾研究過開路艦長的工作內容，她非常清楚，如果一個人失去古皮質，那麼在智力上雖能維持理智，情緒卻會變得瘋狂。當大腦最古老的部分消失，個體掌握攻擊性、飢餓與性慾的基本能力也會跟著失控，無論是再凶猛的動物或再聰明的人，都會變得同樣低能——他們會像嬰兒一樣善良，一輩子與無窮盡的欲望、玩樂、溫吞的個性還有永遠無法滿足的飢餓共處。

馬格諾・塔利安諾並未拖延等待的時間。

他緩慢地伸出手，輕輕握了握德蘿瑞絲・噢。「妳不用懷疑，我在將死的這一刻依舊是愛妳的。」

但是，她們兩人什麼都沒看到。她們突然頓悟，自己其實是被叫來讓馬格諾・塔利安諾看上最後一眼的。

某位安靜的錨定傳遞隊員將傳動電極插進去，抵至馬格諾・塔利安諾艦長的古皮質。

介面重塑室又恢復了生氣，奇異的天空在他們周圍旋繞，像一碗正在攪動的牛奶。

蒂妲這時發現，在沒有機器幫助的狀態下，她原本微弱的心靈感應能力竟能完整發揮出來了。她可以透過心靈，感覺到那片已然死去的定位板牆，並感應到吳—范恩斯坦號在太空之間跨跳產生的輕微晃動。這艘太空艦就像正要過河的人，腳踩結冰的石頭，從一塊跳到另一塊。

奇怪的是，她甚至能知道她叔叔腦中古皮質的那部分終於——永永遠遠——燃燒殆盡了。靜止在定位板畫面上的那些星群結構，將永遠活在他組成複雜的記憶中。藉由錨定傳遞人員的心靈感應能力，他正在一個細胞、一個細胞地燃燒自己的大腦，好讓他們找到通往目的地的路線。這是他的最後一趟航程。

德蘿瑞絲．噢露出前所未見的飢渴臉龐，貪婪地看著自己的丈夫。

他的臉慢慢放鬆，漸漸變傻了。

蒂妲注意到他的中腦就要被燒光。在錨定傳遞人員的輔助下，這個時代最聰明的腦子代替了搜索裝置，讓太空艦最終停進了港內。

突然之間，德蘿瑞絲．噢跪了下去，在丈夫的手邊啜泣起來。

一位錨遞隊員抓住蒂妲的手臂。

「我們到達目的地了。」他說。

「那我叔叔怎麼辦？」

錨遞隊員對她露出奇怪的表情——

她發現他直接對著她說話，但沒有動嘴——他是使用心靈感應與她的心靈溝通。

「妳看不出來嗎？」

她茫然地搖著頭。

錨遞隊員加重語氣，對著她再次丟出念頭。

「妳沒感覺到嗎？在他大腦燒壞的同時，妳也得到了他所有的技巧。妳現在也是一位開路艦長了——而且是我們之中最好的艦長。」

「那他呢？」

錨遞隊員以念頭向她致哀。

馬格諾・塔利安諾從座位上站起來，在他的妻子——人生伴侶德蘿瑞絲・噢的引領下走出介面重塑室。他的臉上帶著痴傻又平易近人的微笑，而這也是他在一百多年來頭一次，因為害羞及心中傻氣的愛，笑得直發抖。

12 來自賈斯特伯之星

慶祝太空探索屆四千年的慶典後不久，安格瑞．J．賈斯特伯發現了賈斯特伯之星。然而，這項發現卻是一場悲劇性的錯誤。

賈斯特伯之星的住民是一種具備中階心靈感應能力的高智慧生命體，接觸之後，他們立刻讀取了安格瑞．J．賈斯特伯的腦袋，以及他的一生，並以他最近一次離婚做為題材，創作一部歌劇。這搞得賈斯特伯非常尷尬。

歌劇的高潮是他的妻子拿茶杯扔他——這不只讓地球文化的形象變得有點不佳，這位具有補完機構代理總長身分，並且成立預備工作委員會的安格瑞．J．賈斯特伯尷尬地發現，自己給這些居民的印象並非地球較高等的樣貌，而是一些令人不快的私密情事。

隨著交涉慢慢展開，其他窘境也逐一浮現。

賈斯特伯之星的居民自稱「阿皮基烏斯」，外表很像特大號的鴨子，有四至四點六英尺那麼高。阿皮人的翅膀尾端演化出並列的拇指，如槳的形狀足以讓他們用來進食。

賈斯特伯之星在某些方面與地球相當契合：居民不誠實、對美食熱中，並且具有秒懂人心的能力。在賈斯特伯要返回地球的前夕，他發現這些「阿皮」複製了他的太空船。要想瞞過去是不可能的，因為他們複製得像一個模子印出來，所以，在地球人發現賈斯特伯之星的同時……

阿皮也發現了地球。

真正的悲劇發展是在阿皮跟著賈斯特伯回家時才揭露：他們有一種介面重塑太空船，能像他的船一樣輕輕鬆鬆地在虛無太空裡航行。

賈斯特伯之星最重要的特徵，就在於其生物化學與地球異常相似。阿皮能感受人類所感受的色香味，能確實體會人類音樂的樂趣，還能吃遍、喝遍眼前一切事物，這樣的智慧生命體，人類是初次遇見。

迎接最早來到地球的阿皮一族的那些大使，多多少少受到了驚嚇。他們發現，就一群初來乍到的貴賓而言，這些外星訪客對於慕尼黑啤酒、卡芒貝爾乾酪、墨西哥薄餅、安吉拉捲以及上等炒麵有著無與倫比的好胃口，完全超越對重要的文化、政治或戰略事務該有的興趣。

補完機構針對這項特殊事件派出補完閣員代表——亞瑟．強恩，他委派了一位名為卡爾文．德瑞德的補完機構探員，擔任地球首席外交官，負責處理此案。

德瑞德和一位似乎是阿皮領導者的大人——施梅克斯特——進行接觸。但，這是一場極為不幸的會晤。

德瑞德的開場白是這麼說的：「高貴的殿下，我們很高興能歡迎您到訪地球——」

施梅克斯特只說了「那些可以吃嗎？」接著就開始吃起卡爾文．德瑞德禮服外套上的塑膠鈕釦。因為它們看起來實在非常誘人，即便德瑞德還來不及開口說這不能吃。

「啊，別吃這個——這實在不是什麼好東西。」施梅克斯特說。

德瑞德看著他下垂並大大敞開的禮服，於是提議。「容我為您提供一些食物？」

施梅克斯特表示。「噢，當然好。」

於是，施梅克斯特便一邊吃著義大利餐點、北京菜肴、紅燒辣味四川菜、日式壽喜燒、兩份英式早餐、北歐小菜以及四份全套、外交等級的俄式開胃菜，一邊聽著來自補完機構的提案。

但是，這一切的一切都無法打動他。儘管飲食習慣粗俗無禮，施梅克斯特依舊非常精明。「我們兩邊的武器對等，不能開打。聽著……」他提出了他的看法，以脅迫的語氣命令卡爾文．德瑞德。

卡爾文．德瑞德用上過去學到的方法，文風不動；但施梅克斯特也文風不動。

剛開始德瑞德還不曉得發生了什麼事，接著他就意識到，自己正受到這位外星訪客低等但強大的心靈操控能力玩弄，身體被拗成一個僵硬的姿勢，無法控制。他整個人僵在那兒，直到施梅克斯特哈哈大笑著放開他。

施梅克斯特說：「你看看，我們很合：我可以定住你，無論你怎麼掙扎都逃不了。如果你們想打過來，我們伸伸舌頭就能讓你們全趴在地上。我們要搬到這裡，跟你們住在一起。我們的星球也不小，你們也可以過來和我們一起住。我們想聘一大堆你們的廚師，現在你們只能跟我們對半分了，沒有其他解決辦法。」

這件事真的沒得談了。亞瑟．強恩對其他補完閣員回報。就現況而言，他們對這群來自賈斯特伯之星的討厭鬼束手無策。

他們把貪婪的心控制得很好——這是他們自己說的。來到地球的阿皮人差不多七十二萬個。這些傢伙橫掃這個世界的每一間酒行、餐館、小吃店、飲料店和娛樂中心，吃下爆米花、苜蓿、新鮮水果、活魚、連翅帶膀的鳥類；吃掉所有還在準備、剛剛煮好或罐裝的食物，還吃了食品濃縮液和各類用藥。

除了擁有比人類多吃數倍食物的能力，他們的抵抗力其實跟一般人沒兩樣。幾千個阿皮得了各種荒唐的地區流行病（病名都很可笑），比如長江猛流、德里腹瀉、羅馬唉唉叫之類的。另外幾千個則因為生病，必須用古代帝王使用的方式才能讓自己舒服一點。儘管如此，他們仍源源不絕地湧來。

沒人喜歡他們。但也沒有討厭到想開打一場毀滅性的戰爭。

實際上，他們之間的交易次數非常少。他們用稀有金屬買了一大堆食品，但母星上的經濟體系卻鮮少生產那個世界真正需要的物品。人類的城市早已發展完備，夠舒適也夠腐化，以至於一些文化相對單調的種族——像是賈斯特伯之星的居民——也不會太注意。「阿皮」這個字逐漸發展出別的意涵，指稱沒禮貌、貪婪還有即刻付款等等讓人討厭的事物。雖然即刻付款對信用社會是種粗鄙的行為，但總的來說，還是比沒付要好一些。

這兩個種族之間的悲劇始於趙女士那場不幸的野餐會。趙女士擁有久遠的古中國血脈，並因此自豪。她有自信能滿足施梅克斯特及其他阿皮的胃口，讓他們可以開始講點道理。她安排的宴會內涵與規模之浩大，可說是史無前例——這裡的「史」是指經歷多次戰爭、文化崩壞又重建之前的時候。她還連絡了全世界的博物館，就為了要到食譜。

晚宴在全世界的轉播中展開了。這個場地設於一座古中國式亭樓之中，乾燥竹材與紙糊的牆面極為夢幻，還有純正古風的茅草屋頂，使用真正蠟燭的紙糊燈籠照亮全場，五十位受邀的阿皮基烏斯貴賓猶如古代神像閃閃發光。他們的羽毛在燭火中閃爍光芒，說話時還會愉悅地拍打自己槳狀的拇指，一邊使用心靈感應，一邊俐落地從談話對象腦中汲取適合的地球語言。

這齣悲劇的源頭來自於火。火焰點燃了亭樓，破壞了晚宴。趙女士被卡爾文・德瑞德救出來，阿皮四處逃竄，所幸全員生還——除了施梅克斯特。他讓煙給嗆到了。

他發出一聲心靈感應的尖叫，在全人類、全阿皮，以及範圍內所有動物的嘈雜聲響中迴盪。剎那間，電視旁全世界的觀眾都接收到一陣像是混了尖銳鳥叫、狗吠、貓喵和水獺哭嚎的雜訊。某隻孤單的熊貓還發出了一聲異常高亢的呼嚕聲。不久後，施梅克斯特就仙逝了。真是遺憾……

地球的領導人站在一旁煩惱地想著該怎樣處理這場悲劇。而在地球的另一端，補完閣員正注視著這驚人又恐怖的一幕。身為一位冷酷、紀律嚴謹的探員，卡爾文·德瑞德走向亭子的殘骸，他的臉部表情極為扭曲，讓人無從理解其中的意涵——直到他四度舔了自己的嘴脣，他們才注意到有一道口水沿著他的下巴流淌：他胃口大開。在一股（不帶任何內疚的）力量牽引下，趙女士也緊跟了上去。

她完全失去理智了；她的眼中閃著光芒，像隻貓般悄悄走近——左手端著碗和筷子。

全世界正看著螢幕的觀眾都沒搞懂那是什麼意思，兩名受到驚嚇而困惑的阿皮也跟上去，想知道接下來會怎麼樣。

卡爾文·德瑞德突然伸出手，把施梅克斯特的身體拖了出來。

大火已將施梅克斯特處理妥當。他身上的羽毛一根不剩，在完全乾燥的竹子、紙張及成千上萬的蠟燭引起的烈焰下，他被火烤熟透。電視臺的轉播人員靈機一動，開啟了氣味按鈕。

剎那間，地球上每個為了要看這場出人意料又有趣的慘況轉播的群眾，都聞到一股人類永難忘懷的味道：烤鴨香。

那是超乎任何想像、世上最美味的香氣。數百萬張嘴同時滴下口水。此時，全世界的人類都將眼神從電視機前轉開，想找找看附近有沒有阿皮。當補完閣員下令停掉這噁心畫面的同時，卡爾文·德瑞德和趙女士開始大快朵頤施梅克斯特——那位火烤阿皮基烏斯。

在接下來二十四小時內，地球上大部分的阿皮都上了菜盤。有的火烤、有的佐以蔓越莓醬，有的則用美國南方的油炸菜式。性格嚴肅的地球領袖對這種野蠻行為的後果感到害怕。他們一面覺得這種行徑實在離譜，一面擦著嘴，再追加一份鴨肉三明治。

阿皮本來可以對人施加阻礙，讓人活動受阻。但是，對於嚴重受到本能缺陷影響的人，對於注視著阿皮、並被超越一切文明教化的狂暴飢餓驅動的人，這個能力完全無效。

補完閣員設法找到施梅克斯特的副官和一些剩下的阿皮，將他們送回他們的太空船。看守他們的士兵舔著嘴，隊長甚至想問能不能在護送這些國賓時製造一點意外事件。很可惜，只是絆倒阿皮是沒辦法害他們摔斷脖子的。而阿皮人為了保命，也努力朝人類丟出一些強烈的心靈阻礙。

而其中一個阿皮太過愚蠢，竟然要求來一份雞肉沙拉三明治。結果某位因為聽到食物名稱被激起食欲的士兵，差點把他活生生拔下一隻翅膀來。

僅存的幾名阿皮基烏斯生還者就這樣回去了。他們喜歡地球，也喜歡美味的地球食物，但只要一想到住在上面的凶殘人類竟這麼泯滅人性，會吃鴨子，就覺得非常可怕！

離開的阿皮人將身後的太空通道也一併關上，補完閣員也發現了這件事——他們終於鬆了一口氣。沒人仔細地去了解一下他們關閉通道的方式，或到底擁有什麼防禦系統。這些邊流口水邊滿心羞愧的人類無心認真追究。相反地，他們正努力地拿雞、鴨、鵝、鴿子、海鷗、可尼西門雞和其他口味的三明治，嘗試複製賈斯特伯之星住民那種無與倫比的美味。很可惜，沒有一個夠道地。但在理智正常的狀況下，人類也還不至於那麼野蠻，只為了把另一個星球的居民當作珍饈野味，決定展開入侵。

在後來的會議中，補完閣員高興地相互告知（也公告全世界），阿皮基烏斯人已把整個賈斯特伯之星都鎖起來，並且沒有跟地球進行進一步交涉的意願。阿皮的科技似乎也只能讓人類的眼和嘴找不到他們，其實和人類的技術相去不遠。

阿皮人幾乎全被遺忘。直到一位星際貿易處的機要祕書發現，某個甲烷行星上的冰寒智慧種族訂購了四萬箱慕尼黑啤酒，他覺得非常意外。他猜，買家應該是批發商，而不是一般消費者。他在主管的指示下將相關事宜保密，並批准了啤酒的運航命令。

船無疑是開往賈斯特伯之星，但對方並沒有拿任何國民來換。

檔案就此關閉。餐巾摺得好好。貿易與外交事務也到此告一段落。

13 錯亂時空中的孤獨旅人

時間在此
時間亦曾有過
時間繼續前行，繼續後退
那個在這裡，或到處
留住時間的樞紐
到底是什麼呢
啊，時空樞紐
是個神祕的地方
人們從很久以前便尋找著它
而在太空中的某處
他們至今仍在追尋
但塔斯科的旅程結束了……
他找到了路

——引自〈傻子蒂妲之歌〉

一開始，只要是非生存必需，或只是用以維持穿梭艇運作的機具，他們就全部丟棄。接著丟的是蒂妲珍愛的蜜月旅行紀念品。（她太幼稚，總是會將這些玩意兒看得比設備還重要。）然後，他們只留下維生所需最低限度的營養備料，其餘的全數拋除。都做到這個地步，塔斯科心裡有數：還是不夠，穿梭艇必須再減輕重量。

記得行前，補完計畫次長就說了——而且語氣非常冷峻。「休假和老婆去進行時空穿梭？你白痴啊！真不曉得這種『時空蜜旅』的蠢主意是你還是她想出來的。」每個觀測者都會盯著你們倆看，感覺背後像是跟了一群躁動的暴民。『時空蜜旅』，哼，為什麼要這麼做？因為身旁這女人羨慕你能時間旅行？別傻了，塔斯科！你明知道時空穿梭艇的設計只能乘載單人，你甚至不需要親自跑這一趟，我們可以派馮馬克特出這趟任務。他又沒有家累。」塔斯科記得，當時他一聽見馮馬克特的名字，胸中就突然生出一股妒火，這忌妒之強烈，超越一切，讓他瞬間下定決心要自己執行任務。他提議出航尋找時空樞紐一事已經鬧得眾人皆知，怎麼可能臨陣退縮？補完計畫次長一定是從塔斯科當時的表情猜到了他的想法。他淺笑一下，表示他懂得這個心情，但還是對他強調。「聽好，塔斯科，你是搜尋時空樞紐的不二人選，只有你才有這個本事，但是，千萬別帶你老婆同行，如果想要，以後再帶她去。首次探勘必須自己一個人。」然而，塔斯科也想到那時蒂妲低聲嬌氣地請求說：「親愛的，你答應過人家……」那時的她身子綿軟得像小貓，輕輕偎著塔斯科，眼神牢牢地攫住塔斯科的視線。

的確有人先警告過他，但最終，當悲劇發生，他依舊難以接受。他當然可以留妻子在家守候，但新婚第一天就讓她獨守空閨，到底還結什麼婚呢？他當然可以讓馮馬克特代替他出航，但從此以後他將一輩子怨懟自己。而蒂妲又會怎麼看待他？關於這點，他心裡很清楚：蒂妲深愛著他，為他痴迷。自從兩人交往，塔斯科一直是蒂妲心目中的英雄。要是失去了英雄光環，他在蒂妲心中還剩下什麼？塔斯科不敢也不願再想下去。他深深依戀著蒂妲。

如今，他們其中一人必須犧牲，永遠迷失在時空之中。塔斯科望著此生至愛，我一輩子愛妳，但眼下這情況，我們的一輩子在地球上只是短短的三天。在脫除了時間的虛空，我還能繼續愛妳嗎？哪怕只有幾分鐘，他也要讓這永恆的別離晚些到來，他裝模作樣，好像在找其他可以丟掉的器材，然後透過閥口，將剩餘的營養備料拋掉一人份。好，就決定是這樣了。蒂妲走到他身邊。

「塔斯科，這樣可以了嗎？現在穿梭艇是不是不會太重了，能載我們離開時空樞紐？」塔斯科靜默無語，只是將蒂妲抱緊。蒂妲，我做了該做的決定……他想著，喔！蒂妲，我再也不能擁抱妳了……

他輕柔地撫摸蒂妲的頭，細心地把她頭髮淡如月色的美好弧線梳理好，然後放開了她。

「蒂妲，做好接手的準備。我必須讓妳活下去，親愛的。除非再減去一個人的重量，否則穿梭艇走不了，我們都會死在樞紐裡。妳得將這一切帶回去，把穿梭艇和先前收集的數據資料都送回去。這已經不是妳我生死的問題了，妳要知道，我們都為人類補完計畫效命……」

蒂妲沒有放開塔斯科的手，只是在他懷中微微後傾，好看清他的臉。她眼中泛著淚，充滿憐愛與驚恐，雙唇因激動而顫抖。她是這樣可愛，而且——該死——她看起來多麼無助啊！但她一定能做得到——一定得做到！蒂妲沒有馬上答話，只是努力讓自己雙唇不再發抖。但她一開口說的就是塔斯科最不願意聽到的話。「不行，親愛的，拜託不要，我無法接受……求你不要離開我！」

塔斯科的動作完全出於下意識。他伸手摀住她的嘴（甚至用了點力）。她的眼神和嘴角理所當然閃過一絲氣憤，但終究又平復下來，再次哀求。

「塔斯科、塔斯科，別對我這麼殘忍。就算我們得死在一起，我也能坦然面對。請不要離開我，我求你不要離開，這不是你的錯……」這不是你的錯！塔斯科想著，遺忘之神在上，這話說得還真好！

他盡可能輕聲細語地回答她。「像我剛剛說的，總得有人把穿梭艇開回我們所屬的時空。我們找到了樞紐啊，妳看！這就是時空樞紐啊！」

他指向時間解析儀，指針在正一千萬比一與負五百萬比一之間微微前後擺盪。「妳仔細看，一分鐘二十年到一分鐘負十年，只要載重量減輕，穿梭艇就有機會脫離出去，所有能丟的我們都丟了，現在該丟的是我。我好愛妳，就跟妳愛我一樣。妳看著我走心裡會難受，我要離開，妳又何嘗好過？我好想和妳共度一生一世，甚至直到永恆。但蒂妲，妳必須為我做這件事……和穿梭艇一起平安地回去。別再為難我了。盡量維持在左次正規或然時空；如果沒辦法，就繼續試著在時間回流時減速。」

「可是，老公……」

他很想溫柔些，卻說不出話來。沒時間了，這趟蜜月旅行根本是場豪賭，賭上的是他們自己的人生。而現在，這趟旅行和他們的命都報銷了。地球時間三天！補完計畫還在繼續進行，每一位總長與補完閣員都在盼著，若能找到時空樞紐的位置，犧牲百萬條人命都值得。蒂妲可以的，只要這艘艦艇再減去一個人的重量，就算是她也能辦到。

塔斯科匆匆與她吻別，短促到沒能給她留下任何印象。他非常心急——越早脫離穿梭艇，蒂妲成功返航的機會就越大。但蒂妲看著他，眼神似乎還盼他再待一會兒、多說一些話。那神情讓塔斯科覺得她會出手攔阻。塔斯科接上頭盔內的擴音器。

「再見。我愛妳。我必須盡快離開，請照我的話去做，別阻止我。」

「這樣子你會死的，塔斯科……」蒂妲哭了起來。

「也許吧！」他說。

「親愛的，不！別走，別急著走！」蒂妲伸出手想抱他。

塔斯科使勁將她推回駕駛座。他有點生氣，因為蒂妲連讓他把事情做好、讓他為她犧牲都不願意，非得這樣大哭大鬧。「親愛的，」他說：「我不想再重新解釋，但我說不定能活下來，我要前往住滿仙女的星球，然後活上一千年。」

他有點希望蒂妲會吃醋或發發脾氣……或至少有其他情緒，可是蒂妲對這蹩腳的笑話並不領情。她默不作聲，淚流不止。船艙內悶熱的氣流冒出一縷煙霧，兩人都轉頭看向操縱面板。或然時空篩選器正在發亮，塔斯科面不改色，慶幸蒂妲並不明白那指數代表什麼意義。這下子，我就算活下來也沒人能找到我了，塔斯科想，總之我必須快點離開，越快越好！

隔著閃亮的防護衣，塔斯科對蒂妲擠出一個微笑。他用金屬指套碰碰她手臂，然後在蒂妲來不及阻止前退到彈離閥口，用力把門關上，摸索著找到彈射控桿，按下按鈕。他按得很用力。

雷聲響起，像水流一般沖刷過去。就這樣，他熟悉的世界、妻子、屬於他的時間，還有自己，全都一去不復返……塔斯科在時間亂流層中無目的地飄浮著。以前曾有人在或然時空之間迷失，但沒有人回來過，塔斯科猜想，這些人應該撐過去了。如果是這樣，那他也可以。但他又想，這些人當初也離開了自己的妻子與愛人嗎？他們也認為自己遭逢巨變嗎？我和蒂妲原本不必來這一趟的。虛榮、驕傲、嫉妒、固執。他們還是來了。而現在，他成了錯亂時空中的孤獨旅人。

他覺得自己像一顆在波浪塑膠頂棚上蹦蹦跳跳的小石子，在不同的或然率間彈過來、彈過去，連自己是朝著正規或解體時空都無法分辨。說不定，他仍滯留在左次正規的某處。

震盪感消失，他猜想還會有更多衝擊。

再來一撞。就是這猛烈的一撞。

塔斯科覺得自己不再緊繃。或然時空在他周圍漸漸固定，他聽著頭盔裡的篩選器運作，將他寫入一個適合人類生存的時空組合。這玩意兒發出一種低迴的聲音，這是他在練習時空跨跳時從未聽過的。當然，現在不是練習，塔斯科不曾離艙到或然時空的間隙，也從來沒有在時間亂流層中飄流過。

他感到重力與方向作用力，知道自己回到了原本的一般空間。他的腳觸到地面，靜靜站好，試著讓自己放鬆，等著世界在身旁成形。但整個狀況有點不對勁，包圍他的灰色空間呈現一片灰，是時間快速倒轉時會出現的狀況。他以往駕駛穿梭艇，每次選定某個或然時空，等待篩選器給他可供降落的缺口時，總要盯著窗外那片濃重灰濁不斷咒罵。而現在，他明明失去動力、無船可駛，怎麼可能進行時空回溯？

除非——

除非時空樞紐在將他甩出去時，也在他體內注入了時間動量。可是，即便如此，他應該是要減速才對。他的時間比率下降了嗎？但感覺起來還是像一萬比一的高速時間流，甚至更快。

當下的處境占據他所有思緒，他連稍稍去想蒂妲都很困難，另一個憂慮接踵而來：他自己的時間耗速如何？防護衣外頭的時間流得這麼快，裡頭的時間流速也在提升嗎？他的營養備料可以撐多久？塔斯科試圖感覺自己的身體，去察覺自己的飢餓，或任何一絲生理感受。自動營養補給系統有跟改變的時間速率同步嗎？他靈光一閃，用臉靠向面罩摩擦，看看自己的鬍碴在離開穿梭艇之後還有沒有繼續長。

他有了一臉鬍子。整整一大把。

但塔斯科還來不及考慮這件事，最後一次撞擊「轟」一聲降臨。他暈死過去。

醒來時，他仍舊維持站姿，有某種支架撐著他。誰設置的？怎麼辦到的？他的視線仍一片灰濛，這意味他的生理時間和外在環境時間尚未同步、等速，這實在教他難以忍受。應該有慢下來的方法才是。

頭盔感覺好重，他不考慮這麼做是否有危險，直接把面罩扯了下來。

空氣很甜，但密度非常、非常高。他努力地克制自己不要去吸，但一點用也沒有。他的時間仍在高速衝刺，超越任何離開船艙、暴露全身的情況下能承受的流速。他往下看，發現自己的鬍子晃來晃去，不斷抽長；他感到指甲變長、變彎，抵住手掌、傳來刺痛。應該有自動剪除系統，但時間實在太快。他握緊手掌，硬生生折斷指甲。腳趾甲在靴子裡顯然已經擠裂了，雖然腳不太舒服，但還耐得住那擠壓。況且，除了忍耐之外，他沒什麼別的辦法。

強烈的睏倦感使他警覺到，自動營養補給系統趕不上他經歷的時間流速。他奮力把金屬手套貼上腰帶，用力將備用食物罐轉出來。他感到針頭刺穿腹部皮膚，他又轉了一次，直到一陣營養液的暖流傳來，讓他知道養分已經注射到血管裡。他的體力頓時開始回升。

他看著模糊的建築景象在身邊閃現成形，僅僅存留片刻，又漸漸消散。他現在能多看到一點周遭的環境，知道自己大概是在某種洞穴入口或大門通道上。不過，這些建築有些古怪，它們變化的方式和他以前在時間流中見過的相反。建造時，一開始應該要緩緩冒出頭，接著在歲月推移中，全部變得單調、灰濛濛一片，然後一閃即逝。此刻他強打精神，提醒自己：他正處在時光倒退的狀態，而且大概沒有任何人類曾像他回溯得如此急速、猛烈，時間又這麼長。

時間流快速收緩，一棟建築出現、將他包圍。不久後他又移至外頭，接著又再次回到裡面。突然間，前方出現一道燦亮強光。

塔斯科發覺自己置身於巨大宮殿中，似乎被高高地擺放在正中央的座位，身旁開始以規律的節奏出現一大群發亮的東西。那是人群嗎？他們移動的樣子不太尋常，走路的方式怎麼這麼怪異、這麼不自然呢？光源持續出現，這棟建築也變得紮實，他瞇著眼，努力想看得更清楚，可是他動彈不得，唯有眼球還能靈活運轉。他手腳的指甲持續生長、擠裂，鬍鬚不停抽長。他想，似乎該再折一支營養針注入血管，他的皮膚癢得受不了。雖然還有時間可按下營養備料的供給鈕，他卻發現自己的手臂漸漸不聽使喚，於是驚慌起來。就算食糧足以幫他度過太空中的寒冷，他卻連手指都動不了——而這只是他離開穿梭艇幾分鐘內的事（蒂妲啊蒂妲，妳已經脫離時空樞紐了嗎？妳有沒有及時離開呢？希望我有把承重算對……）

周遭的宮殿建築仍未有變化，他急著朝不同方向掃描，想知道自己身在何方，在哪一段時空。

我還活著，他想。從沒有人從時間亂流層出來。這是大事一件。從沒有人能脫離時間之外，又再次回來。

他還在減速。前方的光仍穩定亮著。他發現自己的視野清楚一些了。他面前有某種類似圖片的東西。這是什麼？油畫板？一系列的油畫——是遠古時期的畫作。

他看得更用力、更細心，認出左上角的板子上是他自己：塔斯科．馬農。畫中的他穿的太空防護衣閃閃發亮，身下是一個大理石扶手寶座。不過他們給了他一對翅膀——碩大皎潔的翅膀。彷彿古代聖教傳說中的天使。作畫者還在他的頭周圍加上光環。下一張畫板則畫出了他現在的感覺：裝束上光采依舊，但容貌顯得衰老又疲倦。

放在較低位置的那些畫作也同樣令人納悶，第一幅是一地苔蘚（或青草），某種冷光體正在上頭發著光，第二幅則有一具站在框中的骷髏。

雖然精神相當疲乏，但他仍試圖解讀這些畫面。

他身旁的混濁人影逐漸清晰，偶爾能看得見其中幾個獨立個體。畫作的色彩越來越明亮，亮到閃耀著鮮豔、清楚的色彩，然後消失。

完完全全地消失。

他又老又累，但仍絞盡腦汁，試圖了解真相。他的生理時間完全錯亂了，一分鐘像幾年那麼長，他的念頭在出現的當下立刻成為久遠的回憶。但他還是了解到了真相：

他仍在時光倒流。

他已經跨過抵達這個時空並重新復活的時間點了。這座宮殿的建造、他的肖像被加上翅膀與光環，做出這些事的生命體精確預測到他的復活。

他不久於人世了，他就要死在這個遠古的文明中。

再過一段時間（在他真正死亡的前幾百年），他屬於外星異種的骨骸將會逸散、消融到這個時空場域系統中。而所謂消融，意指它們將發出光芒，並重新聚集；這些殘屑遺骸肯定碰不得，而且難以掌控，打造這座宮殿的人和他們的先祖會目睹灰屑聚成骨骼，骨架拉提、直立，變成一具乾屍；接著乾屍轉為遺體，遺體化為老人，老人回返青春之貌——重新恢復成他剛剛脫離時空穿梭艇時的樣子。原來啊原來，他是降落在自己的墓地、自己的寺廟裡了。

而這個時空的人見證過那些事蹟，並且記載在他的神殿畫作上；但那些他都還沒有做到。

在疲倦之中，他感到一股令人疲乏又遙遠的驕傲帶來的興奮感：他明白，他確實會完成被這些人忠實記錄下來的神蹟。他知道自己將再度年輕、榮耀加身，但最後又會消逝無蹤。這些他都經歷過了，就在幾分鐘前，或者幾千年前。

他體內的時間衝擊撕扯身體，產生劇痛，營養針好像沒效了；他的身體臟器有種乾癟的感覺。

這座建築似乎正一邊逼近他，一邊發出光亮。

無數年歲朝他擠壓而來，戳刺不斷。他心想：「我是塔斯科・馬農，我曾是神，我仍會成為神。」

不過他腦中最後一個念頭並不是什麼宏偉壯麗的景象，而是一縷皎亮潔白的頭髮，以及偏向一側的臉頰。他在自己腦中疼痛又茫然的寂靜虛空中大喊：

蒂妲！蒂妲！

扭曲變形的時空穿梭艇出現在人類補完機構的定年埠口，幹部官員與工程技師都慌忙趕來，打開艙門。駕駛座上的年輕女子雙眼茫然失焦，臉色蒼白，淚都哭乾了。大夥兒想將痴呆的她抬出艦艇，她卻死命地抓緊操縱桿，念誦一般反覆說著：

「他跳出去了。塔斯科跳出去了。他跳了，孤孤單單的，在時間亂流裡飄啊飄……」

雖然心情沉重，作業人員還是輕輕將她扶起、抬離，這樣才能把穿梭艇上那些變成稀世珍寶的儀器都拆下來。

14 薩茲達艦長的榮耀與罪惡

別讀這篇故事，直接翻過去吧。雖然你可能已經聽過了，它還是可能讓你不太舒服。人人都會講這個令人極度不快的故事，〈薩茲達艦長的榮耀與罪惡〉有上千種不同的版本，但千萬別相信這就是真相。不是真的，完全不是。這裡面一點真實性都沒有。你不會找到阿拉霍西亞星球，也沒有克拉普特這種民族，也沒有哪個世界叫做「貓土」。這些都是人想像出來的，從來沒發生過。你最好忘掉。別待在這地方，去讀點別的吧。

故事的開頭

他們派薩茲達艦長乘莢殼太空船，前去探索銀河系的最邊境。他的太空船雖被稱為巡邏艦，卻只載了他一個人，其他所需全由攜帶備品裡的安眠藥和方塊提供。單是艦長自己的幻覺就能造出一大群親切的傢伙呢。

補完機構甚至讓他選擇想要怎樣的幻想旅伴。每個旅伴都來自一個裝有小動物大腦的陶瓷方塊，而每個大腦都刻印上一個貨真價實的人類性格印紋。

身材矮胖、笑容爽朗的薩茲達直截了當說出自己的要求：

「給我兩個厲害一點的保安官。船我還可以控制，但假使要去到那種未知地區，我需要幫手來處理那些可能發生的麻煩。」

裝備官對他一笑：「我從沒聽過有巡邏艦長想要保安官。大部分人都覺得他們只是累贅。」

「也還好吧，」薩茲達說：「我就不覺得。」

「你不想要帶幾個棋手嗎？」

「我只要用閒置的電腦就能下棋了，」薩茲達說：「只要把供能降低，它們就會輸我；能源全開，就能讓我輸得一蹋糊塗。」

裝備官看了薩茲達一眼，眼中沒有敵意，只是露出私密又露骨的表情。「其他方面的陪伴呢？」他問，語調中有著奇怪的刺探意味。

「我自己有書，」薩茲達說：「有幾千本。我只會離開地球時間幾年而已。」

「不過，就你的主觀感覺來說可能會像幾千年。雖然你返回地球時，這些時間又會全部回溯。」裝備官說：「但我指的不是書。」他用同一種怪腔怪調的窺探語氣，又重複了一次問題。

薩茲達毫無顧慮地搖了搖頭，手指梳過頭髮，藍眼直率地看進裝備官眼中。「如果不是書，你指的是什麼？領航員嗎？我已經有啦，更別提烏龜人了。只要話講慢一點，然後給他們足夠的時間回答，他們會是很好的同伴。別忘了，我還去過……」

裝備官直接挑明，說出他的提議。「舞孃。女人。情婦。你一個都不要嗎？我們也可以直接做一個你妻子的方塊，把她的性格印紋印上去，這樣你每個禮拜醒來時都能有她陪伴。」

薩茲達一臉厭惡，彷彿馬上就要吐滿地。「愛麗絲？你現在是要我帶著她的鬼魂到處跑嗎？那等我回來的時候，真的愛麗絲會怎麼想？拜託別跟我說什麼『可以把太太放到某隻老鼠的腦子上』，這根本是想叫我精神錯亂。光是去到那個空間和時間跟海洋一樣把你包圍的地方，我就覺得夠崩潰了。我要盡量讓自己的腦子保持清醒。別忘了，我以前也出去過，回到真的愛麗絲身邊，會是我回家最大的動力。」說到這裡，薩茲達的語氣裡充滿暗示與刺探。他補充說：「請不要告訴我有一大堆巡邏艦長都帶著幻想出來的老婆到處飛來飛去。如果你問我，我會說這有夠噁心。很多人這樣嗎？」

「我們是來幫你把裝備放上船，不是要討論其他長官做什麼或不做什麼。我們只是覺得，有個女性同伴在船上陪著艦長會比較好，就算是幻想出來的也一樣。否則，要是你在星群之間找到某些擁有女性形體的『東西』，可能會變成你的巨大致命傷。」

「星群之間？女人？你在胡說什麼鬼！」薩茲達說。

「再奇怪的事我們都遇過了。」裝備官說。

「不可能有這種事。」薩茲達說：「我預期會碰到痛苦、瘋狂、扭曲變形、無止境的恐慌、對食物極度渴求——而且我也可以面對。它們都會出現，但女人不會。那裡不會有女人。我愛我老婆，才不想從自己腦子裡幻想出一堆女人。反正呢，我會帶上烏龜人，他們也會帶自己的小孩。到時候我就完全不缺參與家庭生活的機會，還可以給那些孩子辦聖誕派對什麼的。」

「那是什麼派對？」裝備官問。

「我從某個外界飛行員聽來的有趣古代儀式。在每個主觀時間年，你都要發禮物給所有的孩子。」

「聽起來不錯呢。」裝備官聽起來有點累了，他進行最後一次確認。「所以你還是不想帶方塊女人上船？你可以等到真的需要她的時候再把她啟動。」

「你沒飛行過對吧？」薩茲達問。

「沒有。」裝備官說。這下換他緊張了。

「這艘船上的每樣事我都得考慮。我是個開朗的人，個性也親切，就讓我好好和烏龜人相處一下吧。他們不怎麼活潑，但至少很體貼，而且性格悠悠哉哉。兩千多年的主觀時間是一段很長的時光，不要再叫我決定其他事情，管好這艘船就夠忙的了。我以前跟烏龜人相處過，所以你別管我們。」

「好吧，薩茲達，你是艦長，就照你說的做。」裝備官說。

「很好。」薩茲達微笑。「你可能因為這工作遇上很多怪人，但我不是他們。」

兩個男人露出微笑，達成共識，完成裝載的工作。

實際操控太空船的是烏龜人。他們的老化速度非常緩慢。當薩茲達航行在銀河系外緣，並在冷凍床裡睡上幾千年的主觀時光，烏龜人會一代接一代地繁衍下去。他們會訓練自己的孩子如何操縱太空船，述說那再也見不到的地球上發生的事，然後正確地對電腦進行判讀，僅在需要人類介入，或需要人類的智慧時才把薩茲達喚醒。而薩茲達只會偶爾醒來，完成該做的工作，然後又睡回去。對他來說，自己不過是離開地球幾個月而已。

不過幾個月！然而，在經過主觀時間一萬年後，他遇到了那顆警報膠囊。

它看起來就像普通的求救膠囊——偶爾，人類會看到那個東西被射進太空，像是要提醒人們在宇宙之中的命運能有多悲慘。這顆膠囊顯然航行了很長一段距離。薩茲達就是從這裡聽到關於阿拉霍西亞的故事。

故事是假的。那支生活在阿拉霍西亞星上、充滿惡意又痛苦的種族，將所有腦力及狂野的本性都用於一個目的：該如何吸引並捕獲一位來自舊地球的普通飛行員。那顆膠囊彷彿性格豐富的美麗女子，以低沉的女性嗓音唱誦著那則故事。其實，故事是真的——至少某部分是。其中的吸引力也是真的——至少某部分是。薩茲達一邊聽著，讓故事像是精心編曲的偉大歌劇那樣深深印入大腦的神經纖維。然而，要是他曾經聽過真正的故事，情況就會大大不同。

大家都知道阿拉霍西亞到底出了什麼事，大家知道那顆曾是天堂、如今卻墮入地獄的星球悲慘且痛苦的真實故事。我們知道，在群星間，在那個最遙遠、最恐怖的地方，究竟發生了什麼事。

薩茲達要是知道這些，肯定會馬上逃跑。可惜的是，他無法得知我們現在知道的真相：

如果阿拉霍西亞人沒有跟蹤人類回到地球，要是沒有將那股深不見底的哀慟，超越純然的瘋狂的糟糕事物，以及前所未有、超乎想像的瘟疫帶到我們之中——要是他們沒這麼做，我們就不會遇到這些糟糕透頂的阿拉霍西亞人。他們最終都成了非人的存在。雖說，在他們本性最深、最無法磨滅的角落，其實仍有人性存在。阿拉霍西亞人會唱著頌歌，讚美自身的畸形，宣揚他們做出的可怕行為。但在他們真正的歌曲中——也就是那些抒情民謠——同一個詞句像副歌一般不斷迴響：

人啊，我為你哀傷！

他們知道自己做過什麼，並因為曾糾纏過人類而自我厭惡。

或許，他們到現在也還在糾纏、追尋著人類。

時至今日，補完機構花了極大的心力，不讓阿拉霍西亞人再找到我們。他們沿著銀河系的邊界布下誤導網路，確保那些迷惘墮落的人無法循線找來。補完機構知道，他們必須保護我們以及其他人類世界，不受阿拉霍西亞那群畸形怪物的傷害，並且也落實了這項措施。我們完全不想和阿拉霍西亞扯上關係。就讓他們找，總之是找不到的。

可是，薩茲達哪會知道這些呢？

那是人類第一次得知阿拉霍西亞人的存在，而他擁有的僅是一則訊息。訊息裡的魅惑歌聲唱著魅惑之歌，使用正確又清晰的古老通用語，敘述一則哀傷、罪惡、讓人類至今無法忘懷的故事。這是薩茲達聽到的，也是其後的人們聽聞的。它要傳達的重點其實非常簡單。

阿拉霍西亞人其實就是拓荒者。最初，他們駕著太空帆船出航，身後掛滿豆莢似的個人艙體。那是進入太空的第一種方法。

然後，人類讓技巧高超的技師駕駛介面重塑太空船，向外航行。那些技師曾探入宇宙深處又再復歸，四處尋找人類。

當航行的距離實在太遠，他們就會改搭新式船體：一種由許多個人艙組裝成的龐大莢殼太空船，就像薩茲達太空船的巨型版。船上的沉睡者會全被冰凍起來，只有機器清醒。發射後的太空船以超光速在太空底部飛行，然後隨機鑽出，在適合居住的目標上降落，落地生根。這是場豪賭，而勇敢的人會甘冒風險。如果太空船沒找到目標，他們的機器可能會這樣一直在太空中航行下去，直到船上的軀體在極低溫的保護下一點一點腐壞；直到每顆冷凍腦袋裡微弱的光線漸漸熄滅。

由於舊地球以及它的子星都無法舒緩人口過剩問題，莢殼太空船是解決的手段之一。一艘艘莢殼太空船把各種各樣的人——他們大膽而魯莽，或許抱著浪漫情懷，或者單憑意志行動——有時甚至是罪犯——送進了群星之間。我們一次又一次失去這些太空船的音訊，每當那些後來出發的高級探索隊又找到一個類地行星（這些人來自擁有完整系統和組織的補完機構），又總會在那裡遇上某種人類的遺跡、城市或文明。有高等也有低等，有部落或家族。那些莢殼太空船曾經到過此處，遠超出人類所到過最遠的邊界。它像一隻瀕死的昆蟲那樣墜到星球上，喚醒它的乘客，接著裂開來，然後因為運輸任務完成而自我毀滅，讓那些重獲新生的男男女女在這個世界定居下來。

對所有來到阿拉霍西亞的男人和女人來說，這是個不錯的地方。它的海灘美麗，懸崖高聳升起，彷彿連綿不絕的海岸線；兩顆又白又大的月亮高掛天空，還擁有一個距離不會太遠的太陽。機器測試過大氣和水後，會把舊地球的生命形式撒入空中和海裡，好讓人們一覺醒來能聽到來自地球的鳥叫，知道來自地球的魚已適應了這裡的海洋，正徜徉其中、準備繁衍。這裡的生活看起來如此舒適、富足，一切都是那麼順利。

對阿拉霍西亞人來說，情況真的發展得非常、非常順利。

這是事實。

到此為止的故事，都是膠囊說的。

接下來的故事開始有了變化。

膠囊沒有說出發生在阿拉霍西亞那恐怖又可憐的真相。它編出了一套似是而非的謊言。從膠囊中以心靈感應傳出來的聲音，聽起來有如一位成熟、溫暖、喜悅的女人：一個剛步入中年，辯才無礙、聲線低沉的女子。

它的個性如此真實，薩茲達幾乎因為有機會和它說上話而滿心感謝。在這種情況下，他怎麼可能知道自己正受到欺騙、逐漸走入對方的陷阱呢？

那聲音聽起來沒什麼不對勁。非常正常。

「然後，阿拉霍西亞的疾病襲擊我們，」它說：「不要降落。保持距離。保持跟我們的通訊，告訴我們該怎麼配藥。我們的孩子都死了，毫無徵兆。這裡的農產豐富，小麥長得比地球更金黃，李子更深紫，花朵更皎白——一切都很好，除了人……

「我們的孩子都死了……」那個女性的聲音轉成啜泣。

「有任何症狀嗎？」薩茲達想著。然後，那個膠囊彷彿聽得到他的問題，繼續說了下去。

「他們死了，找不出線索。我們的醫學能力測不出任何東西，科學家找不出答案，他們就這樣死了。我們的人口正在減少，人類啊，請不要忘了我們！不管你是誰，趕快來，現在就來，帶能幫忙的人來！但是記得，為了你們的安全，請不要降落。請待在外面，透過螢幕看我們，並把人類之子在詭異偏遠的太空中迷失的故事帶回家鄉！」

這的確是個非常詭異的故事！

但事實真相比這更怪異，而且更醜陋。

薩茲達被那訊息說服了，信以為真。他之所以被選中進行這趟旅程，就是因為他天性善良聰明又勇敢。那個聲音所提出的請求同時觸發了這三項特質。

後來，過了很久以後，當薩茲達被捕，調查員這樣問他。「你這笨蛋！為什麼沒有先驗證過那則訊息？你居然為了一個愚蠢的哭訴，拿全人類的安全去冒險！」

「那才不愚蠢！」薩茲達反駁。「那顆求救膠囊的聲音聽起來悲傷又悅耳，而且那個故事我確認過，也是真的。」

「你跟誰確認的？」調查員的聲音冷漠無起伏。

薩茲達回答時似乎既疲倦又哀傷。「我的書、我的知識，」他不情願地再加上一句。「還有我自己的判斷……」

「那你的判斷正確嗎？」調查員說。

「不正確。」薩茲達說。那三個字懸在空中，簡直像是他這輩子說出口的最後幾個字。

後來，薩茲達自己打破沉默。「在我設定好航線、再次睡著之前，我啟動了方塊裡的保安官，讓他們查驗那個故事。他們找到實際在阿拉霍西亞上發生的事，交叉比對出求救膠囊的故事模式，然後我一醒來，他們就把真相告訴我。」

「然後你怎麼做呢？」

「我做了我該做的，也預期自己會因此受罰。那時我的船殼外已經圍滿阿拉霍西亞人，他們抓到了我的船，也抓到了我。我怎麼知道那女人說的美麗又悲傷的故事，只有前二十五年是真的？我怎麼會知道，那根本不是真正的女人，只是個克拉普特。竟然只有前面二十五年啊……」

阿拉霍西亞人在最初的二十五年裡一切順利——然後疾病就來了。但其中細節跟求救膠囊說的完全不一樣。

他們無法理解到底怎麼回事，不懂這樣的事為什麼發生在自己身上，不懂那種病為什麼等上二十年三個月又四天。但無論如何，他們大限已至。

我們認為，一切都跟他們太陽中的輻射有關。或者，也可能是那種特殊的太陽輻射和某種化學物質結合的結果。莢殼太空船上的機器沒有分析出那種物質，而它就這樣散播開來，疾病入侵。雖然簡單，卻勢不可擋。

阿拉霍西亞人有醫生、醫院，甚至具備某種程度的研究能力。但研究的速度不夠快，不足以應付這場災難。它單純卻殘暴、強大無比。

它讓女性特質成為罹癌的病因。

星球上所有的女人都在同一時間罹患癌症。癌細胞在她們的嘴唇、乳房和腹股溝成長，有時會沿著下顎的邊緣、嘴唇的外緣，或身體上柔軟的部位延伸。癌有很多種形式，但基本上都相同，都跟某種能透進人體的輻射有關。輻射會讓特定種類的去氧皮質固酮轉變成某種地球未知、絕對致癌的亞型妊娠二醇，迅速攻城掠地。

最先死去的是小女嬰。女人挨著自己的父親和丈夫哭泣；母親對兒子道別。

其中一位醫生也是女人。她是一名堅強的女子。

她冷酷地從自己的身體切下活體組織，放在顯微鏡下；她採集自己的尿液、血液、唾液，最後得出答案，那就是：沒有答案。無論如何，這跟真的得到解答相比，可以說好，也可以說壞。

假如阿拉霍西亞星的太陽真要殺死所有雌性生物，讓雌魚翻著肚皮漂在海面，讓趴在永不孵化的蛋上的母鳥歌聲更刺耳、更狂亂；假如，所有雌性動物都只能痛苦地躲在巢穴裡哀叫咆哮，那麼，人類女性就不該溫馴地走入死亡。那位醫生名叫阿絲妲蒂・克勞斯。

神奇的克拉普特

女性人類應該能做到雌性動物所不能的事：她可以轉為男性。在太空船設備的幫助下，阿拉霍西亞人造出數量龐大的睪固酮，將每一個還存活的女孩和女人轉成男人。她們全被安排接受大量的注射，臉龐逐漸變得粗獷，每個人都比原先多長了點肉；她們的胸膛變得平坦，肌肉鼓脹，不到三個月全成了男人。

有些低等的生命體活了下來，因為它們還沒發展出明確的性別特質。對它們來說，只要靠著特定的有機化學就能存活。植物在魚類消失後遍布海洋，鳥群不見了，但昆蟲活了下來——蜻蜓、蝴蝶、突變蚱蜢、各種甲蟲和其他昆蟲擠滿整個星球。失去女人的男人，以及從女人的身體改造而成的男人，正並肩一同工作。

他們相識，卻發現彼此的相遇成為無法言說的哀傷。現在，丈夫和妻子都留滿鬍子，身材健壯好鬥、充滿渴望，而且總是忙於工作。那些小男孩多少都意識到，等他們長大時再也無法找到愛人，或娶老婆、結婚，或生女兒。

但這樣的世界不足以讓阿絲妲蒂・克勞斯醫生停止鞭策自我，也無法阻止她繼續挖掘自身的聰明才智。她成為阿拉霍西亞的男人以及男性女人的領袖，驅策他們向前，讓他們盡力生存下去，把那份冷酷運用在所有人身上。

（如果克勞斯醫生還有點同情心，她或許會讓他們死去。但她的個性不容她擁有同情。她只能用才華、冷酷與一板一眼的性格，對抗這個試圖摧毀她的宇宙。）

死前，克勞斯醫生終於完成了一套精心編碼的遺傳系統。她能透過外科手術將一點點男性組織植入腹部，就放在腹膜壁內側，和腸胃擠在一起，然後透過人造子宮、人工化學以及人工授精，讓男人能夠藉由輻射和熱能懷上男性的寶寶。

畢竟，如果所有的女孩都注定會死去，要她們又有什麼用呢？阿拉霍西亞上的人們都這樣活了下去。從那場悲劇存活的第一代人因悲傷與失望失去理智，送出了訊息膠囊，希望這些訊息會在六百萬年後到達地球。

做為新的探險者，他們都賭了這一把。這些人把太空船開往沒有任何人到過的偏遠地帶，找到了一顆不錯的星球，卻不曉得自己身在何處。他們還在銀河系裡嗎？還是說，其實他們已經跨跳到鄰近的另一個銀河？沒人知道。舊地球的原則之一，就是只給探險隊基本的必需設備，因為舊地球害怕他們某天會採取激進武力，進行文化變革，或發展成某個背叛地球並回頭摧毀地球的侵略性帝國。地球永遠都要確保自己處於優勢。

第三、第四、第五代的阿拉霍西亞人還是一般人，他們全是男性，還擁有人類的記憶和書籍，也認得「媽媽」、「姊姊」、「甜心」、「寶貝」等詞彙。只不過，他們已經不知道這些字代表什麼意思了。

假使人類身軀在地球上花了四百萬年進化，那麼他們能做到的事就比我們的大腦、性格或是個人欲望更多。阿拉霍西亞人的身體開始替他們做決定——既然女性擁有的化學物質意味迅速死亡，他們也只能草草埋葬偶爾產下的女嬰死胎，於是，他們的身體開始自行調整。阿拉霍西亞的男人變成雌雄同體，並給自己取了一個難聽的外號——「克拉普特」。他們從沒感受過家庭生活的美好，於是一個個都成了趾高氣昂的小公雞，在愛之中參雜著殺戮，在歌曲中混入好鬥之心。他們無時無刻都在打磨武器，在正常的地球人絕對無法理解的詭異部族制度中，爭奪複製繁衍的權力。

但他們活下來了。

即便這種生存方法是如此激烈，凶殘得令人難以理解。

不到四百年，阿拉霍西亞人就發展出以戰鬥部族為主的社會制度。他們還是只有那顆星球，繞著同個太陽公轉，住在同一個地方，並擁有幾艘自製的太空飛行器。因為缺少人類性格中最基礎的男女平衡根基及家庭，他們的科學、藝術和音樂只能在一些突然頓悟的瘋狂天才身上一邊偏斜，一邊往前推進。他們不曾去愛、去希望或生育；他們雖活下來，卻變成怪物，而不自知。

阿拉霍西亞人根據自己對舊人類的記憶，打造關於舊地球的傳說。在那些記憶中，女人是一種應該被殺死的殘缺體，是必須被抹除的畸形，而他們所記得的家庭，則是只要遇到都必須立刻消滅，是骯髒可憎之物。

阿拉霍西亞的人成為留著大鬍子的同性戀者。嘴脣紅豔、耳環華麗、髮質柔順，而且很少有老人。他們會在自己的族人變老前殺掉他們。但凡無法從愛、休息及慰藉中得到的東西，他們就以鬥爭與死亡去交換。阿拉霍西亞人編造出許多歌曲，宣稱自己是舊人的末裔、新人的創始，並這麼唱著：若有遇到人類的那一天，他們將會懷抱滿滿的恨。「悲哀的地球啊，誰讓你活該遇見我們。」他們這樣唱著。與此同時，卻又出於某種潛意識，在每首歌中都加入一句他們自己也感到困擾的詞句：

人啊，我為你哀傷！

他們為人類哀傷，卻同時計畫攻擊所有人。

陷阱

薩茲達上了訊息膠囊的當。當他回到睡眠艙，便指示烏龜人把巡邏艦開往阿拉霍西亞——無論那地方到底在哪兒。他並非因瘋狂或任性才這麼做，這對他來說是個謹慎的決定。之後，他也因這個決定接受聽證與審判，最後接受比死亡更可怕的懲罰。

這一切，他都難辭其咎。

在尋找阿拉霍西亞的過程中，他從沒有一刻停下來思考最基本的一件事：他根本沒有能力阻止這群唱著歌的阿拉霍西亞野獸一路尾隨、跟他回到地球，並將它變成廢墟。他們的疾病可能會傳染，而他們凶狠的社會結構也可能摧毀地球的人類社會，並讓地球和其他人類世界化為廢墟。薩茲達完全沒有想過這點。所以，許久之後，他為此在聽證會接受審判，並得到懲罰。這些我們晚點再說。

抵達

薩茲達在阿拉霍西亞的軌道上醒來，立刻知道自己做錯決定。陌生的太空船猶如來自陌生洋域的藤壺，緊緊抓住他的船身。他趕緊呼叫烏龜人按下控制鈕，但毫無作用。

無論那些異種人是男是女、是野獸或天神，他們都有足夠的技術，可以癱瘓這艘太空船。薩茲達霎時意識到自己的錯誤。當然，他想過要把自己跟船同時摧毀，但又擔心要是自殺成功，卻沒有及時毀掉船，那麼這艘裝載著最新武器的新型巡邏艦，就會落入正在艦身外殼上走來走去的傢伙手裡——不管他們到底是誰。他沒有辦法冒這種人死船在的風險，因此必須採取更激烈的手段。此時此刻，實在不能繼續遵循地球規則。

他的保安官（一位以人形現身的鬼魂）以低沉的震驚語氣快速將整個故事對他說一遍：

「他們是人，長官。」

「比我更像人。」

「我是鬼魂，是由死去的大腦編織出的回聲。」

「而這些是真正的人，薩茲達艦長，但是，他們是脫逃到宇宙間的人類中最糟的一族。您必須消滅他們，長官！」

「我沒辦法。」薩茲達邊說邊努力讓自己清醒。「他們還是人類。」

「那麼您就得擊退他們，長官，以任何必要的手段，什麼方式都好。請您阻止他們、拯救地球，然後對地球發出警告。」

「那我怎麼辦？」薩茲達問，但立刻發現自己問了很自私的問題，湧上一股抱歉。

「您會為此捐軀，或受到懲罰，」保安官的語氣中有著滿滿的憐憫。「而我不知道何者更糟。」

「現在嗎？」

「現在、立刻。您沒有時間猶豫了，完全沒有。」

「但那些規矩……」

「您在很久以前就破壞規矩了。」

的確有規矩存在，只是薩茲達把它們都拋到了腦後。

那些規矩啊，為了一般的時刻、一般的環境及一般的危險訂下的那些規矩。

——但這是由人類親手調製，受人腦發動驅策的一場噩夢。監視器上顯示出那些瘋狂的人，他們是從來不曉得女人為何物的男人，是只為貪欲與爭鬥而生的男孩；他們的家庭結構只要頭腦正常的人都不會接受，也不敢相信，更無法容忍。船外的這些「東西」是人，但也不是人。他們有著人類的腦袋、人的想像力，以及人的復仇能力。即便勇敢如薩茲達，也因為太害怕而本能地沒有回應他們。

薩茲達可以感覺到，當巡邏艦上的女性烏龜人意識到那些人是誰——就是那些捶打著船、唱著歌，大聲喊著要「進去、進去、進去」的人——全都因恐懼而一臉痛苦。

於是，薩茲達犯下了一項罪刑。對補完機構來說，允許組織內的官員犯罪、犯錯或自殺，是值得驕傲的事。補完機構以行動保住人類的大腦，以及「選擇」存在的意義。他們為人類盡的心力沒有任一臺電腦可以企及。

他們教給手下許多黑暗的知識，就是在文明世界不被理解、普通的男女不得接觸的事。他們之所以這麼做，是因為補完機構的幹部——那些艦長、次長和總長——必須明白自己的職責所在。如果他們忘記，所有人類都將滅亡。

薩茲達很清楚自己該做什麼。他進入巡邏艦的武器庫。較大的那顆阿拉霍西亞月亮適合生命生存，他能看到上頭已經長出地球的植物與昆蟲。從監視器上可以得知，阿拉霍西亞的男性女人還沒居住到那顆星球，他焦慮地大喊，對電腦發出要求：

「告訴我它存在多久了！」

電腦回答說：「超過三千萬年。」

薩茲達的船上有著各種奇怪的資源，他擁有地球上幾乎每一種動物的雙胞胎或四胞胎。這些來自地球的動物都裝在不比藥用膠囊大多少的迷你膠囊中，各自以精子和卵子的狀態存在，隨時準備配對播種、繁衍。同時，他還擁有小型的「生命炸彈」，能夠容納任何種類的生命形式，給予他們一線活下去的生機。

他走進資源庫，抓了八對、總共十六隻的 Felis domesticus ——就是我們很熟悉的地球種家貓——亦即用於心靈感應，或放在太空船上當輔助武器，讓錨遞人員透過心靈加以操縱，用來擊退「危險」的貓。

薩茲達改造牠們。他進行改造的指令碼，就跟把阿拉霍西亞的男性女人變成怪物的指令碼一樣醜惡、一樣可怕。他的指令如下：

不要進行純種繁殖。
發明新的化學效應。
為人類服務。
發展文明。
學習說話。
為人類服務。
在人類召喚時，你們要為他們服務。
回去，然後再回來。
為人類服務。

薩茲達並非以口頭給予這些指令，而是將它們直接刻進這些動物的分子結構，織入這些貓的遺傳與生物編碼。接著，薩茲達犯下違反人類法律的罪行。他的船上載有一部時空感應裝置——一臺時空扭曲器。通常只會用來回溯一、兩秒，用於讓船艦免於毀滅的情況。

阿拉霍西亞的男性女人這時已鑿穿了船殼。

他可以聽到他們的高聲吆喝，彼此狂亂地興奮尖叫，將他視為他們終於找到的命定宿敵，也就是第一個前來征服他們的舊地球怪物；他就是阿拉霍西亞的男性女人將要復仇的邪惡對象。

薩茲達保持冷靜，完成貓咪的遺傳工程編碼，把牠們裝入生命炸彈。他調整時空感應裝置的控制鈕，讓本來應該將八萬噸的太空船送回一秒前的裝置違反規則，將一批不到四公斤質量的東西送回兩百萬年前。他把貓群發射到阿拉霍西亞那顆沒有名字的月亮上。

——並把牠們送回了過去。

他知道自己不需要等太久。

他也的確沒有。

薩茲達打造的貓土

貓群來了。牠們的船艦在阿拉霍西亞荒涼的天空中閃閃發光，並以小型戰鬥船發動攻擊。這些不久前才誕生的貓被賦予兩百萬年的時間，去追尋刻印到牠們腦中、打進脊髓神經、鮮明地刻蝕在體內的化學物質和個性中的天命。牠們變成某種類人種族，擁有語言能力、智力，胸中懷抱希望與使命。牠們的任務是聯繫薩茲達，拯救他、遵守他的命令，並破壞阿拉霍西亞。

貓族太空船發出戰嚎：

「今年今日就是我們實現承諾的時刻。貓族進攻！」

阿拉霍西亞人等了四千年，終於等到這場戰鬥。貓族對他們展開攻擊。兩艘貓族飛行器認出薩茲達，貓們向他報告：

「噢主啊！噢天神！噢，萬物的創造者！時間的司令、生命的起源啊！我們自一切初始便等待著要服侍祢，求祢使我們專心敬畏祢的名、順服祢的榮光！求祢讓我們為祢而生、為祢而死。我們皆是祢的子民！」

薩茲達大叫著，把訊息傳遞給所有的貓：

「攻擊克拉普特——但別把他們殺光！」

他又重複。「攻擊他們、阻止他們，直到我逃掉。」他駕著船飛進虛無太空，溜走了。

貓族跟阿拉霍西亞人都沒有追上來。

故事結束。哀傷的是，薩茲達回來了，而阿拉霍西亞人還在那裡，貓也還在。補完機構也許知道他們在哪兒，也許不知道。但無論如何，人類都不會想知道真正的答案。培養出比人類更高等的生命體違反人類一切法律。或許那些貓就是這種生物。或許，有人會知道阿拉霍西亞人到底有沒有打贏那場仗，知道他們是否殺了那些貓、吸收貓族的科技，正在某處找尋我們，在星群間像盲人一樣刺探，等著遇到我們這些真正的人類，去恨、去殺我們。又或者——也許贏的其實是貓。

或許，貓族被刻印上某種奇怪的任務，基於詭異的希冀之心，服侍著牠們根本認不得的人。牠們或許會把我們全都當成阿拉霍西亞人，並且認為只有某個再也不會見到的、很特別的巡邏艦長能拯救牠們。貓們再也不可能看到薩茲達，因為我們都知道他的下場。

薩茲達的審判

薩茲達的審判在所有開放世界受到巨大關注，判決過程被記錄下來。他在不該介入的時間介入，未經等待、沒有尋求建議和增援，就去搜索阿拉霍西亞人。但去解決千百年來的痛苦是他該做的事嗎？這到底跟他有什麼關係呢？

還有那些貓。我們透過巡邏艦上的紀錄可以看到，有東西從彼端的月亮出現；有太空飛行器，以及某種能發出聲音、和人類大腦溝通的東西。但因為那些東西是直接對著接收端的電腦說話，所以我們甚至無法確定牠們說的是不是地球的語言。也許，牠們是用某種心靈感應能力在進行溝通。總之，薩茲達的罪名在於他成功了。

——因為他把貓丟回兩百萬年前，並在牠們的基因中編入了以下指令：生存下去、發展文明，前來拯救。薩茲達在不到一秒的主觀時間，創造了一個全新的世界。

他的時空感應裝置發射出那顆小型生命炸彈，落在阿拉霍西亞上空的巨大月亮潮溼的遠古大陸。而當這整件事還沒來得及被記錄下來，那顆生命炸彈立刻以一整支艦隊的形式回來。打造出這支艦隊的甚至是一支（雖然源自於貓，但已存在了）兩百萬年之久的地球種族。

法庭剝奪了薩茲達的名字，說：「你將不再能被稱為『薩茲達』。」

法庭剝奪了薩茲達的軍階。

「你將不再能擔任本軍隊，或任何隸屬於帝國或補完機構之太空海軍的艦長。」

法庭剝奪了薩茲達的生命。「前艦長薩茲達，你將不能活著。」

然後，法庭又剝奪了薩茲達的死亡。

「你將前往楔尤星，那是極惡極恥之人所在之處，而且你永遠不能回來。你將在人類的鄙視與憎惡中前往彼方。我們不會懲罰你，我們完全不想再知道任何與你有關的事。你會繼續活下去，但對我們來說，你已不再存在。」

這就是完整的故事。悲傷，而且美麗。補完機構為了各種不同的人類，告訴他們這都不是真的，只是一個民謠、傳說。

或許，真的有關於這些事情的紀錄存在。或許，阿拉霍西亞星那些瘋狂的克拉普特正在某個地方繁衍著那些男孩的下一代，永遠都以剖腹的方式，以奶瓶餵養長大。他們每個世代的男人都只認得「父親」，而不曉得「母親」這個字的意思。當然，也有可能，阿拉霍西亞人會窮盡瘋狂的一輩子，與一心服侍某個永遠無法回來的人類的智慧貓族，打一場永不停歇的仗。

這就是完整故事。

而後續的一切，都不是真的。

15 那戰艦金光閃閃——喔！喔！喔！

戰情始於天外。

對付羅姆索格的戰爭發生的時間，是在爆發肥貓醜聞的二十年後。當時地球上每個人不可或缺的聖塔克拉拉藥劑來源一度斷絕，這場仗打得迅速又慘烈。

舊地球上的人貪腐又狡猾，打仗用的都是偽裝過的武器。為什麼這麼做呢？因為，只有把武器藏起來，才能將長久以來流傳下來的古物——主權——維持好。在人類社群中，這個東西至關重要。地球人之所以戰勝、其他人之所以落敗，就是因為地球領袖總是將生存考量擺在首位。不過，這次戰事終於讓他們感覺到自己受到威脅了。

羅姆索格之戰一直對外保密，直到那艘傳聞已久、被描述得極其誇張的黃金戰船再度被提起。

—

補完閣員在地球集會，會議主席先環顧四周，才開口發言。「好了，諸位，我們全都收過羅姆索格的賄賂，大家都被私下買通過——我個人就收過六盎司純度百分百的鍶鎢——有沒有人收過價碼更高的東西啊？」

整個議事廳的議員紛紛報上自己收了多少賄賂。

主席轉向祕書交代道：「把這些賄賂品項列入紀錄，然後把紀錄標示為『不存在的機密』。」

其他人點點頭，表情嚴肅。

「現在我們必須開戰，只是賄賂當然不夠。羅姆索格老是威脅要侵略地球——聽他發狠話是也沒怎樣。不過，我們當然不能讓他說的話成真。」

「主席，您用來制止這傢伙的計畫，」一位年長議員臉色陰沉，低聲發問：「難道是要派出黃金戰艦？」

「正是。」主席一臉認真。

房中響起一波接一波的低吟與讚嘆。黃金艦隊曾在幾世紀前出動，對付一頭異種生物。這些戰艦藏在虛無太空的某處，只有少數幾個地球官員知道傳聞到底有幾分屬實。即使是補完閣員的層級，議會還是不清楚該戰艦確切的形貌。

「只要一艘戰艦就足以應付。」補完閣員會議的主席這麼說道。

確實如此。

＝

幾個星期後，待在自己星球的獨裁者羅姆索格才察覺局勢有變。

「你隨便說說的吧？」他說：「你不會認為那是真的吧？不可能會有這麼大的戰艦——黃金艦隊不過是傳說——連照片都沒看過一張啊。」

「陛下，這兒有張照片。」部屬回答。

羅姆索格看看照片。「這是假的，是加上後製特效的照片。船身尺寸變造過，長寬比例有問題，沒人能擁有這麼大的船艦！根本不可能建造出來！就算造出來了也無法操縱，總之這種東西不可能存在——」他又呱呱碎嘴，念了好幾句，才發現根本沒人看他，屬下都在看照片。

他鎮定下來。

膽子最大的部屬接續發言。「陛下，這戰艦長達九千萬英里，閃耀火焰般的光芒，移動極為迅速，讓我們連接近的機會都沒有。可是，它卻闖入了我軍艦隊中央，幾乎要碰到我們的戰船——然後在那裡停留了兩千或三千分之一秒。我們認為它確實到過那兒。我們觀察到甲板上有生命跡象：有幾道光束在那兒搖晃。他們跑來窺探我們，然後就又消失到虛無太空去了——九千萬英里啊，陛下，舊地球還是有威脅性的。我們不知道那艘戰艦正進行什麼活動。」

眾官員盯著首領，憂心忡忡又懷抱希望。

羅姆索格嘆了口氣。「如果勢必要戰，我們絕不逃避，就算是那種對手，我們也能毀掉它。畢竟在廣闊的星際間，再巨大的東西又有什麼意義？九英里、九百萬英里和九千萬英里，有什麼差別？」他又嘆了一口氣。「不過，一艘戰艦有九千萬英里，也真是大得可怕，真不知道他們打算拿這艘船來做什麼。」

他真的是一無所知。

III

對地球的熱愛給人帶來的影響是很神奇的——可以說神奇，也可以說恐怖……就拿提德斯科來說吧。提德斯科的名氣非常大。他穿著一身裝飾浮誇的工作袍，配戴珠光寶氣的職權識別勳章，名聞遐邇。就連對這類事不太關心的開路艦長也知道這個人打扮招搖。提德斯科很懶惰，他放蕩奢靡的生活方式也是相當出名。接獲通知時，他正是平常那副死樣子。

當時他正躺在噴射氣墊上，大腦的愉悅中樞連結著刺激電流，深深陷在歡愉感裡。他公寓裡的美食、女體、衣飾、藏書，都被他拋到腦後、完全遺忘，電流在他腦中引發的愉悅成為他的唯一樂趣。

這愉悅感實在太舒服了，提德斯科已經接上電流連續二十個鐘頭都沒停，大大方方違反最大愉悅限度規定：六小時。

然而，當訊息傳至他腦中——這都是靠著內建在提德斯科腦中，用以傳輸極機密訊息的超微晶體輸送。畢竟，有些機密就連用想的都會有被攔截的危險——提德斯科便奮力從一層又一層的極樂感受與無意識掙脫出來。

黃金艦隊！我們需要黃金艦隊——地球有危險了。

提德斯科拚命醒過來。地球有危險了。他勉強按下切斷電流的按鈕，爽快地吐了口氣。當他回到冷酷的現實世界，嘆了幾聲，然後看一眼自己身處何處，立刻轉而投入手邊的工作。沒有多久，他就做好準備，隨時等待補完閣員的差遣。

補完閣員議會主席派艦隊司令官提德斯科指揮黃金戰船。這艘戰艦比大多數星球更巨大，本身就是一隻令人瞠目結舌的怪物。幾百年前，從銀河星系某個不知名偏遠地方來的異種入侵者，就是被它嚇跑的。

司令官在艦橋上來回踱步。船艙很小，只有二十乘三十英尺，操控區也不超過一百英尺，其餘部分就只是佯裝成船艦的金色包覆層，裡面全是結實、輕薄的海綿，再用許多細線拉過表面覆蓋，偽裝成堅硬的金屬，以及強力防禦外殼。

一切都是假的，只有船身真的長達九千萬英里。

這是個龐大的空殼，這艘船，是人類構想出來最大也最唬人的假貨。

數百年來，它都停泊在星際間的虛無太空，等著服役，等待派上用場。此時此刻，它毫無防備，不帶任何支援地前行，去迎戰羅姆索格這個獨裁者與戰爭狂人，以及他那批能打硬仗、貨真價實的艦隊。

羅姆索格違反太空守則。他殺了那些錨定隊員，囚禁開路艦長，利用叛亂分子與剛入行的新手，讓他們大肆搶劫星際間航行的船隻，將擄獲船隻全面改裝成戰鬥艦艇。他的計畫堪稱完美，特別是在這個沒嘗過戰爭滋味，更不曉得有人敢向地球宣戰的星系。

行賄、詐騙、洗腦宣傳——他樣樣都來。並希望地球在他行使武力威脅之前就先敗退。然後，他發動攻擊。

隨著攻擊展開，地球的態勢改變。那些收賄的貪官惡棍開始善盡自身職責，又變回人類的領袖與守護者。

提德斯科以前是個嬌貴的富家子弟，但戰爭使他變成了雄心萬丈的將領。他調動史上最大戰船，彷彿揮舞網球拍。

他犀利且迅速地切入羅姆索格的艦隊。

——提德斯科讓戰船右轉、往北，接著朝上，命令結束。

——他出現在敵軍面前，然後又躲開他們。下潛、前進、右轉，命令結束。

——他再一次出現敵軍面前，全人類的安危都仰賴這艘空殼戰艦，敵軍只要有一發砲火命中它，就會戳破這個假象。提德斯科的任務就是讓他們無法擊中。

他不是呆子，他正以自己的方式進行一場奇特的戰鬥。但他心中也不禁納悶，雙方真正的交戰究竟發生在什麼地方？

IV

樂福鴨王子的姓氏古怪，這是源自於他有一位真的很喜歡鴨子的中華細亞祖先。這位長輩最愛北京烤鴨——多汁的烤鴨酥皮總會讓樂福鴨王子遙想先祖享用美食的快樂。

他的另一位長輩（某位英國女士）曾對他說：「『樂福鴨爵爺』，這名號很適合你！」於是，這名字就被高高興興地納入家族姓氏。樂福鴨爵爺有艘小船。這艘小巧的船隻有個簡潔又散發恐嚇意味的名字：任何人。

太空登記檔案裡沒列入這艘船，他本人也不隸屬太空防衛指揮部，這艘小艇只掛名在數據偵查局底下，登記在名為「地球財政所屬『機動交通工具』四之三」的清單上。他的船有非常陽春的防禦裝備，和他一起上船的還有個痴傻的時空感應者。對於他的最終關鍵戰術，這人可說是不可或缺。

隨行的還有一名監控者。那人一如往常僵直地坐在那裡，一動也不動，絕不分心想別的事情，也不分神留意其他東西。他的心靈就像錄音帶，會下意識自動記錄這艘船即將執行的每一個機械動作，而且，一旦樂福鴨與時空感應白痴企圖脫離地球當局管轄，或叛變跟地球作對，監控者就會將他們跟這艘船一起摧毀。監控者生活得很辛苦，不過總比因為犯罪被處決好。監控者不會惹麻煩。樂福鴨還帶了一小批武器，是針對羅姆索格所在星球的氣壓、天候與種種特別狀況，精挑細選出來的。

他另外帶了一個能發動心電脈衝的能力者：一個哭哭啼啼、可憐兮兮的瘋女孩。補完閣員十分無情，拒絕醫治她：比起讓她融入完整的人類社會，她的天賦在不受保護的狀態下能發揮得更好。她本身就是第三級帶病干擾源。

V

樂福鴨領著他的小艇，接近羅姆索格的星球大氣層。他已經為了取得船長職位花了不少錢，所以決心要賺回來。要是這趟冒險行動能成功達成任務，他不只能賺回付出去的錢，還可以大撈一筆。

地球的補完閣員是一群統治腐敗世界的腐敗人類，不過他們早就學會利用貪腐達到內政與軍事效用，一點也不打算容許任何失敗。萬一樂福鴨輸了，那就別讓他回地球，因為他到時的下場可不是賄賂就能了事。但反正監控者也不會讓他逃掉。可是，如果他成功達成任務，說不定會跟舊北澳大利亞星人或賣鍶錞的商人一樣有錢。

樂福鴨的船只現身了一會兒，讓無線電有足夠時間觸及這顆星球。他走到船艙另一頭，甩了那女孩一巴掌，女孩便開始發狂。在她興奮到頂點的時候，樂福鴨往她頭上蓋了一頂頭盔，接上太空船的通訊系統，讓她特異的心緒電磁輻射飛速覆蓋整顆星球。

這女孩擁有改變機運的能力，而她也做到了。片刻之後，那顆星球──不管水中或水面、不管天上還是半空、每一寸表面──一切機運都有點變調。「也許會爭吵」變成真的吵起來，「可能發生意外」就變成真的發生意外。霎時間，厄運在幾乎是單純巧合的機率下橫行，一分鐘之內，壞事接連爆發。樂福鴨的船移動位置時傳來喧譁聲，這是最關鍵的時刻──他將船下探到大氣層內，很快就被發現行蹤，大批武器猶如餓虎撲羊衝上來，猛烈凶狠，連空氣都要燃燒起來，令星球上的所有生物發出哀號。

地球人擁有的防禦武器完全擋不住這種猛攻。

樂福鴨並不防守。他抓著時空感應者的肩膀，狠捏了這可憐的傻子一下。當她驚慌想逃，便一瞬間將整艘船都一起帶走。樂福鴨的船退回被偵測到行蹤前三、四秒鐘的時空，羅姆索格星球上所有的武器全撲了個空，因為它們根本找不到攻擊目標。

樂福鴨做好準備，放出自己的武器——雖然是不怎麼體面的武器。

補完閣員喜歡假高尚、裝正直；愛貪財也是事實。但遇上生死交關的時刻，他們會把錢財、信用點數，甚至是面子都拋到腦後。他們拚起來就跟地球遠古時候的動物沒兩樣——死中求生、必定見血。樂福鴨放出的是一種傳播速率極快的有機與無機質混合毒素。這整個星球人口的百分之九十五（也就是一千七百萬人），都會在今晚斃命。

他又摑了痴呆的時空感應者一掌，那可憐蟲低聲嗚咽，船又往回倒退兩秒。

他放了更多毒素，感到機械繼電器正朝他靠近。

他把船開往星球另一側，最後再來一次時空倒退，卸下最後一批劇毒致癌物，然後「啪」一聲消失到虛無太空。沒有任何人事物到得了那裡，樂福鴨遠遠甩掉了羅姆索格。

VI

提德斯科的黃金戰船悠然航向這個垂死的星球。羅姆索格的戰鬥機朝它逼近——它們開火，它就閃躲——這樣巨大的一艘飛行器，此處任何一顆肉眼可見的恆星都沒有它大，而它居然能移動得這樣敏捷。在那些戰艦靠得更近時，他們的無線電通訊傳來了：

「首都全毀。」

「羅姆索格駕崩。」

「北部地區沒有回應。」

「中繼站裡的人民紛紛死亡。」

艦隊移開了，開始彼此溝通，然後舉手投降。黃金戰艦再次現身，又消失。顯然是永遠不會再出現了。

VII

戰艦司令提德斯科回到自己的公寓，又要接上直通大腦愉悅中樞的電流。當他在噴射氣墊上躺好，原本要按下按鈕接通電流的手卻停住了。他突然頓悟：他早已得到了快感。仔細想想黃金戰船以及他剛剛達成的一切——他獨自一人以狡猾的戰略欺敵，放手一搏，即便沒有一個世界、沒有一個星系對他投以讚嘆眼光——這一切都比通電的享受更強大。他癱回噴射氣墊，想著黃金戰船，感到前所未有的快樂。

VIII

在地球上，補完閣員從容且優雅地宣告黃金戰船已消滅羅姆索格星球上所有的生命。各個人類世界都來電致意，而樂福鴨、時空感應白痴、病原小女孩與船上那名監控者，都被帶到醫院抹除剛剛那些戰績的所有記憶。

樂福鴨來到眾補完閣員的面前，彷彿能感覺到自己剛在黃金戰船上服完役，卻完全不記得自己做了什麼。他不曉得什麼低能的時空感應者，連他自己那艘小小的「機動交通工具」都忘了。當補完閣員賜予他最高榮譽勳章和一大筆錢，他淚流滿面。他們告訴他說：「你在軍中表現傑出，可以解編退伍了。人類將永遠感謝你、祝福你……」

樂福鴨回到自己的家，非常訝異自己竟然做出這麼偉大的貢獻。在人生接下來的幾百年中，他將不斷疑惑著：怎麼可能有人——比方說他自己——立下天大的功勞、成為蓋世英雄，卻完全不記得自己是怎麼辦到的？

IX

在某個非常遙遠的星球上，一架羅姆索格巡航艦上的生還者在遭到拘留後獲得釋放。地球直接下達特急命令，讓他們的記憶錯亂失調，這樣一來，他們才不會洩漏自己是如何被地球軍擊敗。有個不死心的記者緊跟著其中一名太空艦艇員，想要訪問他，花了好幾個小時灌酒，讓他狂喝到爛醉，倖存者的回答還是那句話：

「那戰艦金光閃閃啊！——喔！喔！喔！那戰艦金光閃閃啊——喔！喔！喔！」

（上冊完）

繆思系列 021

人類補完計畫——考德懷納・史密斯短篇小說選（上冊）
The Rediscovery of Man: The Short Science Fiction of Cordwainer Smith

作者　考德懷納・史密斯（Cordwainer Smith）
譯者　黃彥霖
社長　陳蕙慧
總編輯　戴偉傑
主編　張立雯
編輯　林立文
行銷　廖祿存
電腦排版　極翔企業有限公司

讀書共和國集團社長　郭重興
發行人　曾大福
出版　木馬文化事業股份有限公司
發行　遠足文化事業股份有限公司
地址　231新北市新店區民權路108之4號8樓
電話　02-2218-1417
傳真　02-8667-1065
Email　service@bookrep.com.tw
郵撥帳號　19588272 木馬文化事業股份有限公司
客服專線　0800221029
法律顧問　華洋國際專利商標事務所 蘇文生 律師
印刷　前進彩藝有限公司
初版　2018年3月
初版五刷　2023年5月
定價　新台幣560元（上下冊不分售）

ISBN 978-986-359-508-3

國家圖書館出版品預行編目(CIP)資料

人類補完計畫：考德懷納・史密斯短篇小說選（上冊）/ 考德懷納・史密斯（Cordwainer Smith）著；黃彥霖譯. -- 初版. -- 新北市：木馬文化出版：遠足文化發行, 2018.03
面；　公分. --（繆思系列；21）
譯自：The rediscovery of man : the short science fiction of Cordwainer Smith
ISBN 978-986-359-508-3（平裝）

874.57　　107002205